SUPERHEROÍNAS

Redbook

ANABEL VÉLEZ

SUPERHEROÍNAS

MA NON TROPPO

MA NON TROPPO

Diseño de cubierta: Regina Richling

Diseño de interior: Grafime

ISBN: 978-84-946504-1-3

Depósito legal: B-660-2017

Impreso por Sagrafic, Plaza Urquinaona 14, 7º-3ª 08010 Barcelona

Impreso en España - *Printed in Spain*

ÍNDICE

INTRODUCCIÓN
Dejad que los cómics se acerquen a mí

Los primeros cómics que recuerdo haber leído eran los típicos tebeos: Mortadelo y Filemón, Zipi y Zape, Rompetechos o las historias de Astérix y Tintín. Pero mi gran recuerdo de tener un cómic en las manos y devorarlo fue cuando, allá por tiempos remotos, a mi padre un compañero de trabajo le regaló una caja llena de cómics que ya no quería. Bendito sea, quienquiera que fuese. Aquello fue como encontrar un tesoro escondido. Allí había de todo. Recuerdo muy bien el tomo de *Conán el Bárbaro* y sobre todo los cómics del *Doctor Extraño*. Pero también había cómics de *La Patrulla X, Námor, Thor, Iron Man,...* Nos había tocado la lotería del cómic en casa. Y mis hermanos y yo lo disfrutamos como locos. La mayoría de cómics eran de Marvel, por cierto. Como podéis comprobar pocos personajes femeninos poblaban esas páginas. En Conán estaba Red Sonja, pero difícilmente podía yo verme reflejada en una pelirroja de armas tomar vestida con un escueto traje rojo que iba blandiendo espadazos a diestro y siniestro. No encontraba ningún personaje femenino entre aquellos cómics con quien identificarme, pero tampoco me hacía falta, yo quería ser como Stephen Extraño y moverme en otras dimensiones usando mi magia. Ummm. ¡Qué maravilla! Pero es una pena que no hubiera ningún personaje femenino que fuera un rol o un modelo en el que sentirse reflejada, ¿no creéis? Y si me pasó a mí, debió de pasarle a muchas otras chicas que empezaban a leer cómics en su tierna infancia.

Una vez que el virus del cómic entró en mi cuerpo empecé a investigar por mi cuenta, junto a mi hermano Toni empezamos a adentrarnos en el mundo de los superhéroes. Siempre he sentido especial predilección por los mundos torturados de Batman. Y de grupos, los mutis me engancharon desde que los descubrí. Primero los cómics de *La Patrulla X* y luego *X-Men*. Y no, no quería ser como Jean Grey. Siempre me pareció que estaba demasiado pendiente de Scott Summers. ¡Qué pesados con su historia de amor! Vale, que sí, que se quieren mucho, pero la señorita Grey me gustaba más cuando desataba todo su potencial telépata como Fénix. Además yo era más de Tormenta. Para mí era una líder natural dentro de los X-Men. Pero de nuevo me encontraba con el problema de no tener un personaje femenino con el que identificarme. Los noventa además fueron la época de la sexualización del cómic, la superheroínas parecían más conejitas de Playboy que otra cosa. ¿Qué mujer querría leer algo así?

Es difícil identificarse con personajes femeninos con unos cuerpos demenciales y poco representativos de la media femenina mundial. No digamos ya de la de una adolescente. La mayoría de cómics de superhéroes estaban y están dibujados/escritos por hombres y eso se nota. De entre la cantidad de cómics que veías en las estanterías de las tiendas o quioscos, echabas algo en falta, más cómics protagonizados por mujeres. Wonder Woman era la única que consiguió sobrevivir al paso de las modas y de los años. Ella fue la primera gran superheroína junto con Batman y Superman, eso quizás le dio ventaja. Pocas mujeres han protagonizado su propia serie con éxito durante mucho tiempo, lamentablemente. Décadas antes, las superheroínas eran la novia de o iban en busca del anillo de casada. Si no que se lo digan a la Chica Invisible o a Avispa. Ese era el mensaje, si eran superheroínas lo eran como objeto de deseo del superhéroe. Además tenían la suerte de ser usadas como cebo o distracción para atraer a los malos, así el machote de su novio podía salvarlas. Maravilloso, ¿verdad?

Es por eso que encontrar a una superheroína que tuviera un papel importante y de peso, se hacía harto difícil. Exceptuando a Wonder Woman que también tuvo que pasar lo suyo para sobrevivir todas estas décadas. En este libro lo descubriréis. Seguid leyendo. A mí, los personajes que más me gustaban no eran precisamente los que mostraban su fuerza física, casi todos los masculinos lo hacían. Sino los que eran fuertes gracias a sus poderes mentales. El poder por excelencia de las superheroínas. Exceptuando a Diana claro, pero ella era diferente. Un amigo me preguntaba cuál era mi superheroína favorita y yo le respondía sin dudarlo: «Wonder Woman porque es fuerte». Se extrañó de que esa fuese mi respuesta. Y tiene una explicación sencilla. A la mayoría de personajes femeninos no se les permite ser poderosas físicamente, podían tener poderes mentales pero fuerza física no. Y además siempre necesitaban que un hombre les enseñase a dominar sus habilidades. En cambio Diana tenía fuerza física, era inteligente, una amazona y encima hija de un dios. ¿Pero qué más se puede pedir? Todas quisimos ser Wonder Woman alguna vez. Es la única superheroína equiparable en poder a Superman. Para eso fue creada, para representar un rol positivo para las jóvenes lectoras. Aunque el tiempo cambió mucho su devenir, siempre se ha mantenido como el gran icono femenino y feminista del cómic.

Pero a parte de Wonder Woman ha habido muchas otras mujeres con superpoderes que han poblado las páginas de los cómics. Os sorprendería cuantas. Aquí hago un repaso de algunas de ellas, las que vinieron antes que Diana y las que surgieron después. Repasando década a década su evolución y sus cambios, que han sido muchos. Me sorprendió comentarle a algunas personas que estaba escribiendo estas páginas y que me preguntaran si había tantas superheroínas como para dedicarles un libro. Pues sí, las hay y muchas, muy diferentes además. Mujeres poderosas que lucharon contra el mal y el crimen con los mismos poderes o más incluso que sus compañeros masculinos. Pero que no tuvieron tanta suerte como ellos. En este libro se explica su historia, su evolución y los contratiempos que han tenido que superar para hacerse un hueco en el mundo de los superhéroes. Espero que aprendáis tanto como yo sobre ellas leyéndolo y descubráis cosas que os sorprendan y os inciten a leer sus cómics.

La vida de las superheroínas ha sido dura. No se lo pusieron fácil. Desde sus inicios han tenido que luchar contra viento y marea para sobrevivir. Contra los prejuicios, contra el deseo de sexualizarlas, la censura, el machismo, las modas, las ventas,... Nacieron para satisfacer los deseos de los lectores masculinos pero año tras año y década tras década han conseguido encontrar su propio camino, hacerse un hueco, agarrarse con uñas y dientes y sobrevivir. Ya no son la novia de o una copia en femenino del superhéroe de turno. Sus poderes ya no necesitarán del refrendo de un hombre que les diga lo que tienen que hacer. Han aprendido a valerse por sí mismas. Antes no las dejaban. Ellas han luchado y han ganado la batalla. A pesar de ello, aún queda mucho por cambiar. Aún se sigue diciendo que las mujeres no leen cómics, pero no es cierto. Las mujeres leen cómics cuando se les presentan personajes con los que poder identificarse. Personajes con entidad y no simples comparsas de sus compañeros masculinos.

Wonder Woman ya no está sola como la gran superheroína, la acompañan otras mujeres como la Capitana Marvel, Catwoman, la Mujer Invisible, Thor, Batwoman, Spider-Woman, She-Hulk, Black Canary, Batgirl, Supergirl y un sin fin más. Todas ellas se merecen su sitio en la historia del cómic. Se lo han ganado. Aquí tienen su merecido espacio. Cada vez son más las que consiguen su propio cómic y nos brindan sus aventuras. Se anuncian películas con ellas como protagonistas. En 2017 se estrenará *Wonder Woman* y pronto también Carol Danvers tendrá su película como la Capitana Marvel. Las estanterías de las tiendas de cómic se llenan cada día más de protagonistas femeninas. Por fin. Aunque la lucha continúa y continuará. Acompañémoslas de la mejor manera posible: sumergiéndonos en las páginas de sus cómics.

Evidentemente en este libro no están todas las superheroínas que existen pero todas las que están lo son. Me he tenido que centrar en algunos personajes que han sido interesantes, olvidadas, importantes o vilipendiadas a los largo de las décadas desde el nacimiento del cómic de superhéroes tal y como lo conocemos. Década a década, he seleccionado a algunas de las superheroínas más importantes o que más interesantes me han parecido. También me he centrado en la mayoría de casos en Marvel y DC y en el cómic americano por una simple razón, ellos inventaron a los superhéroes y los grandes cambios que han experimentado los han liderado para bien o para mal. El espacio siempre limita así que alguna que otra se ha quedado fuera. Para la próxima aventura. Este pretende ser un repaso histórico desde los inicios del cómic de superhéroes hasta la actualidad y que sirva como una introducción a los personajes que he considerado más interesantes. Ahora es vuestro turno, escoged a la superheroína que más os guste y leed sus cómics. Sé que no os decepcionará.

Aprovecho este espacio también para dar las gracias a Georgina López y Sílvia Subirana por su inestimable opinión. Siempre están ahí cuando las necesito. Este libro está dedicado a todas las niñas, adolescentes y mujeres que alguna vez han cogido un cómic en las manos y han sentido ese gusanillo de emoción como el que siento yo al leerlos. Y a cualquier hombre o mujer que se dejó fascinar por la magia del cómic de superhéroes.

Gracias a mis padres también por estar siempre ahí. Y a todos aquellos que me han descubierto alguna vez un nuevo cómic que me ha fascinado. Seguid haciéndolo. Estoy deseando leerlos.

CAPÍTULO 1

Érase una vez... Precursoras del cómic

En la década de los treinta y los cuarenta, la llamada Era Dorada del Cómic, empezaron a proliferar los personajes femeninos de más entidad en las tiras cómicas. Ya no eran solo las novias del personaje masculino, al principio ni tan siquiera eran superheroínas. Las primeras mujeres que aparecieron en los cómics tenían profesiones típicamente femeninas como enfermeras, secretarias, etc,...Los pocos roles laborales permitidos a las mujeres durante esta época.

Aunque evidentemente el protagonismo le llegaba a las mujeres en las historias de corte romántico, uno de los géneros más populares entre el público femenino. Las obras de Joe Simon y Jack Kirby, son un buen ejemplo. Allí una mujer tenía dos opciones claras. O podía ser la chica buena y modosita enamorada del protagonista de turno o bien una *femme fatal* malvada pero sumamente atractiva. La primera sufrirá los desengaños del amor en sus propia carnes, demasiado buena para mandar a paseo al tunante que les romperá el corazón una y mil veces. Mientras, la segunda romperá corazones masculinos como si pisara cucarachas y encima disfrutará con ello. Las cosas eran blancas o negras y pocas posibilidades de gris quedaban entre medio.

Otro de los papeles que le quedaban a las mujeres en el cómic era el de la adolescente divertida, esa que protagonizaba historias como las de *Archie*. Chicas como Betty o Verónica, una rubia y otra morena, que acababan siempre rivalizando por el amor del protagonista masculino. Como veis, no es que quedara mucho donde escoger a parte de estos arquetipos estereotipados.

Los primeros personajes femeninos con verdadera identidad fueron los que decidieron luchar contra el crimen. Invisible Scarlet O'Neil de Russell Stamm fue una de ellas, pero también estaban Miss Fury que fue creada en 1941 por una de las pocas mujeres dibujantes Tarpé Mills. También estaban Phantom Lady, Miss Liberty y un largo etcétera. Enfermeras como Pat Parker, aviadoras, detectives, espías o reinas de la jungla como Sheena empezaron a llenar las páginas de los cómics. Todas ellas eran fuertes y poderosas. Y, ¡milagro! No necesitaban ser salvadas por sus compañeros masculinos.

En los primeros tiempos el cómic tenía como protagonistas a playboys ricos como Bruce Wayne, gente sin superpoderes pero con infinidad de recursos gracias a su dinero. Tenían suficientes fondos para crearse una identidad secreta para luchar contra el crimen. En la década de los treinta y los cuarenta series como Action Comics o Detective Comics incluían las aventuras de Batman y Superman en sus cómics, hasta que la popularidad de sus personajes les permitió tener su propia serie. En estos cómics en los que varios personajes eran protagonistas de sus propias historias también aparecieron los primeros personajes femeninos. Generalmente eran mujeres que llevaban también una doble vida de lucha contra el crimen. Phantom Lady, Lady Luck o Red Tornado eran algunas de ellas. Muchas ve-

ces eran equivalentes de estos playboys. Chicas de buena familia aburridas de su vida social de fiestas sin fin y sin aparentes responsabilidades aparte de esperar a casarse. Para divertirse y sentirse más vivas, creaban estas identidades secretas que les daba la libertad que como ellas mismas no podían disfrutar. Los disfraces y la doble vida les permitía ser libres y mostrar su verdadera personalidad. Gracias a esta inesperada libertad, nadie podía reconocerlas ni decirles lo que tenían que hacer, las mujeres empezaron a experimentar una vida plena más allá del encorsetamiento al que la sociedad las sometía. Quizás una de las pocas excepciones fue Miss Fury, que además de ser uno de los pocos personajes dibujado por una mujer, sentía que se ponía el traje cuando no tenía más remedio que hacerlo y mostraba su personalidad tal y como era. Sin ese miedo que otras parecían sentir a mostrar su verdadera naturaleza.

Los años cuarenta fueron un caldo de cultivo perfecto para los personajes femeninos en el cómic, eran mujeres fuertes y poderosas las que tomaban protagonismo. La Segunda Guerra Mundial mantenía ocupados a los hombres. Así que las mujeres salieron de sus casas para sustituirlos en los puestos de trabajo que sus maridos, hijos, hermanos y padres habían dejado vacíos al irse a combatir en el frente. Por primera vez hacían cosas que jamás una mujer había hecho: construían e incluso pilotaban aviones, conducían autobuses, trabajaban en fábricas armamentísticas,... Hasta que los chicos volvieron a casa. Entonces, se les pidió que olvidaran toda esa libertad que habían adquirido de rebote, que volviesen a sus cocinas, a sus maridos, a casarse y tener hijos. El cómic reflejó esos momentos cruciales en los que la mujer daba un paso adelante.

Fueron en esos primeros años de la guerra en los que aparecieron los superhéroes. Se había creado el caldo de cultivo perfecto. En un clima bélico como el que había, la imaginación se desbordaba para crear personajes capaces de salvarnos de la barbarie de la guerra. Las mujeres no iban a ser menos y junto a sus compañeros masculinos florecieron toda una serie de nuevas heroínas. Mujeres con superpoderes que, aprovechando ese momento impensable de libertad, defendieron al mundo contra criminales en igualdad de condiciones que sus compañeros masculinos. Ellas fueron las superheroínas pioneras del cómic. Mujeres como Fantomah, The Woman in Red, Miss Fury, Miss Victory o Sheena.

Pero una vez que la guerra terminó y las mujeres tuvieron que volver al papel secundario que la sociedad les había asignado, estas féminas con superpoderes debieron luchar por sobrevivir durante décadas. En los años cincuenta muchas de ellas desaparecieron, vieron su poder mermado o romantizado hasta extremos impensables. Algunas de ellas sobrevivieron, otras no corrieron la misma suerte. Pero todas fueron el primer paso hacia la superheroína protagonista de sus propias historias. Aquí tenéis algunas de las precursoras antes de la lle-gada de la primera gran superheroína, Wonder Woman.

LAS DIOSAS DE LA JUNGLA
VIVA EL ANIMAL PRINT

En 1940 Fiction House hizo su agosto con las variantes femeninas de Tarzán. Se hicieron tan famosas que se creó un subgénero propio: el de las Diosas Blancas de la Jungla. Personajes como Shanna, Rima, Rhulah, Jann, Sarri, Tanee, Tanda, Tangi, Tegra, Zegra, Vooda, Leopard Girl, Tiger Girl o Jungle Lil copaban sus páginas. Normalmente eran mujeres extremadamente atractivas, blancas y vestidas con un escueto bikini de piel con estampado animal. Se paseaban descalzas por la jungla y se erigían como defensoras de la misma y de sus habitantes ante los avances de los malvados que querían saquearla, destruirla o esclavizarla.

Por primera vez, las mujeres se convertían en seres poderosos que no necesitaban ser salvadas por ningún hombre. Al contrario, ellas eran las que los salvaban del peligro. Lo hacían en la selva, uno de los lugares más temidos y misteriosos del planeta. Un territorio desconocido en el que las mujeres estaban condenadas a morir. Hasta el famoso Doctor Livingston pereció durante sus exploraciones en África. Ese continente desconocido y maravilloso al que el hombre blanco siempre trató con dureza y esclavizó sin ningún pudor. Es ahí donde estas mujeres se erigían en representantes de la tierra, en protectoras y salvadoras. Poco importaba que fueran blancas. O que ni siquiera fueran nativas sino elementos externos que la jungla adoptaba. Ellas fueron las reinas durante mucho tiempo, al menos en el cómic, de las peligrosas tierras selváticas.

SHEENA,
la reina de la jungla

¿Recordáis al rey de la jungla? Aquel que fue criado por los monos, el del grito reconocible en toda la selva, el de la mona Cheetah. Sí, sí, ese: Tarzán. Pues tuvo su contrapunto femenino en uno de los personajes más influyentes de los inicios de las protagonistas femeninas del cómic: Sheena. Una mujer ágil y preparada para la lucha contra los malvados. Criada en la jungla, aprendió sus misterios y sus peligros, haciendo uso de ellos para combatir el mal que la acechaba. Y lo hizo descalza, con un traje minúsculo de piel de leopardo, una melena rubia imponente y el derecho a nombrarse a sí misma como reina de la jungla.

Considerando que es la creadora de uno de los géneros más fructíferos del cómic de los años cuarenta como es el de las diosas rubias de la jungla, Sheena tiene unos orígenes bastante dispares. En algunas historias los padres de Sheena Rivington murieron durante un safari en África. Es posible que fueran misioneros pero no se llega a especificar. Abandonada a su suerte, la pobre chica fue criada por una tribu que la acogió en su seno y le enseñó los entresijos de la jungla. Así fue como se convirtió en su protectora. En otras historias, en cambio, Sheena es la hija de Cardwell Rivington. Un explorador que moría accidentalmente a manos de un brujo africano llamado Koba, que más tarde se encargó de criar a la niña huérfana como si fuera su propia hija. Y ya tenemos a Sheena vestida con su escueto traje de estampado de leopardo y su melena rubia al viento, luchando a diestro y siniestro por defender la jungla más virgen contra sus enemigos.

La gran importancia de un personaje como el de Sheena reside en que ella fue la chica de la jungla original. Muchas vinieron después, pero ella fue sin duda el modelo a seguir. Además fue el primer personaje femenino que obtuvo su propio cómic. La reina de la jungla se estrenó como protagonista absoluta en la primavera de 1942 en plena Segunda Guerra Mundial, mientras las tropas de Hitler avanzaban hacia el Cáucaso. Aunque el personaje de Sheena fue creado por Will Eisner y Jerry Iger unos años antes. Apareció por primera vez en 1937 en el número 1 de la revista británica *Wags*. En los EE. UU. no debutó hasta 1938 en el número uno del Jumbo Comics publicado por Fiction House. Jumbo Comics era una revista pulp que enseguida empezó a publicar su propia línea de cómics. El auge de Tarzán hizo que sus creadores vieran el potencial de su contrapunto femenino. Ambos personajes tienen una historia y unas características similares. No se equivocaron, su éxito fue inmediato.

Como reina de la jungla Sheena tenía el poder de comunicarse con los animales, algo que le ayudaba a enfrentarse a los peligros que la acechaban. Gran combatiente en el cuerpo a cuerpo, era extremadamente fuerte, ágil y atlética. La tribu que la crió le enseñó las tácticas de supervivencia necesarias en un entorno tan peligroso como la jungla. Sheena no tenía superpoderes, aunque no seré yo la que niegue que hablar con los animales no lo sea. Para defenderse y luchar Sheena además usaba arcos, flechas y cuchillos. Se crió en la selva y aprendió a usar lo que la misma le ofrecía para combatir a sus enemigos, desde una liana a un tronco o una piedra. Lo que hiciese falta.

Aunque no fue criada por monos como sí lo sería Tarzán, Sheena comparte muchos atributos del famoso rey de la jungla. Incluso tuvo a su pareja sentimental fija en un Bob Reynolds siempre necesitado de ser salvado por nuestra ágil heroína. Se volvían las tornas de la damisela en apuros que siempre necesitaba ser salvada por el héroe de turno. Aunque como pasa a menudo en las historias del cómic, los personajes varían y cambian con el paso del tiempo. La historia de Sheena mutó en varios aspectos, no solo en su origen. Bob se convirtió en Rick Thorne, un más aguerrido *partenaire* y Koba se transmutó en la bruja N'bid Ela. Incluso tuvo su propio mono llamado Chim. De Chim a Chita van dos letras.

El éxito del género de las diosas de la jungla, que la propia Sheena fundó, hizo que surgieran toda una serie de imitadoras que lograron mantener este tipo de cómics en auge: mujeres como Tiger Girl, Tegra reina de la jungla o Rulah diosa de la jungla. Fiction House desapareció en 1954 pero para entonces Sheena ya había dado el salto a la televisión.

FANTOMAH,
la calavera azul diosa de la jungla

Es difícil no sentir atracción por esta misteriosa fémina con poderes de diosa que protegía las junglas de África. Fantomah fue la primera mujer con superpoderes en el cómic, incluso antes del nacimiento de Wonder Woman. No era exactamente una superheroína pero su poderosa presencia dominaba la jungla. Además, sus poderes la convirtieron en la primera mujer en usarlos para combatir el mal. Sus habilidades la convertían prácticamente en un ser omnipotente. Omnipotente y bizarro, como veréis enseguida.

Fantomah debutó como Fantomah *Mystery Woman of the Jungle* en el número 2 de Jungle Comics de febrero de 1940. Como os he comentado, el género de los cómics de la jungla se hizo muy conocido en los años treinta y cuarenta. Y aunque el más famoso de ellos fue Tarzán, no hay duda de que las mujeres fueron una de las grandes protagonistas del mismo.

Las jovenzuelas embutidas en pequeñísimos trajes con estampados de leopardo se volvían irresistibles para el lector masculino. Pero estas mujeres representaban también una imagen inusual: la de la mujer que no necesitaba ser rescatada por ningún hombre. Jungle Comics como os he comentado era publicado por Fiction House que apenas un año antes habían creado a Sheena. Fantomah se sumó así a la floreciente plétora de diosas blancas protectoras de la jungla, con la diferencia de poseer superpoderes y una extrañamente bizarra habilidad.

Fantomah evolucionó también a lo largo de su historia. Pasó de diosa de la jungla con poderes mágicos a princesa del antiguo Egipto cuando en la edición 27 de Jungle Comics se estableció su origen faraónico. En sus primeras encarnaciones podía transformarse de despampanante rubia a criatura inquietante con cara de calavera azul. De su aspecto original, tan solo conservaba su rizada melena rubia. La verdad es que cuando se transformaba perdía todo el atractivo, a pesar de mostrar un cuerpo despampanante embutido en un escueto traje negro. Cuando adquiría esta forma, Fantomah poseía cualquier poder que necesitase en ese momento: empequeñecer arañas gigantes, volar, lanzar rayos destructores, leer la mente o convertir a cuatro hombres en uno solo. Fantomah tenía poderes de lo más extraños y fascinantes. Quizás eso era lo que la hacía tan especial. Hacia el final de su encarnación, ya como princesa faraónica, fue perdiendo estos superpoderes para adaptarse más al género de las reinas de la jungla que Sheena había inaugurado. Adiós a la calavera molona, hola a los trajes faraónicos.

En su lucha diaria contra el mal, Fantomah estaba la mar de ocupada. Lo mismo se enfrentaba a esclavistas en busca de mercancía que a cazadores de tesoros que amenazaban la jungla. Para ellos tenía finales espantosos dignos de la mejor película de terror. Los malos siempre eran castigados de forma brutal y a veces, de lo más bizarra: como transformar a cuatro hombres en uno solo, ser devorados por arañas gigantes y otras lindezas del estilo. Más que defender a los sufridos habitantes de la jungla, Fantomah parecía dejar que los malvados los masacraran para posteriormente capturarlos y castigarlos sin piedad. Una estrategia de defensa un poco extraña, para qué negarlo.

Fantomah poseía poderes psíquicos, telequinesis, podía volar y mover objetos. Estaba telepáticamente conectada con los animales de la jungla, especialmente con los mamíferos, algo que le permitía advertir de inmediato cualquier peligro que se cerniese sobre su territorio. También podía ejercer la sugestión sobre los humanos. Sus poderes eran totalmente omnipotentes, Fantomah era capaz de hacer prácticamente todo lo que fuese necesario para salvar la situación de peligro. Este hecho facilitaba la tarea del guionista, dándole ocasión de usar su imaginación sin cortapisas. Teniendo en cuenta además que Fantomah parecía disfrutar haciendo sufrir a sus enemigos, algo que daba mucho juego al personaje.

Se atribuye la creación de Fantomah a Barclay Flagg, nombre con el que firmaba los cómics. Un pseudónimo tras el que seguramente se escondía Fletcher Hanks que también fue el creador de Stardust the Super Wizard. El autor daba a ambos personajes durante la narración todo lo que necesitaban para que la historia continuase, sin tener en cuenta cómo afectaría a la credibilidad del relato, de ahí seguramente las bizarradas de Fantomah a la hora de matar a sus enemigos.

Posteriormente, otros creadores tomaron el relevo de Hanks y Fantomah se fue convirtiendo cada vez más en un personaje normal. Perdiendo su terrible y despiadada calavera azul. En su última encarnación como *Fantomah, Daughter of the Pharaohs*, era una mujer con pasado mítico pero que tendría menos poderes místicos que la original. Reina de una civilización perdida que descendía de los antiguos egipcios, su fiel aliada era una agresiva pantera negra llamada Fury que apareció en el número 15 de Jungle Comics. Fantomah la salvó y desde entonces fue su protectora, matando y atacando a todo el que pudiera perjudicar a su ama. Parecía que a partir de ese momento nuestra heroína necesitaría ayuda para salvar los peligros que encontraba en su camino. ¿Dónde quedaba nuestra inclemente heroína de calavera azul? Los tiempos estaban cambiando. A pesar de la extrañeza de sus poderes, Fantomah nunca disfrutó de su propio cómic y siempre protagonizó historias dentro de los números de Jungle Comics hasta que desapareció del mapa en el número 51 publicado en 1944.

MI PAPÁ ES UN CIENTÍFICO LOCO
SUPERPODERES POR ACCIDENTE

Los superpoderes se podían adquirir de muchas maneras diferentes: podías nacer con ellos, mutar o te los podían otorgar. Entre los casos más usuales de humanos que de repente tenían superpoderes, estaban los de los que los adquirían a raíz de un accidente científico. Recordad que Spiderman fue picado por una araña sometida a un experimento. Los 4 fantásticos también adquirieron los suyos tras ser expuestos a unos rayos cósmicos en una misión científica en el espacio. Imaginad que sería de Hulk sin los rayos gamma. La ciencia siempre ha sido una buena aliada de los superhéroes a la hora de dotarlos de poderes sobrehumanos. Y entre las primeras superheroínas del cómic no iba a ser una excepción.

Un experimento científico fallido, un accidente inesperado, un error de laboratorio y pasabas de ser una joven inocente a tener un poder más allá de lo imaginable. Algunas lo vivieron como una bendición, otras como una maldición, pero todas ellas dejaron huella en la historia del cómic. He aquí un par de ejemplos.

OLGA MESMER,
la mujer con rayos X en los ojos

Nuestra heroína apareció por primer vez en *The Astounding Adventures of Olga Mesmer, the Girl with the X-Ray Eyes* en la revista pulp Spicy Mystery Stories publicada por Culture Publications en agosto de 1937. Diez meses después, en junio de 1937, nacía Superman en el número 1 de Action Comics. Nadie parecía acordarse que Olga tuvo meses antes uno de los poderes que harían famoso al superhéroe de la capa roja. Ella podría ser considerada no solo la primera superheroína, sino incluso el primer superhéroe de la historia antes de la aparición del kryptoniano más famoso de la tierra. Sus historias se publicaron hasta octubre de 1938.

Mesmer era hija de la reina Margot, la líder de un mundo subterráneo habitado por los Sitnaltans, una raza inmortal originaria del planeta Venus. Aquí tenemos el origen extraterreste de nuestra protagonista al igual que Superman. Su madre fue expulsada de su reino tras un golpe de estado del villano Ombo. Tras lo cual, se retiró a la superficie de la tierra. Amnésica y sin recordar su origen, conoció al Doctor Hugo Mesmer, un científico del que se enamoró y que le dio cobijo en su casa. Tras casarse, el Doctor Mesmer sospechó de la naturaleza extraña de su esposa y empezó a experimentar en ella con rayos X. Bendito sea el amor que todo lo puede, pero es lo que tiene casarse con un científico loco.

Los experimentos del Doctor Mesmer casi causaron la muerte de su amada esposa, que para más inri estaba embarazada de nuestra futura heroína. Mientras Margot yacía convaleciente tras el experimento y con los ojos vendados, oyó a su marido en la habitación de al lado. Al quitarse la venda, Margot descubrió que podía ver a través de las paredes. Los experimentos de su marido le habían dado el poder de la visión de rayos X. Pero ese poder también lanzaba unos rayos letales con los que accidentalmente mató a su marido. Bueno, se lo merecía, ¿no? ¿A quién se le ocurre experimentar con su mujer mientras está embarazada? Tras la muerte de su marido y el nacimiento de la pequeña Olga, la regente regresó a su reino subterráneo.

Olga heredó de su madre los rayos X en los ojos pero también una fuerza sobrehumana. Su madre la abandonó en la superficie de la tierra pero la dejó a cargo de Rankin. Este hombre se convirtió en una especie de padre adoptivo guardián que, cuando la moza se convirtió en turgente adolescente, pretendió cortejarla. Por fortuna, Olga logró rechazarlo gracias a sus superpoderes. Ya como adulta, Olga evitó el asesinato de un apuesto joven llamado Rodney Prescott, del cual acabó enamorándose. Siempre hay una damisela en apuros a la que salvar. Ups, perdón, quería decir caballero en apuros al que salvar. Gravemente herido, Olga no tuvo más remedio que hacerle una transfusión de su propia sangre al pobre Rodney y así es como él también adquirió algunos de sus poderes.

Nuestra heroína descubrió que su madre, a la que creía muerta, era la reina de un mundo subterráneo. Así que decidió partir en busca de su progenitora, acompañada por su amado Rodney, con el objetivo de recuperar el trono de su madre. Para ello luchó contra los rebeldes del malvado y cruel Ombo. Tras ser capturada y torturada con rayos de la muerte, a los que resultó ser inmune y que encima le dieron más poder, Olga bebió una poción secreta que también le dio la inmortalidad. La cosa se pone interesante. Desde luego, sus superpoderes no son cosa de chiste. Olga, Rodney y Margot viajaron posteriormente a Venus donde la reina se casó con el rey de Marte, consiguiendo parar así una guerra entre el planeta marciano y el venusino. El mundo estaba a salvo, la paz reinaría durante siglos.

El historiador Will Murray sitúa en su libro *The Roots of the Superman!* (Comic Book Marketplace, 1998) a Olga Mesmer como la primera superheroína antes de Superman. Aunque Olga no luce el traje típico, ni la doble identidad característica de la mayoría de superhéroes, tiene suficientes superpoderes como para serlo. La época y el tratamiento de la mujer en estos cómics la mostraron siempre con un vestido escueto y rasgado. Recordemos que apareció en una revista picante y que su imagen representaba a una mujer exótica, ligera de ropa y sexy. Lo del vestido roto es difícil de entender, más para una princesa. Pero para quejas, acudan ustedes al guionista. A pesar de ello, poseía indudables superpoderes similares a los de Superman como los famosos rayos X en los ojos o una fuerza sobrehumana.

Tenemos pocos datos sobre sus creadores, no se conocen sus nombres pero se suele asociar al personaje con el estudio de Adolphe Barreaux. Algunas de las tiras cómicas fueron firmadas por Watt Dell Lovett y otras por Stone, sin embargo, se cree que ambos eran pseudónimos.

Invisible SCARLET O'NEIL:
ahora me ves, ahora no me ves

No mantenía una identidad secreta, no vestía el consabido traje de superheroína y ni siquiera nació en un cómic sino en una tira en el *Chicago Times*, pero el poder de invisibilidad que le permitía combatir a los malos convirtió a Invisible Scarlet O'Neil en una de las primeras superheroínas.

Scarlet era una reportera, parece que el papel aventurero de la profesión tiende a la superheroinización. Debería mirármelo por si acaso, de momento, ningún signo de superpoderes. Al final del libro os cuento. El padre de nuestra protagonista era un científico. Durante un experimento, su hija puso accidentalmente el dedo en un rayo con el que estaba trabajando, lo que le confirió el poder de la invisibilidad. Nuestra heroína desapareció por completo, ropa incluida, ante su más absoluto asombro. Afortunadamente para ella, descubrió que tocando determinado nervio de su muñeca izquierda podía controlar su poder. Pero qué cosas más raras se les ocurren algunas veces a los guionistas de cómics, ¿verdad? Scarlet no era en principio una aventurera, ni una gran luchadora, su único poder era la invisibilidad y le servía simplemente para ayudar a la gente. No por eso sus historias eran menos interesantes. Su autor se encargó de darles variedad y emoción para mantener la atención del lector.

Lamentablemente el regreso de los soldados del frente y el retorno de las mujeres a sus puestos de amas de casa, madres y esposas hizo que los personajes femeninos decrecieran en el cómic y que los que quedaban fueran perdiendo poderes por el camino. De ahí que Scarlet perdiera su Invisible del título y que sus historias parecieran más cercanas a los culebrones que a las aventuras de sus inicios.

Scarlet O'Neil nació el 3 de junio de 1940 y en enero de 1941 ya tenía su propia tira en el diario todos los domingos. Russell Stamm fue su creador. Aunque había trabajo durante años en *Dick Tracy*, al contrario que las aventuras del famoso detective, con *Invisible Scarlet O'Neil* Stamm abandonaba la violencia y la criminalidad. Y lo hacía, en pos de un personaje con un gran corazón más preocupada por ayudar a los más necesitados, sobre todo niños y personas desfavorecidas. Famous Funnies fue responsable de su salto a los cómics cuando empezó a reimprimir sus tiras un año después de su aparición. Harvey Comics le dio su propia serie de tres cómics entre 1950 y 1952. Incluso llegó a ser protagonista de una novela. En 1950 perdió el Invisible y al año siguiente el personaje de Stainless Steel hizo su aparición y empezó a quitarle el protagonismo a Scarlet O'Neil. Desapareció en 1956, cuando Stamm siguió otros caminos y abandonó al personaje.

HEROÍNAS ENMASCARADAS, NO TENGO SUPERPODERES PERO MOLO

No todas ni todos los superhéroes tienen superpoderes y sino que se lo pregunten a Batman. Muchos de ellos son simples mortales con deseos de defender a los inocentes y luchar contra los malvados. Personas normales que deciden arriesgar sus vidas por el bien común. Para ello escogen llevar una doble vida. De día son simples ciudadanos. De noche el traje y la máscara les convierte en vigilantes contra el crimen.

Muchos fueron los personajes femeninos que dieron el salto a esta doble vida gracias a la máscara. Una máscara liberadora que les permitía vivir una vida que en aquellos años era impensable que una mujer pudiera llevar. Independientes, luchadoras y resolutivas, estas mujeres no dudaron en enfrentarse a los malvados criminales que asolaban sus ciudades, poniendo en peligro su vida en un intento de limpiarlas de malhechores.

THE WOMAN IN RED,
la defensora del bien enmascarada

¿Una mujer de rojo vestida con un traje que parece un sayo y que le cubre de la cabeza a los pies luchando contra el crimen? Pues sí, esa es The Woman in Red. Una de las primeras heroínas enmascaradas. Apareció por primera vez en marzo de 1940 en una historieta incluida en el segundo número de Thrilling Comics, publicado por Standard Comics. Sus creadores fueron Richard E. Hughes mientras que George Mandel fue el artista que la dibujó. Ha sido identificada como la primera luchadora enmascarada contra el crimen por la historiadora Trina Robbins en su libro *The Great Women Superheroes* (Kitchen Sink Press, 1996). Aunque The Woman in Red no tenía superpoderes, luchaba contra el crimen como más tarde haría Batman. Y si él fue considerado un superhéroe, ¿por qué The Woman in Red no iba a serlo?

Tras la máscara roja se escondía Peggy Allen, una policía que trabajaba encubierta, normalmente como criada o enfermera. Cansada de no poder realizarse plenamente como detective por ser mujer, decide crear una identidad secreta para luchar contra el crimen que asola su ciudad. Para no comprometer su coartada, The Woman in Red adopta su famosa vestimenta roja. Al contrario que otras mujeres que poblaban en aquellos años el cómic, The Woman in Red no lucía ligerita de ropa, más bien todo lo contrario. Su traje rojo cubría su cuerpo de la cabeza a los pies con una túnica con capucha, además de la consabida máscara. Más tarde incluso llevaría una capa, roja por supuesto. ¿Traje, máscara, capa y sin superpoderes pero lucha contra el crimen? Vaya, mirad, ¡como Batman!

A pesar de no tener poderes, Peggy resolvía los casos a los que se enfrentaba a través de la deducción, ya que era una excelente detective. Además poseía fuerza atlética, dominaba las artes marciales y tenía una excelente puntería disparando con su pistola. Al igual que haría Batman más tarde, Peggy usaba algunos *gadgets* y conocimientos científicos para resolver sus casos. Al final de cada historieta, informaba pormenorizadamente al jefe de policía que era su aliado, como el comisario Gordon lo sería para Batman.

Por eso es curioso que una de las causas por las que no se considera a The Woman in Red una superheroína es el hecho de que no tiene superpoderes. Algo bastante ridículo considerando que Batman lo es y no posee ninguno. Nuestra heroína nunca disfrutó de una portada en Thrilling Comics y apareció por última vez en el número 46 en febrero de 1945. Fuera de Thrilling Comics, The Woman in Red apareció también en los números 1 y 2 de la antología America's Best Comics. Junto a personajes como Captain Future o The American Eagle, The Women in Red fue protagonista de las portadas de ambos números.

En 2001, Alan Moore, autor de *Watchmen*, adoptó a The Women in Red, junto a otros superhéroes creados durante los años de Standard y Nedor Comics, para su cómic de *Tom Strong* publicada por Wildstorm de DC. Los personajes habían entrado ya en dominio público y no necesitaban pagar derechos de imagen. Esta nueva Woman in Red apareció por primera vez en el número 11 como personaje secundario. Moore le dio además superpoderes, podía volar y proyectar energía gracias a la influencia de un rubí que le causaba marcas carmesíes en el cuerpo, de ahí que tuviese que cubrirlo con su famoso traje. Un traje que no destacaba sus agraciados atributos femeninos. Gracias a una milagrosa cura, en esta época pudo adoptar una vestimenta escueta, una especie de traje de baño mínimo que se le ajustaba perfectamente al cuerpo. Bienvenido sea el siglo XXI y la igualdad de la mujer. Para una superheroína que no sexualizaban, va mister Moore y la pone en paños menores. Una lástima.

MISS FURY,
de aburrida hija de papá a luchadora felina contra el crimen

Miss Fury fue la primera superheroína creada y dibujada por una mujer, algo tremendamente insólito para la época. June Tarpé Mills publicaba bajo el nombre Tarpé Mills, probablemente para mantener la ambigüedad respecto a su sexo. En aquellos años, los cómics eran escritos por hombres para un público mayoritariamente masculino. Originalmente, Miss Fury apareció en una tira en un diario dominical en 1941 y un año después empezó su propio cómic en Timely Comics. Aunque duró 8 números, la tira continuó publicándose hasta 1952. Miss Fury es otra de esas heroínas enmascaradas que poblaron los años cuarenta: herederas aburridas de una vida social limitada que no les ofrecía la libertad que querían y que finalmente encontraban detrás de su personalidad secreta y una máscara.

Tras Miss Fury se escondía Marla Drake, una rica heredera acostumbrada a ver pasar los días de fiesta en fiesta. Hasta que sufrió una gran crisis existencial al descubrir que otra mujer planeaba asistir a un baile llevando el mismo traje que ella. ¡Sacrilegio! ¡Atentado imperdonable contra las normas de etiqueta! Por suerte, su fiel criada Francine le sugirió que se vistiese con una preciosa piel de pantera que su tío fallecido le había regalado hacía tiempo. Era una piel que fue llevada por un brujo africano como vestimenta ceremonial. Milagrosamente, esta simple piel le sentaba a Marla como un guante. Demasiado bien y todo. Así que se fue hacia la fiesta más contenta que unas pascuas con su nuevo vestido, sin saber que nunca llegaría a lucir el modelito ante la alta sociedad. De camino al sarao se vio envuelta en un asesinato del que consiguió atrapar al criminal. Los diarios hicieron su agosto con esta misteriosa figura a la que llamaron Black Fury, aunque Marla decidió que le gustaba más Miss Fury y adoptó ese nombre.

Tras aquella primera aventura casual, el gusanillo de la lucha contra el crimen le picó, había encontrado su verdadero camino. Su confianza era tal que luchará contra el crimen a nivel internacional. Se enfrentará a un malvado general alemán, a la pérfida baronesa Erica von Kampf o al Doctor Diman, un científico loco de esos que nunca pueden faltar en una buena historia.

Aunque el traje no le aportaba ningún tipo de superpoder a nuestra protagonista, su amigo Albino Joe le advirtió de que estaba maldito y tenía extraños poderes. A pesar de ello, Miss Fury poseía una fuerza atlética, era acróbata y tenía una gran habilidad para la lucha. Era una detective amateur que utilizaba su inteligencia para resolver casos y además era tremendamente rica. Como armas a veces usaba un látigo y sus estilizados tacones. Su traje también tenía garras aunque apenas las usaba. Sabía escalar e introducirse en edificios sigilosamente. ¿Os suena de algo? Se parece a Catwoman, ¿verdad?

Pronto las hazañas de Miss Fury llamaron la atención del Detective Carey. Primero intentó descubrir su identidad secreta y averiguar si la misteriosa felina estaba del lado de los buenos o de los malos. Pero al final acabó enamorándose perdidamente de ella. El colmo de la originalidad, sería una historia usual en muchas de estas superheroínas. La vida amorosa de Marla centraba muchas tramas de sus cómics. Primero estaba prometida a Gary Hale, pero un malentendido sobre su identidad secreta rompió el compromiso. El ingenuo Gary acabará en Brasil en las garras de la baronesa von Kampf con la que tendrá un hijo. Este niño, de manera rocambolesca, será adoptado por la propia Marla Drake, sin saber que era hijo de su antiguo prometido. Esto parece un culebrón, ¿no? Esperad que hay más. Marla rescató al pequeño del malvado Diman Saraf que pretendía someterlo a un terrible experimento. Recordad que es un científico loco y eso es lo que hacen, experimentos horrorosos de insufribles consecuencias.

Tras rescatar al retoño, nuestra heroína casi ve truncados sus planes de adopción. Es una mujer soltera y en los años cuarenta las mujeres que no estaban felizmente casadas no podían adoptar ni por asomo. Encima estaban muy mal vistas. Las mujeres tenían que casarse, como Dios mandaba. Aún así, su coraje y heroísmo convencieron a las autoridades y por fin pudo adoptar a su pequeñín, Darron. Que autoridades más amables, ¿verdad? Le ayudará a cuidar al niño Francine, su fiel asistenta, que acababa de perder su trabajo en una planta de fabricación de armas tras el final de la guerra. Uno de los principales problemas a los que se tuvieron que enfrentar las mujeres después del conflicto bélico: abandonar sus trabajos y volver a sus casas cuando los hombres regresaron. Ya no las querían ni las necesitaban, salvo en la cocina, claro.

En 1991 Adventure Comics sacó una miniserie de cuatro números de *Miss Fury* que en vez de continuar la historia de Marla Drake, tenía como protagonista a su nieta. Pero eso ya es otra historia.

LADY LUCK,
la enmascarada elegante

Brenda Banks era una de esas socialités aburridas de las fiestas y la vida disoluta de la gente de bien. Por eso, nadie sospechó jamás que ella se escondía detrás del velo verde que ocultaba la cara de Lady Luck. Su traje no era precisamente el más típico de los superhéroes, al contrario, su estilo era el de las *femme fatales* que el maestro Eisner creaba. Un vestido verde esmeralda, una capa, un sombrero de ala ancha y un velo de seda que cubría la parte inferior de su cara eran su distintivo. Pura elegancia y glamour hasta para luchar contra el crimen.

Resolvía casos poco triviales como secuestros, espionajes o chantajes. Como siempre solía pasar con este tipo de vigilantes, la policía no se fiaba de ella y la perseguía como a los criminales contra los que luchaba. Curiosamente, su mayor perseguidor fue el jefe de policía Hardy Moore que no conocía que la identidad de su peor pesadilla era la de su amada Brenda. El mejor aliado de Lady Luck era su chófer, Peecolo, de origen italiano y que ejercía como su asistente personal.

Aunque Lady Luck no fue la primera en enmascararse para luchar contra el crimen, formó parte de las primeras mujeres que decidieron dar el salto junto a The Woman in Red o The Red Tornado. Su primera aparición fue en una tira de The Spirit en junio de 1940. La idea original y diseño del personaje fue de Will Eisner. El proyecto era rellenar 16 páginas finales de un suplemento del domingo en un diario en la forma de un cómic. The Spirit protagonizaba las primera mitad del mismo y la segunda se dividía entre las aventuras de Lady Luck y Mr. Mystic, cada uno disfrutaba de cuatro páginas en las que encandilar a su público.

Dick French escribiría sus historias mientras Chuck Mazoujian daría vida al personaje con sus dibujos. Ambos trabajaban en el estudio de Eisner, el primero era conocido por escribir historias de Daredevil, por ejemplo. Aunque fue en marzo de 1942 cuando Klaus Nordling entró en escena. Su trabajo sería el más representativo de las historias de Lady Luck. Estuvo trabajando con el personaje hasta marzo de 1946 cuando Lady Luck desapareció del proyecto. Un par de meses después reapareció dibujada por Fred Schwab, aunque para finales de año volvió a desvanecerse. Por suerte, Quality Comics empezó a reimprimir sus tiras en el número 42 de Smash Comics hasta 1949 cuando el título pasó a llamarse *Lady Luck Comics* en el número 86, ganando así total protagonismo. Duró poco, acabó con el número 90 en agosto de 1950. El personaje no tuvo más continuidad.

THE RED TORNADO,
¿ella era él?

Abigail Mathilda «Ma» Hunkel apareció por primera vez en el número tres de All-American Comics en Junio de 1939 y se convirtió en Red Tornado en el número 20, publicado en noviembre de 1940. Ella fue una de las primeras parodias de superhéroe y una de las primeras superheroínas, a pesar de que su personaje fuera considerado un hombre, gracias a su disfraz. Ma Hunkel nació de la mano de Sheldon Mayer y su «Scribbly», una tira autobiográfica de humor surgida en All-American Comics. Aunque era un personaje secundario, pronto tomó protagonismo. En 1944 el personaje desapareció, era el número 59 de la serie y el año en que DC Comics absorbió a All American Publications encargada de All-American Comics. Aunque continuó apareciendo esporádicamente en algunas series de DC a lo largo de los años.

Ma Hunkel era una mujer trabajadora, madre y excelente cocinera. Pertrechada con unos calzonzillos largos rojos y una cacerola con agujeros para los ojos en la cabeza, se convirtió en Red Tornado para luchar contra los criminales de su barrio en Nueva York. Vamos, lo que viene siendo una superheroína local. Tras escuchar a su hijo alabar a Linterna Verne y harta de los malhechores que asolaban su barrio día sí y día también, decidió calzarse el traje con lo primero que tenía a mano y actuar contra ellos. Supertraje casero y a luchar contra los malos.

Su carácter cómico hizo que The Red Tornado viviera situaciones de lo más curiosas. En el número 3 de All-Star Comics de 1940, Hunkel participó en el encuentro fundacional de la Justice Society of America. Lástima que sus calzonzillos se rompieran inoportunamente y tuviera que desaparecer antes de entrar a formar parte del grupo, la vergüenza era demasiado grande como para quedarse allí. Un año después Wonder Woman entraría a formar parte de la JSA haciendo historia en el cómic. Mientras, «Ma» Hunkel intentaba salir airosa tapándose el agujero de sus famosos calzoncillos. Por suerte, la cacerola de su cabeza cubría el sonrojo que seguramente debía estar sufriendo.

A pesar de ese elemento cómico, The Red Tornado era una presencia fuerte y grandiosa, muchos pensaron al cruzarse en su camino que era un hombre. Imaginaros su corpulencia. Aunque fue precisamente esa confusión la que le ayudaría a proteger su verdadera identidad. Era un personaje preeminentemente humorístico, pero The Red Tornado también fue uno de los primeros superhéroes en ocultar su identidad bajo un sexo diferente al suyo, algo poco habitual. Y como ya he comentado, la naturaleza cómica de su personaje la convirtió también en una de las primeras parodias del género de superhéroes.

LAS HEROÍNAS PATRIÓTICAS
DIOS SALVE A AMÉRICA

Los colores de la bandera americana han lucido desde tiempos inmemoriales en los cuerpos de los superhéroes como señal inequívoca del poderío del país de las barras y estrellas. El Capitán América sin ir más lejos, es uno de los estandartes de este subgénero. Han corrido ríos de tinta desde su última revelación como doble agente para Hydra. ¿Hasta dónde nos van a hacer sufrir los guionistas de cómics? Pero bueno, no nos vayamos por los cerros de Úbeda. Dejando de lado la traición del Capi, los superhéroes patrióticos han proliferado a lo largo de la historia del cómic. Es por eso que las superheroínas no se iban a quedar atrás a la hora de lucir orgullosas los colores de su patria.

América en la sangre y en los colores de sus trajes. Escuetos sí, pero de blanco, rojo y azul. La bandera como símbolo y unos ideales que remontan a los padres fundadores de la famosa Constitución. Esa de las enmiendas que siempre mencionan en las pelis, de las que no tenemos ni idea y que ellos se encargan de recordarnos tan a menudo. Los americanos tienen derecho a poseer armas y, es más, a usarlas para defenderse. En este caso, tienen derecho a poseer superpoderes y a usarlos para defender los ideales de la paz y la justicia, al menos en los cómics.

MISS VICTORY,
de estenógrafa a superheroína

Miss Victory fue precisamente una de las grandes figuras de esta explosión de lo patrio en los años cuarenta. Lo fue en otro de los subgéneros de superhéroes que se crearon por aquel entonces, el de los portadores orgullosos de los colores de la bandera. A ella se la considera la primera superheroína patriótica. Washington D.C. fue su territorio. La capital política americana era nido de corruptos y malvados en sus cómics. Así que no dudó en combatirlos bajo una identidad secreta. ¿Os suena de algo? ¿Corruptos y malvados? Quizás deberíamos llamarla y que se pase por aquí.

Joan Wayne trabajaba como estenógrafa para un asistente del secretario de comercio en Washington D.C. cuando descubrió un complot para asesinar a un senador. Ni corta ni perezosa, decidió vestir el traje con los colores de la bandera americana y luchar contra el mal de la corrupción convirtiéndose en Miss Victory. Madre mía, la de faena que tendría la pobre ahora mismo. En estas tierras no daría a basto. Miss Victory poseía una fuerza sobrehumana y era prácticamente invulnerable. Como más tarde haría Superman, ella también podía sobrevivir a fuertes explosiones, liberarse de ataduras sin problemas o atravesar paredes con su fuerza. También era una buena escaladora y solía llevar un gancho consigo para facilitarle el trabajo. Tales poderes no podían pasar desapercibidos al gobierno de los EE. UU. y menos al ejército. Pronto la reclutaron y entrenaron para diversas misiones.

Miss Victory apareció en el universo del cómic en agosto de 1941 en el primer número de *Captain Fearless*. Aunque se desconoce quién fue el guionista, se le atribuye los créditos de su dibujo a Charles Quinlan. *Captain Fairless* solo duró dos números, pero los personajes que lo protagonizaban le sobrevivieron. En diciembre de 1941 Miss Victory aparecía de nuevo en el primer número de *Captain Aero*. Desapareció en agosto de 1946 con el último número de la serie, el 26. El personaje fue recuperado en los ochenta por Americomics y más tarde acabaría en AC Comics convertida en miembro de Femforce. Pero ya no sería la misma Miss Victory.

MISS AMERICA,
soñé que tenía superpoderes

No fue la primera en lucir los colores de la bandera americana, ya comentábamos que Miss Victory también lo hizo, pero Miss America también fue una de las precursoras. Miss America nació en el número 1 de Military Comics publicado por Quality Comics en 1941. Creada por Ed Wexler, su personaje aparecía en sus últimas páginas para convertirse en otro símbolo.

La reportera Joan Dale esperaba enfrente de la Estatua de la Libertad a una cita que ya llegaba tarde. Mientras estaba sentada en un banco, se imaginaba poseyendo la fuerza y los poderes que la señorita Libertad debía poseer. Viendo la grandeza y el porte en defensa de los derechos de este gran símbolo americano, nuestra intrépida reportera se imaginó cómo sería tener esos poderes y poder luchar con ellos contra las injusticias del mundo. Tan cansada estaba que echó una cabezadita. En su sueño la estatua vivía y le hablaba, otorgándole los poderes que tanto deseaba y confiriéndole la misión de defender América. ¿Había sido solo un sueño? Pues no, de hecho, al despertar Joan había adquirido nuevas habilidades mágicas.

En su vuelta en el ferry a la ciudad, salvó a un anciano. El pobre estaba dando un discurso sobre las virtudes de la democracia cuando fue atacado por un grupo de personas poco amantes de la misma. Con sus nuevos superpoderes consiguió transformarlos en palomas. Otro gran símbolo de la paz. El anciano la llamó el espíritu de América, la verdadera Miss America. Había nacido una nueva defensora del bien. Miss America tenía el poder de manipular la materia, hacer desaparecer cosas o transformarlas. También podía volar, usar la telekinesis, la telepatía o la hipnosis.

A pesar de convertirse en defensora del bien, no se enfundó en el traje hasta el número 4. Aunque solía cambiar de modelito a menudo. La serie solo duró siete números. En 1943 Marvel Comics inventó su propia Miss America, nada que ver con la original y más tarde, en 1956, DC Comics adquirió los derechos de Quality Comics. Veinte años después transformó a Miss America y sus orígenes en otra historia totalmente diferente. Poco quedaría de aquella heroína que soñó con defender la libertad de su patria.

LIBERTY BELLE,
suenan campanas de victoria

Aunque no lucía los colores de la bandera americana, no hay duda que Liberty Belle representaba los ideales del país. El verdadero nombre de Liberty Belle era Libby Lawrence. La explosión de la Segunda Guerra Mundial marcó su vida para siempre. Atleta destacada, uno de los premios que recibió como medalla fue una réplica de la campana de la libertad en miniatura, un colgante que siempre llevaba consigo. Nuestra intrépida heroína se encontraba en Polonia en 1939 cuando los nazis invadieron el país. Entonces ejercía como asistente de su padre, el Mayor James Lawrence que murió durante esos primeros días de la guerra en un ataque aéreo alemán. Ella logró escapar primero a Amsterdam, luego a Francia y de allí a Inglaterra. Y lo hizo cruzando a nado el canal de la Mancha cuando su bote fue hundido. Ahí es nada. Después de esta hazaña Libby se convirtió en toda una celebridad mundial, algo que le ayudó a emprender carrera como reportera.

Toda una aventurera nacida a raíz de la segunda gran guerra que asoló al mundo. La primera aparición de Liberty Belle fue en el número 1 de Boy Commandos en el invierno de 1942. Fue creada por Don Cameron, cuyas historias se incluyeron en Batman y Superman, y dibujada por Chuck Winter. La serie continuó en el segundo número de Boy Commandos y luego fue transferida a Star Spangled Comics. Allí pasó a formar parte de The Newsboy Boys, creados por Joe Simon y Jack Kirby, en el número 20 de mayo de 1943. Reemplazó a otro personaje, Tarántula, hasta el número 68 publicado en mayo de 1947. No apareció nunca en portada ni estuvo en ningún otro cómic hasta que en los ochenta DC la rescató del olvido.

Una vez de vuelta a su Philadelphia natal tras la guerra, Libby conoció a Tom Revere, el guardián de la famosa Liberty Bell que estaba en el Independence Hall. Mientras Revere limpiaba la campana, esta se movió y sonó. Ese sonido resonó en la pequeña miniatura que Libby llevaba alrededor de su cuello y que estaba hecha del mismo material. Una sensación extraña recorrió su cuerpo al salir del lugar. A través de la campana Libby adquirió sus poderes. Su primera aventura comenzó allí mismo, cuando al salir descubrió una conspiración alemana. La intrépida Libby, en vez de llamar a las fuerzas de seguridad para que se encargasen de ello, decidió vestir el traje y el antifaz que la harían famosa. Tiempo después se convertiría en una de las miembros fundadoras del All Star-Squadron del que se convertiría en presidenta en los años ochenta cuando DC recuperó el personaje dentro del número 193 de *Justice League of America*. La mayoría de sus aventuras se centraron en la Segunda Guerra Mundial. Junto con otros superhéores

enmascarados, Libby formó este escuadrón que actuaba bajo las órdenes del Presidente Roosevelt. Fue entonces cuando Liberty Belle adquirió verdadera importancia como superhéroe e incluso adquirió nuevos poderes como lanzar explosiones sónicas con sus manos.

En sus inicios la campana activaba sus poderes, es por eso que su primer aliado fue el guarda de la misma, Tom Revere, descendiente del famoso Paul Revere. A su señal, él activaba la campaña que desataba sus poderes. Entre ellos se incluyen resistencia, velocidad, manipulación del sonido y longevidad. Se desconoce por que razón Libby adquirió esos superpoderes, si un gen sobrehumano habitaba en ella o no. Pero es cierto que era descendiente de Miss Liberty. Durante la guerra se casó con Johnny Quick, superhéroe con el poder de la supervelocidad, y tuvieron una hija, Jesse que heredó el poder de ambos. Años más tarde, ella misma se convertiría en Liberty Belle.

DE NIÑAS DE PAPÁ RICAS A SUPERHEROÍNAS

Fueron bastantes las superheroínas enmascaradas o no que decidieron llevar una doble vida. Hastiadas de la fiestas, de que las trataran como niñas de papá, de que se las considerara simplemente una mujer a la espera de casarse. Esta doble vida les permitía vivir experiencias que de otra manera jamás vivirían. Incluso les daba una libertad que de otra manera no tendrían para expresarse tal y como eran. Pero la libertad requiere pagar un alto precio y es lo que le pasó a Phantom Lady. Puede que realmente ella no fuera la única pero fue a la que le tocó pagar el pato. Ella fue la superheroína que el Dr. Wertham usó como ejemplo para su libro, el que sirvió para que el mundo de la viñeta cambiara para siempre. Gracias a él se creó la Comics Code Authority y la censura empezó a teñir las páginas de los cómics.

Aunque eso sucedió mucho después de su creación, en los años cuarenta Phamtom Lady se erigió como una de las superheroínas precursoras del género. Pero además fue también uno de los ejemplos de origen más comunes, el de la niña rica que aburrida de las fiestas decide que quiere hacer algo más con su vida a parte de esperar a encontrar al marido perfecto. Ya hemos visto algún otro caso como el de Miss Fury. La vida disoluta de una socialité era la cobertura perfecta para una superheroína, sino mirad la dicotomía entre Bruce Wayne y Batman.

Esta doble vida permitía a las mujeres realizarse en tareas imposibles para ellas. Llevar una doble vida les abría las puertas a las aventuras más inimaginables, a los peligros de una vida como luchadoras contra el crimen y a la igualdad de condiciones que su papel como mujeres en la sociedad no les permitía. Que acabaran convirtiéndose en personajes sexualizados tenía mucho que ver con el público de los cómics y los que movían el cotarro desde altas instancias. Esos que luego las condenarían al ostracismo y a la vuelta a su papel de recatadas amantes esposas.

PHANTOM LADY,
dama de la oscuridad

Phantom Lady pasó a la historia por ser uno de los ejemplos que el retorcido Dr. Fredric Wertham usó en su famoso *Seduction of the Innocent* en 1954, el libro que dio pie al restrictivo Comics Code Authority. La moral puritana por encima de la historia del cómic. Pero mucho antes de eso, Phantom Lady también tuvo su importancia como personaje femenino algo que quizás su maldición y asociación con el malpensado Dr. Wertham ha sepultado.

Sandra Knight era la hija del senador Henry Knight. Una joven debutante y socialité que dedicaba su tiempo a la causa de su padre. Mientras esperaba en las escaleras del Capitolio en Washington D.C., Sandra descubrió un complot para asesinar a su padre. Aunque no tenía ningún arma a mano, con un simple periódico consiguió vencer a los dos asesinos. Además puedo evitar que su padre descubriera que había sido ella la que le había salvado. Fue entonces cuando le picó el gusanillo de la lucha contra el crimen. Aunque pronto descubrió que para hacerlo tendría que entrenarse a fondo y conseguir mejores armas que un simple periódico enrollado. Así que, ni corta ni perezosa, se enroló en un duro entrenamiento de combate cuerpo a cuerpo, espionaje, habilidades detectivescas y todo lo que necesitase para combatir el crimen. Su signo de identidad además fue un rayo de luz negra, un artefacto que le dio el Profesor Davis, un científico amigo de la familia. Era esta un arma que le servía para cegar a sus enemigos o hacerse invisible. Más tarde además, se equipó con unas gafas especiales que le permitían ver en la oscuridad. Vestida con un traje escaso de tela, se convirtió en Phantom Lady.

Raro es que tan ligerita de ropa y sin máscara en un principio, no fuera reconocida por sus oponentes. Más aún siendo tan famosa como socialité. Su padre era una de los pocos políticos honestos de la ciudad y le inculcó un gran sentido de la responsabilidad hacia los más desfavorecidos e inocentes. Su faceta más frívola como socialité le permitió una coartada perfecta. Nadie se imaginaría a la despreocupada Sandra Knight como la oscura luchadora de la noche, Phantom Lady. Era llamativo su sucinto traje, una especie de bañador amarillo y una capa verde. Un traje que fue perdiendo tela, a pesar de que ya tenía poca, a lo largo de los años.

Phantom Lady fue publicada por hasta seis compañías diferentes hasta que en 1973 pasó a formar parte de DC. De 1941 a 1943 sus aventuras aparecieron en Quality Comics, siendo su debut en el número 1 de Police Comics. En 1947 Fox Feature Syndicate se hizo con el personaje y le dio su propio título. Matt Baker, pionero del *Good Girl Art* en los cómics, le cambió el traje por uno azul y rojo igualmente sexy. Fue durante el conservadurismo que rodeó a los años cincuenta, cuando el personaje creó más polémica debido sobre todo a su atuendo. El hecho de que los villanos la atarán de manera provocativa no ayudó mucho. Así que pronto fue el blanco de críticas, citada como mal ejemplo y clara demostración del efecto corrupto que ese tipo de personajes provocaba en los niños, especialmente en las niñas.

En 1954 Ajax-Farrell Publications adquirió Fox y Phantom Lady vio publicado su segundo volumen, aunque esta vez con un atuendo más conservador. Tampoco ayudó, seguía siendo demasiado sexy e inapropiada para la moral retrógrada de la época. La presión del público causó que Ajax-Farrell cancelara la serie y que Phantom Lady acabara como secundaria en las historias de *Wonder Boy*. Esa fue la última aparición de nuestra heroína hasta que DC la rescató en 1973 en *Justice League of America* como miembro de Freedom Fighters.

LAS REPORTERAS INTRÉPIDAS

Como ya he mencionado, muchas de las pioneras en esto del mundo de las superheroínas eran periodistas de profesión. Tenemos a Miss Victory o Liberty Belle, por ejemplo. Parece que el género gacetillero, propenso a la aventura y a estar en el meollo de lo que se cuece, ha dado de sí lo suficiente para que muchos superhéroes se escondieran detrás del mismo para ocultar sus identidades. Mirad sinó a Clark Kent. Un periodista siempre estaba al tanto de lo que sucedía y eso le daba un poder que otras profesiones no tenían. Los guionistas del cómic supieron aprovechar ese hecho.

Lois Lane, quizás la periodista más famosa de la historia del cómic, fue uno de los primeros personajes femeninos de cómic en adquirir bastante importancia, aunque lo hiciese como pareja amorosa de Superman. Tampoco tenía superpoderes en un principio pero siempre se la asoció al género de los superhéroes. Lois era intrépida, la perfecta periodista dispuesta a llegar hasta el final de la noticia. Al menos hasta que el fin de la guerra le hiciera pasar de perseguir la noticia a perseguir un anillo de boda. Pero antes que ella existió Brenda Starr, que puede ser considerada hoy como la precursora de esas mujeres periodistas dispuestas a todo. Además lo hizo de la mano de su creadora, una mujer que luchó contra el machismo que dominaba en aquellos años el mundo del cómic.

BRENDA STARR,
la reportera aventurera

Setenta años, se dice pronto. Pocos personajes han durado tanto y menos si eran femeninos. Al contrario que Lois Lane, Brenda Starr fue la protagonista absoluta de sus historias. Dale Messick creó el personaje en 1940 pero ya desde sus inicios se tuvo que enfrentar a los prejuicios machistas que imperaban en la época. Puede que no fuera una superheroína pero su importancia para los personajes femeninos aventureros e intrépidos es indudable. Dale Messick fue una pionera en un mundo dominado por los dibujantes y guionistas masculinos. Tuvo que cambiar su nombre de Dalia a Dale, un nombre menos femenino a la hora de presentar su trabajo. Subterfugios que una mujer se veía obligada a hacer para pasar la primera barrera ante su trabajo: el machismo imperante.

Brenda Starr vivía en sus historias verdaderas aventuras como reportera de diario. Dispuesta a poner en peligro su vida, pero también teniendo tiempo para vivir luctuosas historias amorosas. Brenda estaba harta de cubrir ecos de sociedad, quería aventuras, emociones y sobre todo acción, como el resto de sus compañeros reporteros masculinos. Y las obtuvo. Subida en unos estilosos zapatos de tacón y con un vestuario a lo Dior que ninguna reportera podría vestir, Brenda Starr era puro glamour, pero también valentía y arrojo. Durante la guerra, persiguió espías y criminales de diversa calaña, luchó contra ellos tanto en la ciudad como en territorios inexplorados y se enfrentó a criaturas gigantes, mortales y venenosas. No le faltaron las críticas, sobre todo del mundo del que surgía, el periodismo. No era demasiado fiel a la realidad del día a día del periodista. Pero estamos hablando de un cómic de aventuras en el que la realidad tenía poco o nada que ver con lo que pasaba en sus historias.

Una de las parejas más fieles de Brenda Starr fue el misterioso Basil St. John que le pidió matrimonio durante décadas. Finalmente se casó con él tras 36 años de historias. Un hombre que sufría una misteriosa enfermedad mortal por la que necesitaba tomar un sérum hecho de orquídea negra que solo se encontraba en la selva más perdida. ¿Qué decíamos de la realidad? Basil desaparecía durante largas temporadas en la jungla en busca de la sanadora planta. Momento en el que nuestra protagonista aprovechaba para ampliar su círculo de amistades masculinas. Starr era una mujer totalmente independiente y liberada, algo insólito para la época en la que se creó el personaje. Vale, le gustaban los modelitos más que los caramelos a los niños, pero se puede ser glamurosa y efectiva al mismo tiempo. El nombre de Brenda Starr surgió de la debutante más famosa en aquellos días, Brenda Frazier y su apellido, bueno, no es para menos si era la reportera estrella del diario *The Flash.*

El personaje nació como tira en el *Chicago Tribune*. Messick había propuesto anteriormente un personaje femenino pirata, una villana como protagonista que fue rechazada. El editor de aquella época, Joseph Medill Patterson, no creía que una mujer pudiera crear las historias y dibujos de una tira en un diario. Pero ante la insistencia de su asistente personal, Mr. Patterson aceptó y la historia de Brenda Starr vio la luz. Eso sí, relegada a un suplemento secundario, simplemente porque su creadora era una mujer. De ahí la importancia de este personaje que a pesar de sus inicios difíciles supo mantenerse a lo largo de décadas y décadas. Messick se convirtió en una de las figuras principales del género. Pronto la tira tomaría tal protagonismo que se convertiría en uno de los grandes éxitos del diario.

Aunque Messick tenía ayudantes que le echaban una mano a la hora de dibujar algunas escenas de acción, ella siempre se encargó de los detalles del personaje. Su famosa melena pelirroja, dicen que basada en la de Rita Hayworth, sería marca de la casa pero también sus cuidados estilismos y sus gestos. Messick se retiró en los años ochenta pero otras mujeres siguieron dibujando y creando las historias de la reportera.

LA UNIÓN HACE LA FUERZA
LAS SUPERHEROÍNAS SE JUNTAN

Si un superhéroe es poderoso, un buen puñado de ellos lo son más. Las alianzas entre estos seres han sido uno de los grandes aciertos del cómic. Las dinámicas de grupo funcionan a las mil maravillas en sus historias. Así que pronto empezaron a hacerse famosos. Pero antes de los grandes supergrupos como la JLA o Los Vengadores también hubo grupos de mujeres valerosas que se unieron para luchar contra un enemigo común.

La unión hace la fuerza y si hay que luchar contra los nazis más aún. Uno de los primeros ejemplos de estos supergrupos fue el formado por la intrépida enfermera Pat Parker, más conocida como War Nurse y sus Girl Commandos.

PAT PARKER WAR NURSE & GIRL COMMANDOS, el primer supergrupo

Durante los años treinta y cuarenta y el apogeo de la Segunda Guerra Mundial, los héroes de guerra fueron llenando las páginas de los cómics. Por eso, no podía faltar una heroína como la enfermera, uno de los pocos papeles activos que se le permitió a la mujer durante el conflicto bélico, que además eran realmente reconocidos y respetados.

La capitana Pat Parker era una enfermera inglesa que decidió que curar enfermos no era suficiente para ella y que luchar contra los nazis era algo mucho más importante a lo que quería dedicarse. Ese fue el inicio de sus aventuras como superheroína enmascarada. Debajo de su uniforme blanco ocultaba su traje, un top blanco y *shorts* negros con un cinturón adornado con una cruz y, por supuesto, la máscara blanca que también llevaba una cruz dibujada. Así nació War Nurse.

Brookwood Comics lanzó el personaje de Pat Parker War Nurse en el número 13 de Speed Comics en mayo de 1941. En el siguiente número Harvey Comics se hacía con la serie. Fue entonces cuando transformaron a la enfermera que luchaba contra saboteadores y otra serie de delincuentes menores en una superheroína, simplemente poniéndole un traje y una máscara. El número 15 anunciaba su nueva personalidad enmascarada como War Nurse y en el 16 ya la veíamos como la nueva superheroína, aunque realmente no tenía superpoderes. Se desconoce a su creador pero los dibujos eran de Jill Elgin, una de las pocas mujeres dibujantes de la época, que también se encargó de crear a las Girl Commandos.

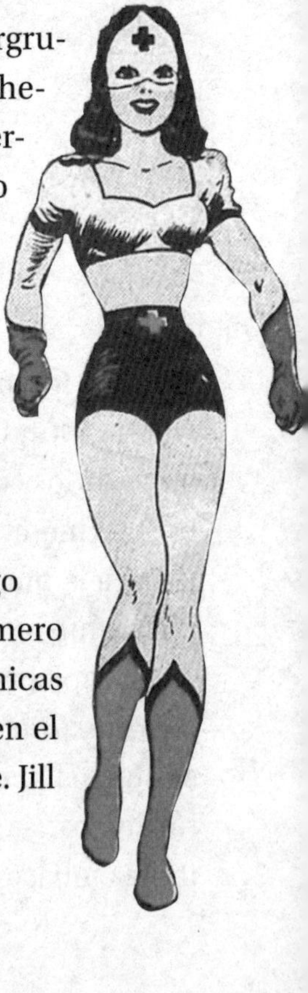

Las Girl Commandos fueron el primer supergrupo femenino pero también destacaba por otro hecho. Uno de sus miembros, Mei Ling, era un personaje de origen asiático y además no era tratado de forma racista. Recordemos que después del ataque de Pearl Harbor en 1941, en América se desató una oleada de rechazo contra todo lo oriental. Los miembros del grupo eran las colegas de Pat Parker: Ellen Billings, Penelope Kirk, Mei Ling y Tanya. Aunque no llevaban máscaras ni ocultaban su verdadera identidad, vestían traje y funcionaban como un equipo, algo inusual en aquella época. Aparecieron en el número 26 de Speed Comics en abril de 1943. Pat y sus chicas permanecieron activas hasta marzo de 1946 y en el número 42, un año después desaparecía la serie. Jill Elgin dibujó todas sus aventuras.

CAPÍTULO 2
Las primeras superheroínas. Y los dioses crearon a la mujer

Tras la explosión de precursoras que inundaron el cómic durante sus primeros años, la época dorada del cómic dio paso a un nuevo tipo de heroína. Por fin nacía la primera superestrella femenina de la viñeta de la mano de Wonder Woman. Aún así, quedaba mucho terreno por ganar en la dura batalla por salvar al mundo. Las heroínas eran relegadas casi siempre a un segundo plano. Superman y Batman se llevaban la palma como los primeros superhéroes de la historia del cómic. Muchos seguirían sus pasos a imagen y semejanza de ambos. Wonder Woman sería la única de todas las superheroínas que nacieron en aquellos años que conseguiría mantenerse activa durante décadas y convertirse así en el personaje femenino más importante del género. Venía pisando fuerte a patear el culo de los nazis. Había que salvar al mundo de la gran amenaza del siglo XX y nuestra princesa amazona era la mejor embajadora para ello. De eso no había duda.

La época dorada del cómic significó también el nacimiento del *Good Girl Art* que durante la segunda guerra mundial tuvo su apogeo. Los años cuarenta y cincuenta ofrecieron los mejores ejemplos de este arte que, al contrario de lo que su nombre indica, no ilustraba precisamente a chicas buenas y modosi-

tas. Muchos militares destacados en la gran guerra se entretenían con estas imágenes de chicas ligeritas de ropa que proliferaron en las páginas de los cómics en esos años. El *Good Girl Art* mostraba siempre a las mujeres de una forma atractiva visualmente, en bañador, bikini o ropa sexy y casi siempre en situaciones provocativas. Además acababan irremediablemente atadas en algún momento u otro de la trama. El *bondage* estaba también en auge en el cómic. En esa tesitura se encontraron las primeras superheroínas del cómic, con poca ropa y atadas de manos. Tremenda imagen, ¿verdad?

Uno de los grandes maestros del género *Good Girl Art* fue Matt Baker y su Phantom Lady de la que os hablaba en el capítulo anterior. Su autor fue además el primer afroamericano de renombre que trabajaba por aquella época como dibujante. Ya he comentado que la pobre Phantom Lady sufrió los desvaríos del Dr. Wertham en su libro *Seduction of the Innocent*. Demasiada carne y demasiada lujuria para un cómic. Otro ejemplo de este tipo de arte era la obra de Russell Stamm en *Invisible Scarlet O'Neil.* O incluso las aventuras de Olga Mesmer. Recordad que iba siempre con un vestido corto y rasgado hiciera frío o calor, a pesar de ser una princesa extraterreste. Seguro que podía permitirse algo más adecuado a su categoría social, pero a sus dibujantes eso parecía importarles poco.

El modelo de mujer que imperaba en aquellos primeros años era uno creado y pensado por y para la mente de los hombres. En el que lo que más destacaba era la sexualización de los personajes femeninos. A pesar de ello, entre los años cuarenta y cincuenta, las mujeres empezaron a leer más cómics, se abría un nuevo público ansioso de encontrar modelos con los que identificarse. La testosterona y violencia de los superhéroes masculinos y las mujeres extremadamente provocativas que reflejaban las superheroínas no eran lo más atractivo para las jóvenes lectoras. En aquellos años en los que la gran guerra pedía héroes a gritos para luchar contra la barbarie nazi, las mujeres también pasaron a representar ese ideal de justicia que todos ansiaban. Las superheroínas se abrían paso como podían, creadas en su mayor parte por hombres, dando una imagen reflejo del subconsciente masculino. Al mismo tiempo, otro público también reclamaba sus ídolos.

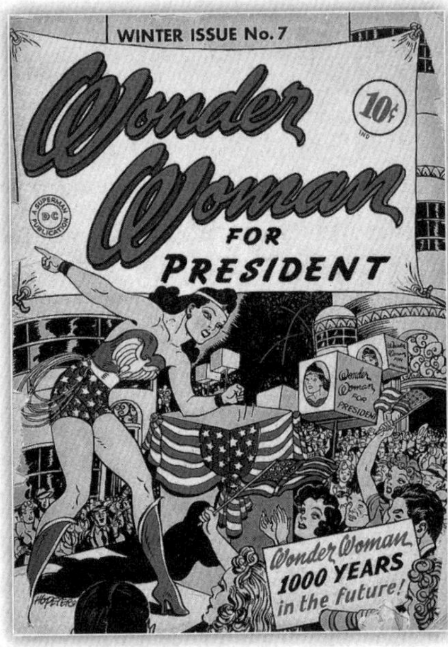

No fue hasta la aparición de Wonder Woman, la que muchos consideran la primera gran superheroína y la más famosa de todas, cuando se empezó a mostrar a una mujer totalmente diferente. Fuerte, independiente, un modelo en el que sentirse reflejada. Ya no esa mujer sumisa que se quedaba en casa, sino una mujer que despertaba del letargo en el que la habían obligado a vivir. Por casualidades de la vida y guerra mediante, vivía una libertad impensable a la que no quiso renunciar cuando el conflicto acabó. Las mujeres, sobre todo las adolescentes, por fin encontraban una superheroína a su medida que les demostraba que ellas también podían luchar contra los malos y lo que es mejor, ganar gracias a su propia fuerza. Adiós damiselas en apuros, hola mujeres poderosas.

WONDER WOMAN,
la primera gran superheroína

Wonder Woman apareció por primera vez en 1941. Y es junto a Batman y Superman, el personaje de cómic de superhéroes más longevo. Pocos han sobrevivido al paso de los años como ella. Diana, que es el nombre de nuestra superheroína, era una princesa descendiente de una raza de guerreras inmortales de la mitología griega: las amazonas. Estas mujeres vivían aisladas y sin contacto con otros seres en una isla en la que el hombre jamás había puesto un pie. Durante la Segunda Guerra Mundial, este paraíso de la femineidad se vio interrumpido cuando un piloto americano, Steve Trevor, fue derribado cerca de la isla. La reina Hipólita, madre de Wonder Woman, decidió promover una competición para escoger a la amazona que llevaría al piloto de nuevo al mundo de los hombres. Es entonces cuando nuestra heroína se ofrece voluntaria y ganando el concurso decide marcharse con él. Además con el propósito de llevar la paz y el amor a la humanidad, que buena falta le venía haciendo en aquellos terribles momentos de guerra encarnizada contra los nazis. No quiso la reina que su hija se presentase pero eso a Diana poco le importó. Así que participó en la competición con un casco para ocultar su identidad y claro, ganó. Diana se fue a devolver a Steve Trevor a su mundo pero además, Hipólita le dio una misión a su hija mucho más importante: luchar por los derechos de las mujeres. Ahí es nada. En los años cuarenta era un trabajo arduo solo apto para titanes y superheroínas como Wonder Woman.

A pesar de ser una de las adalides del feminismo, el personaje de Wonder Woman fue creado por un hombre, el psicólogo William Marston y dibujado por otro hombre, Harry G. Peter. La idea del psicólogo era crear un rol femenino fuerte para las chicas más jóvenes. Marston consideraba que la mayoría de héroes de cómic eran demasiado violentos. Quería crear una heroína totalmente diferente que enseñara a las jóvenes que podían valerse por sí mismas y que además podían hacerlo como iguales a sus compañeros. Una mujer podía aportar a la sociedad su fuerza en la misma igualdad de condiciones que un hombre, dijese lo que dijese el machismo imperante. Bastante revolucionario para 1941, ¿no os parece? Wonder Woman estaba llevando a las lectoras más jóvenes un mensaje insólito para la época: «Puedes valerte por ti misma». Alabada sea.

El hecho de que su personaje fuera creado para atraer a las jóvenes lectoras hizo que su diseño fuera totalmente diferente al de otras heroínas que poblaban el universo del cómic. Dejaría de lado esa representación tan sexy de personajes como Sheena reina de la jungla o de Phantom Lady que seguían el estilo del *Good Girl Art*. Y abandonaba así esa imagen de pinups sexys de sus predecesoras que tan populares fueron entre el público masculino durante la guerra. Las mujeres que leían cómics eran un público totalmente diferente y Wonder Woman era un reflejo de ello. No era tan musculosa ni exhuberante y no vestía de forma tan provocativa. A pesar de ello, su imagen era la de una mujer increíblemente fuerte y poderosa. Lo que verdaderamente importaba de un superhéroe no era su vestimenta, por fin parecía que alguien se daba cuenta. Era capaz de levantar un camión con su fuerza sobrehumana, con su lazo de la verdad conseguía que los hombres confesaran lo inconfesable, sus brazaletes eran a prueba de balas y pilotaba su propio avión invisible que controlaba mentalmente. ¿Se puede ser más *cool*?

La superheroína por excelencia apareció por primera vez en el número 8 de All-Star Comics. Y aunque su creador se encargó de remarcar su papel feminista, no pudo evitar algunos deslices. El papel inicial de la Mujer Maravilla en la JSA (Justice Society of America) fue el de secretaria. Sí, sí, el de secretaria. Algo que enfureció a su creador, demasiado ocupado creando las historias del personaje como para controlar los guiones de la JSA. Así que mientras sus compañeros de batallas se iban a combatir a los nazis, ella tenía que quedarse en casa haciendo papeleo y teniendo el café preparado para cuando los machotes volvieran de zurrar a los fascistas. Un lamentable desperdicio de poderes. ¿No os parece? Y ser secretaria era una de las pocas profesiones aceptadas socialmente como posible trabajo de una mujer en aquellos años, hasta que se casaba claro. Fue en el número 13 de All Star Comics cuando Wonder Woman se unió al supergrupo que sería el germen de la JLA (Justice League of America) en octubre de 1942. La heroína apareció el año siguiente en el número uno de Sensation Comics con portada propia y pocos meses después consiguió su propia serie, en la que no tendría que servirle el café a nadie.

Lamentablemente William Marston murió en 1947 y ya no hubo quien velase por el futuro de la heroína y sus derechos como mujer. El mensaje feminista fue desapareciendo cada vez más y sus historias fueron centrándose en su relación amorosa con un Steve Trevor, siempre dispuesto a convencerla de que se casase con él y abandonase su vida de superheroína. El insistente Trevor no dejaba a nuestra heroína tranquila con sus ansias de matrimonio. Según él, el superheroismo y el matrimonio eran incompatibles. ¿Una mujer que trabaja y deja de lado su casa? ¡Sacrilegio! Wonder Woman sufría el conservadurismo y poco a poco se convertía en un personaje mucho más tradicional. Todo ello coincidiendo con el auge de los cómics de temática romántica tan en boga en aquellos años.

Otra de las consecuencias de que el amor burbujease como la espuma en las historias de Wonder Woman fue que todos los personajes femeninos que la apoyaban en los años cuarenta, otros ejemplos de mujeres fuertes e independientes, fueron desapareciendo en la década siguiente. Fue el caso de su amiga, la entrañable Etta Candy. Ella era precisamente un modelo de mujer diferente. Amiga fiel, siempre al lado de Wonder Woman, ayudándola en cuanto podía, dispuesta a luchar. Y además con una figura generosa poco habitual en los cómics. Era un personaje totalmente rompedor. Lástima que la eliminaran de sus tramas con el paso de los años. Era el claro ejemplo de que otras mujeres pueden existir en el universo del cómic. Aunque Wonder Woman seguía siendo un personaje fuerte, ya no llevaba consigo ese mensaje feminista que tanta importancia tuvo en sus inicios. Los tiempos cambiaban y no para bien.

Aún poseía su Lazo de la Verdad, pero en los años cincuenta ya no servía para que los hombres dijeran la verdad, le robaron su poder. ¿No os parece cruel? Un terrible error y una gran injusticia para el personaje. Con los cincuenta también llegó el maldito libro *Seduction of the Innocent* de Fredric Wertham.

Ya os he hablado de él. En él acusaba a los cómics de fomentar la delincuencia juvenil y de pervertir a los jóvenes, sobre todo a las adolescentes. Le faltó acusarlos del asesinato de Kennedy. Según él, Wonder Woman era un ser terrible que castraba a los hombres, tremendamente perjudicial para la mente de los jóvenes americanos. Para colmo de males, según su mente calenturienta, las historias de Wonder Woman tenían elementos de lesbianismo que eran una horrorosa influencia para las jovencitas de bien. Y eso no se podía permitir. Atacaba así a la relación que Wonder Woman tenía con Etta Candy y las Holliday Girls que crearon una hermandad femenina de ayuda mutua junto a ella. Un grupo de mujeres que conoció en el Holliday College y que le servían de apoyo continuo. Un ejemplo de mujeres que se ayudan unas a las otras, algo inusual y que no estaba presente en otros cómics. En eso Mr. Wertham vio tintes de lesbianismo. Y por supuesto, el feminismo era repulsivo porque mostraba a mujeres que no se quedaban en casa cuidando de sus maridos y sus hijos. Así que los editores del cómic rebajaron el tono y los poderes de las historias de Wonder Woman. El conservadurismo empezó a salpicar a nuestra heroína de mala manera.

El hecho de ser creada como modelo femenino hizo que las historias iniciales de Wonder Woman estuvieran acompañadas de artículos que daban consejos a las mujeres o de una serie de biografías sobre mujeres famosas que pudieran servir también de ejemplo. Fueron las Wonder Women of History. El ideal de Marston era dar ejemplo de mujeres que no fueran débiles y sumisas, sino fuertes e independientes, emprendedoras. El Dr. Wertham debía de tirarse de los pelos al leer estas biografías.

La tríada de dioses del Olimpo del cómic está formada por Superman, Batman y Wonder Woman, sin duda. Ellos fueron los primeros personajes reconocidos como tales. Los que vinieron después probablemente nacieron a imagen y semejanza suya. Lo que diferenciaba a Superman y Batman de Wonder Woman era su misión en el mundo, nuestra heroína luchaba contra la gran opresión que representaba el nazismo y sobre todo su mensaje era el de: arriba la libertad y los derechos humanos por encima de todo, en especial los de las mujeres. Wonder Woman nació para combatir a las fuerzas del Eje, sí, para salvar a la humanidad de la destrucción que el sin sentido de la guerra nos trajo. Pero una vez que la guerra acabó: ¿Qué pasó con Wonder Woman? Superman volvió a Metrópolis, Batman a Gotham y Wonder Woman

se quedó huérfana de enemigos contra los que luchar, además, en un mundo de hombres.

La imagen de Wonder Woman se fue femineizando y suavizando en los años cincuenta como he comentado. La guerra había acabado y como tantas mujeres que después de trabajar en la industria armamentística tuvieron que volver a casa y recuperar su lado más «femenino» haciendo de madres y amas de casa, Wonder Woman tuvo que pasar su propio calvario femeneizante. En 1947 explotó el boom del cómic romántico y las grandes ventas de estas historias condicionaron el devenir de muchos cómics, incluido el de Wonder Woman. Su figura cambió y sus historias cada vez más parecían folletines románticos entre ella y su adorado Steve Trevor. ¡Wonder Woman quién te ha visto y quién te ve! En eso tampoco ayudó que durante los cincuenta, la fama de los superhéroes en general decayese y pocos consiguiesen sobrevivir a la escabechina. Los tres grandes sí aunque unos con mejor suerte que otros.

A pesar de los altibajos que sufrió el personaje a causa de las modas y la autocensura de la Comics Code Authority, es innegable que Wonder Woman es uno de los superhéroes más poderosos del universo DC e incluso del universo del cómic en general. Hija de Hipólita, fueron los dioses los que le dieron sus poderes para luchar contra el mal. Fue la única mujer no nacida de un hombre que habitaba entre las amazonas. Su madre la creó de la arcilla y los dioses le otorgaron sus enormes poderes. Se crió en una isla santuario rodeada de mujeres guerreras que la entrenaron y le enseñaron a defender los ideales de la justicia. Forjaba así su papel como rol positivo para todas las mujeres. Una vez en el mundo de los hombres, Diana adoptará una identidad secreta, como buena superheroína. Diana Prince será su alter ego.

En cuanto a los superpoderes de Wonder Woman, parecen infinitos. Normal si fueron los dioses quienes se los otorgaron.

Cada dios aportó su granito de arena para hacer que tuviera fuerza sobrehumana. Por eso es uno de los superhéroes más fuertes del Universo. Wonder Woman equipara sus poderes a los de Superman, por ejemplo. También posee velocidad sobrehumana. Puede correr casi a la velocidad de la luz y se la ha visto ponerle las cosas difíciles a Flash. Es invulnerable, inmune a la radiación, puede sobrevivir en el espacio exterior, tiene una gran resistencia al fuego y a las altas temperaturas y aunque puede ser herida tiene poder de curación. Wonder Woman fue entrenada como guerrera por las Amazonas, así que es experta en el combate cuerpo a cuerpo. Entre sus habilidades: puede aguantar la respiración debajo del agua durante horas, volar, tiene sabiduría divina, una gran resistencia, agilidad, sentidos desarrollados y es experta en artes marciales. Por Dios, ¡de mayor quiero ser como ella!

Entre sus armas, como he comentado, el Lazo de la Verdad. Fue forjado por Hefestos utilizando el cinto de oro de la diosa Gea. Es indestructible y puede aumentar su tamaño cuando sea necesario. Su principal habilidad es obligar a decir la verdad a la persona que se ve atrapado por él, también permite recuperar la memoria, hipnotizar, deshacer ilusiones mágicas o defenderse de ataques de cariz mágico. Curiosamente Marston fue también el creador del primer detector de mentiras, el padre del polígrafo actual. Quizás por eso nuestra superheroína tuvo su Lazo de la Verdad.

Los brazaletes de la Victoria permiten a Wonder Woman repeler las balas, puñetazos, espadas y cualquier tipo de ataque ofensivo. Cuando los cruza puede protegerse de fuertes explosiones como si de un escudo se tratara. Se dice que eran artefactos de control de las amazonas que podían desatar su rabia incontrolada si no los llevaban puestos, dejando a su libre albedrío todo su poder. Aparte de eso, su avión invisible le permitía volar durante la era dorada y plateada del cómic. En los primeros años no era capaz de volar por sí misma, poder que adquiriría más tarde, así que el avión invisible le servía de transporte. Lo controlaba mentalmente. En ocasiones podía lucir su armadura dorada y su escudo para mayor protección corporal. Dominaba la lucha con espada, hacha o lanza. Además podía usar su tiara como boomerang. Mujer de recursos, no dejaba nada al azar. Con todos estos poderes puede dejar a cualquier otro superhéroe o superheroína a la altura del betún. Ella es la más grande.

Detrás de la historia de William Moulton Marston, el creador de Wonder Woman, se esconden muchos secretos. Al igual que la doble vida de Wonder Woman como superheroína o fingiendo ser una simple mortal como Diana Price. Él también tuvo sus misterios. Marston fue psicólogo, abogado, científico y profesor con tres másters en Harvard que llevó una vida poco convencional. No fue hasta hace pocos años que se descubrió que vivía en familia con dos mujeres, su esposa y su segunda pareja, Olive Byrne. Esta última era nieta de Margaret Sanger, una de las feministas más importantes del siglo XX. Las ideas de Sanger perduraron en Wonder Woman y sus historias. Marston se encargó de ello. Alguna de las quejas que recibió el cómic fue el hecho de que nuestra superheroína fuera atada o encadenada en cada historieta. Era visto como algo pervertido y sexual. En realidad Marston probablemente reflejaba el deseo de liberar a la mujer de sus cadenas. Las cadenas era uno de los símbolos que las primeras sufragistas usaban en sus protestas, como hizo Margaret Sanger en incontables ocasiones.

No es hasta que aparece en escena el reverso tenebroso del cómic, más conocido como el malvado Dr. Wertham y su dichoso libro, que Wonder Woman sufre las iras del conservadurismo en su máximo esplendor. Corría 1954 y publicaba su oscuro *Seduction of the Innocent*, el título ya lo dice todo. Wertham estaba convencido de que los cómics pervertían a los adolescentes e hizo todo lo posible para limpiarlos de todo pecado, incluido el feminismo. En su libro afirmaba lindezas como que las mujeres eran mostradas de una forma vil, ya que no era madres amantes, ni formaban una familia que es lo que tenían que hacer. Se valían por sí mismas. ¡Dónde se ha visto! Wonder Woman fue uno de sus objetivos, la calificaba de castradora y lesbiana. Ahí es nada. No contento con eso se abrieron sesiones en el senado de los EE. UU. de las que la Comics Magazine Association of America creó un código autocensurador en el que se afirmaba que las historias de contenido romántico debían enfatizar el valor del hogar y la santidad del matrimonio. Lo que os decía de la mujer en casa y con la pata quebrada. Vale sí, los cómics eran menos sexualizados pero, ¿a qué precio? Al de una serie de hombres que deciden lo que es válido y lo que no, esos mismos que seguramente en sus años mozos leían los cómics que ahora censuraban. ¿De qué tenía miedo el Dr. Wertham? ¿De las mujeres poderosas que no necesitaban a los hombres como él? Pasamos de tener heroínas en paños menores a heroínas en busca del hombre perfecto que les pusiese el anillo en el dedo. En medio, Wonder Woman sufrió las consecuencias.

El Código cortó las alas del feminismo a Wonder Woman. A partir de entonces lo tuvo difícil para sobrevivir sin que Trevor le pusiera el consabido anillo en el dedo. Las historias eran cada vez más románticas y su amado más insistente. «Cariño, cásate conmigo y deja de correr aventuras por el mundo». ¿Os imagináis a una poderosa guerrera inmortal quedándose en casa a fregar los platos? A Wonder Woman desde luego que no. Lo intentaron, lo intentaron, pero no pudieron con ella, aunque esa historia tendrá que esperar a nuestro repaso de las superheroínas en los años sesenta y setenta. Estad atentos.

MARY MARVEL,
por el poder de ¡Shazam!

Quizás intentado cosechar el éxito de Wonder Woman, los editores de Fawcett Comics decidieron darle a uno de sus personajes más conocidos, el Capitán Marvel, un contrapunto femenino. Dado el éxito tanto del Capitán como de su versión más infantil, el Capitán Marvel Jr. parecía un paso lógico a seguir. Así que en el número 18 de *Capitan Marvel* nació su hermana Mary Marvel. El personaje fue creado por Otto Binder y Marc Swayze. En realidad ambos personajes eran gemelos pero Billy Batson, el entonces Capitán, desconocía de la existencia de su hermana. Mary fue criada por la adinerada familia Bromfield. Billy descubrió de su existencia cuando la monja que secuestró a Mary se lo confesó en su lecho de muerte. Monjas robaniños, ¿os suena de algo?

Billy era un chico huérfano que malvivía vendiendo periódicos en la calle hasta que Shazam le dio sus superpoderes. Así consiguió su propio programa de radio en la emisora WHIZ de Fawcett City. Mary Marvel en cambio, fue adoptada por una familia rica. Tras la confesión de la monja, Billy empezó un concurso en su programa de radio para localizar a su hermana. Se suponía que ella tendría la otra mitad de un colgante que Billy también poseía. Así fue como se encontraron. Billy le contó a su hermana sobre sus superpoderes y ella intrigada se preguntó inmediatamente: ¿Si él los tiene, por qué no yo? Siendo gemelos sería lo más razonable. Tardó poco en averiguarlo, cuando unos malvados intentaron secuestrarla Mary Marvel nació al grito de: ¡Shazam!

Antes de que nuestra heroína entrara en escena, Fawcett Comics había creado un entorno enteramente masculino para el Capitán Marvel, creado en 1940. De hecho, un año después le dio un compañero de aventuras cuando apareció el joven Capitán Marvel Jr. Mary Marvel no nació como personaje hasta 1942. El proceso de transformación fue el mismo que el de Bobby. Cuando Mary fue secuestrada por unos terribles malhechores pronunció las palabras del mago «Shazam» que activaron sus superpoderes. Al contrario que Bobby, que era un adolescente que se transformaba en un hombre cuando se convertía en el Capitán Marvel, Mary simplemente se convertía en una versión mejorada de su yo adolescente. ¿En serio? Parecía que una supermujer era demasiado. De hecho, su intención al crearla fue desde un principio atraer a las lectoras adolescentes. Debieron pensar que mostrarles a una mujer fuerte quizás sería demasiado.

Bobby y Mary fueron a visitar al viejo brujo Shazam que le había otorgado sus poderes y este les explicó que ella recibía sus poderes de Selena (gracia), Hipólita (fuerza), Ariadna (habilidad), Zéfiro (velocidad), Aurora (belleza) y Minerva (sa-

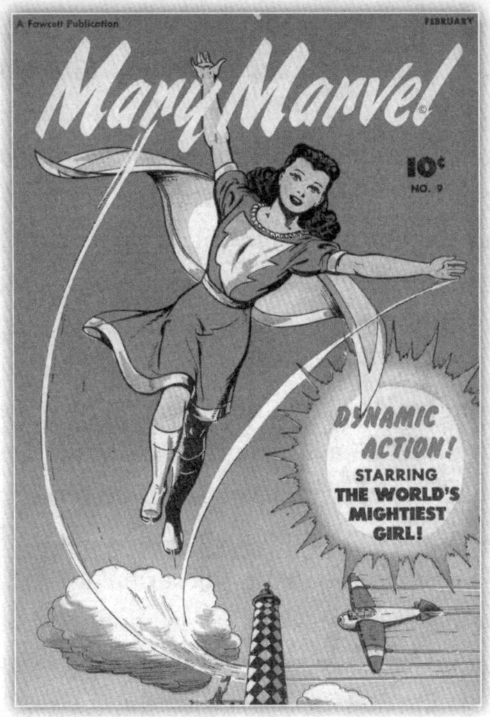

biduría). Mientras, el Capitán Marvel recibió sus poderes de héroes y dioses masculinos como Solomón, Hércules, Atlas, Zeus, Aquiles y Mercurio entre los que estaban fuerza, velocidad, resistencia, sabiduría y poder. ¿Os habéis dado cuenta de la diferencia? ¿Desde cuando se lucha contra los malos con belleza y gracia?

Las historias de Mary Marvel fueron escritas por Otto Binder, que también creó posteriormente a Supergirl y había trabajado ya en Capitán Marvel. Marc Swayze se encargó del dibujo que basó en la famosa actriz Judy Garland, probablemente una de las actrices infantiles/adolescentes más famosas de la historia del cine. Poco después de su aparición, Mary Marvel ya era protagonista de la antología Wow Comics, fue portada de la misma desde el número 9 al 58. E incluso tuvo su propio cómic aunque a diferencia del Capitán Marvel Jr, a ella le costó más de un año conseguirlo. El número 1 de *Mary Marvel Comics* apareció en diciembre de 1945, ese mismo mes además apareció el cómic de la *Marvel Family*.

Por desgracia, Mary no tuvo tanta suerte como sus predecesores. El éxito se le resistió. El error quizás fue no crear un personaje nuevo, una entidad propia, sino un clon en femenino de un personaje ya existente. A pesar de eso, Mary Marvel fue uno de los primeros personajes femeninos surgidos de un superhéroe masculino, mucho antes de que su mismo creador introdujera en el mundo del cómic al reverso femenino de Superman, su sobrina Supergirl. Una década después para ser exactos. En 1947 Mary Marvel perdió su serie en Wow Comics. Un año después y con tan solo 28 cómics, desapareció también de las estanterías su propia serie, *Mary Marvel*. Aunque su personaje se mantuvo activo en los cómics de la *Marvel Family* hasta que esta desapareció también en 1953. En aquel año Fawcett se retiró del negocio de los cómics tras luchar contra la demanda de National Comics, que después sería DC, por incumplir derechos de copyright.

La familia Marvel desapareció, pero justo antes la apariencia de Mary Marvel cambió sustancialmente: más escote, pelo más corto y sus botas amarillas se convirtieron en sandalias. Cualquiera que haya pateado culos sabe que luchar con sandalias es muchísimo más cómodo y práctico que hacerlo con botas, ¿verdad? Pasarían muchos años antes de que tanto Mary como su familia volvieran a la vida, esta vez de la mano de DC que adquiría los derechos de Capitán Marvel y sus familiares en 1973 y los relanzaría en el cómic *Shazam!*

La historia de Black Canary es diferente. No era una diosa, ni poseía superpoderes, pero fue una de las primeras grandes heroínas del cómic. Fue parte de esos personajes glamurosos, casi *femme fatales* que surgieron a finales de los cuarenta. Aunque no lo era en su vida diaria, sino en su identidad secreta. Durante el día eran personajes normales, no es que fueran poco atractivas, pero su verdadera sexualidad y femineidad se desarrollaba cuando su máscara las protegía. Nacía un nuevo modelo de superheroína, no eran mujeres ricas que se aburrían y llevaban una vida secreta para vivir como realmente querían, como hacían las precursoras de las que hablábamos en el capítulo anterior. Sino que eran mujeres de clase trabajadora que luchaban por encontrar su lugar en un mundo dominado por los hombres. Trabajo duro y extenuante, que no les restaba un ápice de glamour.

BLACK CANARY
el canto más mortal

Black Canary nació como una vigilante contra el crimen moldeada a imagen y semejanza de Verónica Lake. Su melena rubia era su seña de identidad, a pesar de ser una peluca. El personaje hizo su primera aparición en agosto de 1947 y fue una de las primeras superheroínas de DC. Hija única de un oficial de policía en Gotham City que provenía de una larga saga de oficiales de la ley, la joven Dinah Drake no pudo cumplir el sueño de seguir la tradición familiar. Era una mujer y las mujeres no podían ser policías. Recordad, por si no ha quedado claro: en casa cuidando a los churumbeles y preparando la cena a sus maridos. Así que Dinah, ni corta ni perezosa, se puso el traje de superheroína para crear su alter ego vigilante. Si la policía no la quería, no se iba a quedar en casa. La justicia la llamaba y ella iba a responder. Aunque su personaje empezó como acompañante del protagonista de las historias de Johnny Thunder, pronto lo eclipsó y ocupó su lugar.

Su primera aparición fue en Flash Comics número 86. Debutó como personaje en una de las historias de Johnny Thunder creadas por Robert Kanigher y Carmine Infantino. En sus primeras incursiones en el cómic, Black Canary se infiltraba en organizaciones criminales para luchar contra el crimen. Seis números después de su debut, en el 92, ya se había hecho con la serie desplazando a su protagonista. Su aspecto llamativo probablemente la ayudó a hacerse tan conocida. Aparte de su inconfundible melena rubia ondulada, vestía con colores llamativos: Un traje azul ajustado, una chaqueta bolero, botas de bucanero y medias de red. Y aunque en sus primeras encarnaciones lucía máscara posteriormente la abandonó.

Dinah Drake era florista de día y además morena. De noche y como luchadora contra el crimen, lucía peluca rubia ondulada, para que su identidad secreta no fuera revelada. Una vez que Black Canary tuvo sus propias historias, también le fue asignada una pareja: el detective Larry Lance. La pobre tenía que sufrir el desprecio de su amado, ya que alababa a Black Canary delante de sus narices. No debía ser un detective muy avispado ya que no reconocía a su propia novia, cuyo único disfraz era una peluca rubia. Además, el gran detective se veía envuelto en numerosos peligros y necesitaba ser rescatado una y otra vez por nuestra atractiva canaria negra. ¿Pero qué clase de examen pasaban en aquellos años para ingresar en la policía?

Black Canary se unió a la Justice Society of America gracias al apoyo de Wonder Woman, convirtiéndose así en la segunda mujer en entrar en el supergrupo y en el último miembro que entró durante la era dorada del cómic. Lo curioso de estas dos mujeres, las más importantes superheroínas de la época dorada, fue su origen. Mientras Diana Prince era una princesa guerrera surgida del mito griego, con origen casi divino gracias a sus poderes, Dinah Drake era un personaje que se había criado en la calle con todo lo que ello conllevaba. Nació de la cultura del día a día, de las experiencias de la calle. Mientras Wonder Woman tenía poderes para parar un carro, Black Canary tenía que valerse de sus puños para defenderse. Y lo hacía con creces.

En el plano amoroso, aparte de salvar a Larry de los líos en los que se metía, Dinah tenía que sufrir la constante admiración que su amado sentía por su alter ego. Casi se tiraba piedras en su propio tejado. Le pasaba un poco como a Clark Kent queriendo competir con Superman por el afecto de Lois Lane. ¿Quién quiere un periodista patoso cuando puede salir con el extraterrestre más famoso del planeta? Lo mismo debía pensar el detective Lance, ¿quién quiere salir con una florista modosita cuando puedo irme de aventuras a luchar contra los malos con una rubia despampanante que lleva medias de rejilla? Lo curioso de estos personajes es que a las mujeres las hacían más proclives a preocuparse por sus amados que a sus compañeros masculinos. Ya sabéis, las mujeres son más sensibles, bla, bla, bla…

Con los años Black Canary adquirió poderes como su famoso grito ultrasónico capaz de desorientar a sus enemigos, agi-

tar objetos o incluso licuar cerebros. Maravillosa imagen. Pero antes de adquirir este superpoder, Dinah Drake era una simple humana, eso sí, experta en artes marciales, judo y boxeo. Una de las mejores luchadoras de todo el universo DC que podía patearle el culo a cualquiera casi sin esfuerzo.

En los años sesenta y con la llegada de la era de plata del cómic, el personaje de Black Canary se fue complicando y su historia todavía más. De la JSA pasó a la JLA, ganando su famoso grito en el cambio, el que ha sido su gran signo distintivo desde entonces. Finalmente se casó con Larry y tuvo una hija que acabó sustituyéndola cuando DC decidió crear dos realidades alternativas para acomodar a los héroes de la era dorada y los nuevos cachorros superheróicos. Si no hay continuidad para dar credibilidad, nada mejor que inventársela. Bienvenidos al mundo del cómic.

CATWOMAN,
¿Supervillana o antiheroína?

Aunque Catwoman fue claramente una villana en sus inicios, no podemos dejar de explicar su nacimiento en estos primeros años de las superheroínas ya que en posteriores épocas su personaje se transformó y adquirió tintes de heroína o más bien de antiheroína. Catwoman nació como contrapunto femenino de Batman, némesis gatuna sexy y atrevida, esa tentación pecaminosa en la que el murciélago no podía permitirse caer.

Se dice que Bob Kane se basó en una de sus actrices favoritas para crear el personaje de Selina Kyle, nada menos que Jean Harlow. Kane y el escritor Bill Finger querían aportar un toque sensual a sus historias y atraer a lectoras femeninas, razón por la cual crearon a Catwoman. Ella tenía que ser el personaje que atrajera románticamente a Batman, un ser torturado y con una vida social falsa que no tenía cabida para nada parecido a una relación amorosa ni por asomo. Bruce Wayne era el personaje mientras Batman era la verdadera identidad del hombre que se escondía tras la máscara. La idiosincrasia de un personaje oscuro y complejo como Batman hacía que tanto Catwoman como el murciélago entraran en un juego de seducción peligrosa «de ahora así, ahora no», que mantenía la tensión sexual entre ambos. Batman siempre intentó reformar a Selina. Nunca la vio como alguien malvado. Aunque Catwoman era una villana no era un ser cruel y despiadado ni asesinaba como el Joker o Dos caras, malvados habituales del universo Batman. Era una criminal diferente. Una simple ladrona que no podía resistirse a echar un cable a Batman de vez en cuando.

Catwoman apareció por primera vez como «The Cat» en el número 1 de *Batman* en 1940. Era una misteriosa ladrona de joyas. Aunque en aquella primera aparición no vestía su famoso traje gatuno, al contrario, saldría disfrazada de vieja. Ocultando así todos sus encantos felinos. Su marca más distintiva. Hasta que Batman le quitaba el maquillaje y descubría a la atractiva Selina debajo. No cabía duda que el personaje era lo suficientemente atractivo para que Batman cayera en sus redes, aunque quisiera meterla en vereda por sus fechorías. De hecho, en aquel primer encuentro entre ambos la dejó huir ante un atónito Robin. Pobre, se estaba quedando fuera de juego. ¡Umm! Aquí había tomate. Empezaba así la difícil y compleja relación entre Batman y Catwoman. The Cat también apareció en los números 2 y 3 del cómic y en otros cuantos, pero no fue hasta mucho más tarde que se descubrió su verdadera identidad: Selina Kyle. Posteriormente adoptó el nombre de Catwoman.

En 1950 en el número 62 de *Batman* se nos cuenta el origen de Catwoman. Selina era una azafata amnésica. Esta enfermedad la convirtió en ladrona a causa de un golpe en la cabeza que sufrió durante un accidente aéreo del que logró sobrevivir. Se justificaban así sus fechorías y se la hacía más «bondadosa». Durante esos años, Selina ayudó a Batman en su lucha contra el crimen en diversas ocasiones. Hasta que en el número 203 de Detective Comics decidió volver por la senda del crimen. Demasiada tentación para su ser más felino. Su última aparición fue en el número 211 de Detective Comics de septiembre de 1954. La Comics Code Authority estaba a la vuelta de la esquina y Catwoman era un personaje demasiado sexual y liberado como para pasar la censura. Cada vez que ella y Batman compartían viñeta la temperatura de Gotham subía varios grados. Así que sus creadores la fueron retirando de circulación poco a poco hasta transformarla en dueña de una boutique en Gotham City y hacerla desaparecer en 1954. No volvería a dejar su huella felina en un cómic hasta finales de los sesenta.

Aunque se considera que no posee superpoderes estrictamente hablando, lo cierto es que Selina es una verdadera atleta con gran capacidad para la acrobacia, hasta extremos casi inhumanos. Saltar de tejado en tejado como ella lo hace y no morir en el intento ya es un superpoder en sí. Experta en el combate cuerpo a cuerpo, además está entrenada en artes marciales, boxeo y lucha callejera. Es una rival peligrosa y llena de recursos y como buena felina que es, su agilidad y rapidez dejan sin aliento. Sus movimientos gatunos le dan reflejos y flexibilidad. Sigilosa como ninguna, es capaz de desaparecer entre la multitud sin ser vista, aparecer de la nada o colarse en los sitios más insospechados. Algo de lo que se ha servido en su larga carrera como ladrona de guante blanco.

Entre sus preferencias: las joyas de temática gatuna, objetos preciosos felinos, gemas y joyas de gran calidad.

Entre sus peculiares poderes, aunque muchos duden que los tiene, está su gran afinidad con los gatos. Los felinos la re-

conocen inmediatamente como una de los suyos. Ha sabido conquistarlos, entrenarlos y en muchas ocasiones le han ayudado a salvar el pellejo, incluso grandes felinos como leones, tigres o panteras. Se comunica con ellos, es uno de ellos.

Para defenderse y no ser reconocida Catwoman usa su famoso traje. Con garras retráctiles en sus guantes y pitones para facilitarle la escalada en sus botas, es un arma más. Su máscara está diseñada para esconder su verdadera identidad y evitar que la descubran. No olvidemos que Catwoman es también tremendamente hábil con su látigo. Para desplazarse, Catwoman posee una moto para las largas distancias. Aunque le gusta más saltar de un tejado a otro como buena felina que es. Con los años el personaje ha ido evolucionando y se halla cada vez más cercana a una superheroína que a una villana. Eso sí, conservando todo su sex appeal felino.

CAPÍTULO 3
El reverso femenino. Las versiones femeninas de los superhéroes clásicos

A finales de los cincuenta y con la Comics Code Authority en marcha, las mujeres lo tenían difícil para destacar. Los personajes femeninos cada vez perdían más poder y ganaban en atributos femeninos: amante esposa, buena hija, madre, etc,... La CCA, formada en 1954 por la Comics Magazine Association of America como forma de autoregulación para evitar que el gobierno tomara sus propias decisiones y limitara sus publicaciones, convirtió el mundo del cómic en algo totalmente diferente. Además supuso todo un revulsivo para los personajes femeninos que copaban las tiras cómicas de la época.

Para complicar más las cosas, el Subcomité del Senado de los EE. UU. sobre Delincuencia Juvenil abrió audiencias sobre los cómics por considerarlos demasiado violentos. Supongo que estaban aburridos y no tenían cosas más importantes de las que preocuparse que de los personajes de cómic. Una amenaza en toda regla contra las tiernas mentes de los adolescentes americanos. Se abría así la caza de brujas del cómic. La publicación del libro del psiquiatra Fredric Wertham *Seduction of the Innocent*, no ayudó demasiado. Así que los cómics empezaron a ser mirados con lupa. Cada historia era enviada a la CCA,

revisada y aprobada con un bonito sello que autorizaba su publicación o la prohibía, según las normas que ellos mismos habían establecido. Su logo era colocado a la cabecera del cómic. Fue de hecho, una censura que duró casi hasta principios del siglo XXI. El crimen, el horror, el gore y todo lo que se pareciera mínimamente a la liberación de la mujer fueron borrados de la faz de la tierra del cómic de un plumazo. Aunque fue la medida con la que la industria del cómic quiso defenderse de la regulación gubernamental y evitar su intervencionismo, al final se convirtió en toda una escabechina a la creatividad y la libertad que los cómics habían vivido hasta ese momento.

LAS SUPERHEROÍNAS NACIDAS DEL CÓDIGO
BATWOMAN Y SUPERGIRL

APPROVED BY THE COMICS CODE AUTHORITY

Agarrándose a este código, los personajes femeninos más interesantes fueron desapareciendo del cómic o fueron pasados por el tamiz hasta hacerlos socialmente aceptables. Mujeres que se quedaban en casa, se casaban y no trabajaban eran la regla general y eso afectó a muchas de nuestras heroínas. Wonder Woman perdía poderes como si de un colador se tratase y su amado Steve Trevor la perseguía incansablemente para que aceptara su destino como mujer amante y esposa. Catwoman era borrada de la faz de la tierra por ser demasiado lasciva, atrevida y liberada. Mientras tanto, nuevos personajes femeninos nacían respetando el código a veces hasta límites casi cómicos.

BATWOMAN,
el glamour hecho superheroína

El cómic sufría estragos gracias al CCA y Batman no iba a ser menos. Todos los superhéroes tuvieron que pasar por la censura. El único personaje femenino por el que parecía sentirse atraído el murciélago de Gotham, Catwoman, era considerada demasiado lasciva para seguir siendo su interés romántico principal. Así que la eliminaron de la partida poco a poco hasta hacerla desaparecer por completo. Para un personaje femenino que tenía presencia en el cómic, van y se lo cargan. No es de extrañar que, nuestro querido Dr. Wertham hubiese puesto el grito en el cielo por la relación entre Batman y su pupilo Robin. Su libro estaba plagado de acusaciones de homosexualidad contra el dúo maravillas, así que para evitarlo qué mejor que crearle una mujer a su medida, perfectamente femenina y que respetaba el código. Así nació Batwoman.

Batwoman fue creada por Bob Kane y Sheldon Moldoff junto al guionista Edmon Hamilton bajo la dirección del editor Jack Schiff. Su primera aparición fue en el número 233 de Detective Comics en 1956. En aquel episodio fue introducida como supuesto interés amoroso para Batman. Pretendían así combatir las acusaciones de homosexualidad del libro *Seduction of The Innocent*. Bonita manera de empezar una relación. Batwoman aparecía en la presentación de una película en Gotham City y lo hacía para salvarle la vida al murciélago y a su compañero de fatigas, Robin. Que te creen para cubrirle las espaldas a un hombre no parece demasiado halagador. Quizás por eso, la vida de Batwoman no fue precisamente fácil. Para empezar nunca tuvo el respeto de Batman.

Katherine Kane, más conocida como Kathy Kane, fue una temeraria acróbata de circo durante su juventud hasta que el destino cambió su vida. Kathy heredó una gran fortuna al morir su tío. Admiradora de Batman, ahora que tenía dinero para aburrirse, decidió dedicar su vida a combatir el crimen como su gran héroe. Para eso se trasladó a Gotham City, estableció su identidad como socialité y heredera de familia adinerada, como había hecho el propio Bruce Wayne, y se puso el traje de vigilante. Aunque con alguna que otra diferencia. Primero de todo, Batman nunca la consideró una igual. Al contrario, para él siempre fue una molestia que ponía en peligro su vida. En segundo lugar, sus armas de combate eran de lo más peculiares. Un bolso lleno de gadgets superfemeninos: pintalabios que disparaba explosivos, polveras reflectoras, perfumes aturdidores, etc,... Batwoman era una mujer ultrafemenina y glamurosa, algo que tampoco ayudó a que Batman le tomara en serio. Es curioso en cambio, que aceptara con toda normalidad a un adolescente como Robin como compañero de aventuras. Pero a una mujer adulta no. Quizá era demasiado para él.

Como repuesto de Catwoman, Batwoman se quedaba un poco en agua de borrajas. Por supuesto nunca tuvo el atractivo malvado que la gata más peligrosa del universo del cómic tenía. Catwoman era demasiado mala para poder enamorar a Batman y Batwoman demasiado entrometida para considerarla alguien de provecho. Las superheroínas de los años cincuenta se veían lastradas por el Código y por la sociedad misma que veía a las mujeres como madres y esposas y no como iguales. Los personajes femeninos en los cómics se limitaban a ser novias de personajes masculinos. Nacían con el objetivo de atraer a las lectoras con una dosis de romance y a los lectores con su sex appeal rebajado por el código. Mujeres como Catwoman ya no tenían cabida en ese mundo ideal que el CCA había creado y fueron borradas de un plumazo para dar paso a una mujer domesticada y aceptable socialmente.

Batwoman, a pesar de todo, era un personaje independiente. Se trasladó a Gotham para combatir el crimen. Se construyó una doble identidad como el propio Bruce Wayne, la de una rica heredera fiestera y despreocupada. Incluso se hizo su propia Batcueva debajo de su mansión y conducía una motocicleta roja para patrullar la ciudad.

Además, sabía defenderse y luchar contra el crimen. En más de una ocasión le salvó el pellejo a Batman, pero esto a él parecía no importarle. Batman era mostrado siempre como un personaje oscuro que con su presencia asustaba a sus enemigos. En cambio, Batwoman, con ese aspecto tan glamuroso y un pintalabios como arma no parecía que pudiera amedrentar a los malos en absoluto. A pesar de ello era una luchadora nata, poseía una gran agilidad, gadgets a montones, inteligencia, dotes detectivescas y era una gran luchadora cuerpo a cuerpo. No tenía nada que envidiarle a Batman y mucho menos al jovenzuelo Robin. Pero parecía no ser suficiente.

El problema es que Batman siempre se encargaba de pararle los pies a nuestra heroína. Para él, combatir a los malvados era algo demasiado peligroso para una mujer. Todo esto, a pesar de que ella se defendía bien y le salvaba el pellejo a Batman en incontables ocasiones. Pero Batman siempre le quitó importancia a los éxitos de Batwoman. Para él eran cuestión de suerte o los malvados eran demasiado blandos y fáciles de derrotar. Batwoman no podía ser la responsable. Una mujer no podía salvarle el culo, ¿dónde se había visto semejante ridiculez? No es que hicieran a Batman en aquella época demasiado atractivo para las lectoras femeninas con esta actitud de macho recalcitrante que parecía poseer.

Batwoman sufrió el desprecio de Batman durante años hasta que cansada de sus desplantes decidió colgar el traje. Si toda la vida te han dicho que no vales para algo, al final acabas creyéndotelo. Batman le hizo bulling durante años a la pobre Batwoman simplemente por ser una mujer. Nunca fue vista como una aliada por el dúo maravillas sino como una molestia por la que preocuparse. Siempre poniéndole todo tipo de impedimentos. La verdad es que daban ganas de patearle el culo a Batman. Y mira que es uno de mis superhéroes favoritos. En aquellos años, no lo hubiera sido.

Además, aunque el personaje fue creado como compañera amorosa de Batman, no parecían estar mucho por la labor. Kathy parecía más admiradora de Batman que atraída sentimentalmente por él, a pesar de cómo la trataba. Menuda imagen daba al joven Robin Batman de como un hombre debía tratar a una mujer. A Robin y a todos los lectores potenciales del cómic. Esa era la idea que querían transmitir de lo que valía una mujer en los años cincuenta.

Batwoman apareció en las páginas de *Batman* y Detective Comics entre finales de los cincuenta y principios de los sesenta. Pero fue Batgirl la que finalmente consiguió el respeto del maestro, unos años más tarde. Una adolescente de nuevo, no una mujer adulta. Batwoman desapareció en 1964 cuando Julius Schwartz entró como editor de los cómics de Batman y eliminó a todos los personajes que consideró no esenciales para la historia y la nueva dirección que quería dar al cómic. Su última aparición fue en número 485 de Detective Comics. En 1977 volvería como invitada en un cómic de Batgirl. Pero fue asesinada en 1979, Batman lloraba su muerte y se arrepentía de la forma en la que la había tratado. A buenas horas. Más tarde en la serie limitada Crisis en Tierras Infinitas en 1985 se estableció que el personaje de Batwoman nunca había existido. Esas maravillas del cómic. Si no me cuadra, lo elimino de la ecuación o me invento una realidad alternativa donde encaje. En este caso parecía que Batwoman no encajaba para nada. El personaje no volvería a tener presencia en el cómic hasta años más tarde como Kate Kane, una mujer diferente que nada tenía que ver con la Batwoman original y que consiguió, esta vez sí, su propio cómic.

SUPERGIRL,
la buena hija

El caso de Kara Zor-El fue totalmente diferente. Supergirl fue creada como la buena hija, aunque no era vástago de Superman. Una protegida que siempre seguía las órdenes de Superman y que nunca desobedecía a su mentor. Era la adolescente ideal que cualquier padre desearía, obediente y buena chica. Sus cómics estaban hechos para atraer a las lectoras femeninas pero tenían suficiente acción para que los lectores masculinos también se interesaran por sus historias.

Curiosamente la primera aparición de Supergirl fue por arte de magia. Jimmy Olsen le pedía a un tótem indio ayuda para Superman. Y así aparecía Supergirl, surgida de la nada, una joven sin experiencia que en vez de ayudar al kryptoniano le causó más problemas. Por supuesto, no fue nunca una Superwoman que pudiera hacerle sombra con sus poderes a Superman o ser una rival amorosa para Lois Lane. Todo lo contrario, siempre fue una chica adolescente, mucho menos amenazante que una mujer adulta. El segundo nacimiento de Supergirl, este sí real, fue en la historia «The Supergirl from Krypton» que apareció en el número 252 de Action Comics en 1959. La historia fue escrita por Otto Binder creador también de Mary Marvel. El dibujante fue Al Platino que solía dibujar las historias de Superman a menudo. Aunque el dibujante que más se asoció al personaje fue Jim Mooney.

Supergirl en realidad se llamaba Kara y era la hija del tío de Superman, Zor-El. Aunque pensábamos que nadie había sobrevivido a la destrucción del planeta natal de Superman, una parte de Krypton se salvó de la explosión. Argo City, era la ciudad que perduró tras el desastre. Allí vivía la familia de Kara. Aunque sólo duró unos cuantos años más para finalmente explotar también. Pero antes de eso, Zor-El envió a su hija en un cohete a la tierra para que su primo la cuidara. Kara no era una niña, como cuando Superman llegó a la tierra, sino una adolescente en plena pubertad. Y nada más llegar a la tierra, Superman estableció un vínculo de mentor-alumna en el que él establecía las normas y ella obedecía. Algo que marcaría la relación de ambos personajes. En un principio, Superman decidió mantener la existencia de Kara en secreto mientras la preparaba para ser una buena superheroína. Así sería el arma secreta perfecta que podría usar cuando necesitase luchar contra un mal superior. Nadie debía saber de su existencia. El secreto mejor guardado de Superman. ¿Había que ocultar a la superheroína? ¿Por qué?

Pero lo cierto es que en vez de dejarla a su lado, Superman la alejó lo suficiente para que no le hiciese sombra. Le creó una identidad nueva como Linda Lee, le puso una peluca morena y la metió en un orfanato hasta que consideró que estaba preparada para que el mundo la conociera. Así, Superman decidía sobre la vida y el futuro de nuestra superheroína. Ella no tenía ni voz ni voto. Linda fue adoptada por los Danvers. Y no fue hasta el número 285 de Action Comics en 1962 en el que Superman decidió presentar al mundo a Supergirl. Es un adulto, hombre, el que decide cuál va a ser su futuro. Cuando Superman la presenta en sociedad ella tiene 16 años y lo hace de la mano de su mentor, con una portada llena de confetis, un ramo de flores y un Superman diciéndole que es la heroína más grande el mundo. Y ella casi ni se lo cree. Después de haberla tenido escondida durante años, Supergirl ha obtenido el permiso de «papá» Superman para salir del agujero donde la había metido. Nos la presentaron como una adolescente adorable, con poderes y minifalda.

Supergirl es como Superman a nivel fisiológico. Es fuerte y poderosa, puede volar, tiene una gran resistencia, posee visión de rayos X y es invulnerable, excepto a la kryptonita, por supuesto. A efectos prácticos, Supergirl es tan fuerte como su primo a pesar de ser una adolescente y ser tratada como tal. ¿Cuántos adolescentes con superpoderes creéis que se quedarían mansamente obedeciendo a sus mayores pudiendo hacer lo que quisieran? Por favor, ¿nadie se acuerda de las hormonas? Pues imaginad unas superhormonas a plena revolución.

Al contrario que otros adolescentes que llegan a un lugar desconocido, en este caso un planeta, Supergirl nunca tuvo problemas de adaptación a pesar de que no creció como una humana en la tierra como sí hizo Superman. Además Supergirl y Linda tienen dos personalidades totalmente diferentes. Tanto que como Linda sale con un chico humano Dick Malverne pero como Supergirl se relaciona sentimentalmente con otros superhéroes adolescentes. Menudo cacao debía llevar la pobre en la cabeza. Por supuesto, esta doble vida hace que sus relaciones estén siempre condenadas al fracaso. Sobre todo teniendo en cuenta que la principal preocupación de Supergirl y su máxima prioridad es ayudar a Superman en todo lo que necesite. Aunque Superman también llevó una doble identidad, su interés amoroso siempre fue el mismo tanto como Clark Kent como Superman.

Antes del nacimiento de Supergirl, ya había aparecido en escena Superboy. Él debutó en el número 101 de More Fun Comics en 1944 y en 1949 ya tenía su propio cómic. Supergirl vivía con una familia adoptiva como él. Tenía un gatito con superpoderes mientras Superboy tenía a su superperro. Al igual que Lana Lang siempre intentó revelar la identidad de Superboy, Dick Malverne intentó hacer lo propio con Supergirl. Y como Superboy también se convirtió en miembro de The Legion of Super-Heroes. Así que Supergirl más que parecer el reverso femenino de Superman parecía serlo de Superboy. No había sitio para una supermujer en el universo del kryptoniano.

En los años sesenta, Supergirl fue a la universidad y se graduó. Como su tío, encontró en el periodismo una profesión y trabajaba en la televisión. Pero no es hasta 1972 cuando adquiere suficiente entidad para DC como para otorgarle su propio cómic, aunque duró solo diez números. Con 21 años, una carrera y un trabajo, Supergirl seguía siendo una adolescente. En 1982 volvió a tener por fin un nuevo cómic pero estaba condenada también a la adolescencia, la serie empezaría de nuevo cuando tenía 18 años. Fue en *The Daring New Adventures of Supergirl*. Volvía a la casilla de inicio, adolescente otra vez, menuda cruz, eso sí, con un cuerpo mucho más voluptuoso y unos pechos bien turgentes. Tuvo más éxito que sus anteriores encarnaciones pero no demasiado. Sólo duró 23 números. En 1984 DC canceló su cómic tras hacerla morir en brazos de Superman, por supuesto, para salvar al mundo. Ni siquiera la película que se hizo en aquellos años ayudó a que el personaje sobreviviera.

Por supuesto, con la maravillosa Crisis en Tierras Infinitas, su personaje fue eliminado como si nunca hubiese existido. En 2005 revivieron a Supergirl escribiendo su historia de nuevo desde el principio. Borrón y cuenta nueva. Aunque esta vez, Supergirl había venido para dar guerra. Era una nueva heroína que quería vivir su vida y que no aceptaba la autoridad de Superman. Vendiendo tecnología de la nave en la que vino desde Argo City se pagó su propio apartamento. No tenía que depender de nadie. Por fin era libre. El cambio quizás no fue para mejor físicamente, la falda era más corta y enseñaba abdominales. Y su actitud era más que reprobable para el estándar de su famoso primo. Actuaba por fin como la adolescente que era. Nadie iba a decirle qué hacer con su vida. Fuma, bebe y se va de juerga. Como todo adolescente haría. ¿Dónde queda aquella obediente novia de América e hija perfecta de los años cincuenta? Parecía más una fantasía masculina que un personaje para atraer a las lectoras femeninas.

Las mujeres independientes, unas cuantas décadas después, seguían sin verse como algo positivo. DC decidió lavar su imagen, volverla buena chica de nuevo y alargarle la falda. La tela es importante para establecer el estatus de un superhéroe si es mujer. ¿Os habéis dado cuenta? Al final resultaba que Supergirl actuaba así porque había sido manipulada por un malo malísimo. Vuelve así a su papel de hermana pequeña de Superman, con la salvedad que esta vez no necesitará de la aprobación de su mentor. Esta Supergirl se parece tanto a su primera encarnación que una se puede llegar a preguntar, para qué matarla, cambiarle el pasado, hacerla desaparecer y reaparecer en numerosas ocasiones si al final vas a dejarla prácticamente tal y como la creaste.

CAPÍTULO 4
Dios los cría y ellos se juntan: las mujeres en los supergrupos

Los años sesenta fueron años de revolución en el cómic. Los supergrupos empezaron a tomar importancia y a crecer ante los cómics de personajes en solitario. Los superhéroes unían sus fuerzas para luchar contra males mayores. Era la época plateada del cómic. La época de la decadencia y la capa caída de los superhéroes parecía acabarse. Fue entonces cuando los pilares del cómic actual se cimentaron y han perdurado hasta nuestros días. Y fue gracias a Marvel y DC.

Corría el año 1956 y DC, que aún se llamaba National, resucitaba de las tinieblas al que se convertiría en uno de sus grandes personajes, Flash. En el número 4 de Showcase aparecía un Flash totalmente renovado y que distaba mucho de su encarnación original. Nuevo traje, nueva identidad, nueva apariencia. La compañía además decidía renovar a algunos de sus personajes clásicos. Así que Superman, Batman y Wonder Woman volvieron a comenzar de cero. Querían así atraer a nuevos lectores y facilitarles el conocer a los personajes. Aunque sus devenires empezaban de nuevo, la tríada de superhéroes no cambiaban de identidad o de apariencia, exceptuando a Wonder Woman que adquiría algún nuevo poder.

Muchos fueron los héroes de nueva creación que formaron parte de los supergrupos como Linterna Verde o el Detective Marciano. Nuevos personajes que se entrecruzaban con otros antiguos que servían de puente entre las nuevas y las viejas historias. Es el caso de Wonder Woman en la JLA por ejemplo. Creada por Julius Schwartz y Mike Sekowsky, en febrero de 1960 nació la Liga de la Justicia de América (JLA), en el número 28 de The Brave and the Bold. El grupo seguía un poco el esquema de la JSA. Lo formaron Wonder Woman, Flash, Aquaman, Linterna Verde, el Detective Marciano y, de vez en cuando, Superman y Batman. El éxito fue tan brutal que la JLA recibió su propio cómic un año después. Centrémonos un poco en qué fue de la gran superheroína del cómic en aquellos años.

Recordad que habíamos dejado a Wonder Woman cada vez más enamorada de su querido Steve Trevor y perdiendo poderes como si se le escaparan por un colador. Desapareció mucha de la magia y la mitología que rodeaba la historia de la amazona. Ya no era una mujer creada por los dioses a partir del barro, sino la hija de Hipólita y un simple mortal. Las amazonas ya no parecían esas guerreras inmortales que eran en un principio.

Además, Wonder Girl se unía al panteón de DC como versión más joven de la gran superheroína y Elasti-Girl lideraba su propio grupo.

WONDER WOMAN EN LOS 60,
de miembro de la JLA a superespía sin poderes

En 1960 la Justice Society of America (JSA) se transformó en Justice Ligue of America y Wonder Woman fue la única superheroína original que permaneció junto a toda una nueva ristra de superhéroes: Linterna Verde, Flash, Aquaman y el Detective Marciano. Wonder Woman servía así de puente entre la época dorada y la época plateada del cómic. Ella era el eje que unía los superheróes clásicos con las nuevas creaciones de DC. Aunque Batman y Superman aparecerán de vez en cuando en sus historias, lo cierto es que los dejaron de lado para que su poder no hiciera sombra a los nuevos cachorros de DC. Tenían sus propios cómics y no necesitaban formar parte de un supergrupo, ellos volaban solos. No así nuestra heroína.

Por lo visto Wonder Woman no estaba al mismo nivel que sus dos compañeros de fatiga más antiguos y su puesto en la JLA se mantuvo de forma fija. A pesar de llevar el mismo tiempo pateando el culo a los malos de turno, Wonder Woman jugó en una liga «menor», alejada de sus dos partenaires más famosos. Por lo menos, ya no era una simple secretaria como en sus primeras encarnaciones en la JSA. En eso salió ganando. Wonder Woman en este equipo es una igual, es tratada con respeto y no tiene que ser constantemente rescatada por sus compañeros masculinos. Recupera sus poderes, se hace más fuerte y adquiere más presencia como representante femenina en un mundo de supertestorena masculina. De hecho, Wonder Woman ni siquiera era el objetivo romántico de sus compañeros de grupo. ¡Milagro! El resto de sus compañeras femeninas no tuvieron tanta suerte. Los setenta estaban a la vuelta de la esquina y Wonder Woman sufriría muchos más cambios.

En 1968, su propio cómic tenía de nuevo de malas ventas y DC decidía reinventarla. La nueva Wonder Woman era presentada en el número 178 de su cómic vestida en plan mod con peinado a la moda sixties, un bote de pintura y una brocha con la que tachaba la imagen de su anterior encarnación como Diana Prince y superheroína. Durante una temporada, se convertiría en una especie de James Bond femenino sin poderes, pero con mucho estilo. A la que además le plantaban modelitos de lo más cool de color blanco. ¡Viva la revolución de los sesenta! Perderás tus poderes pero lucirás a la última moda. Así que nos encontrábamos a una Wonder Woman, sin poderes, sin traje, sin Isla Paraíso y sin Amazonas que la apoyasen. Eso sí, tenía un maestro de artes marciales llamado I Ching y una boutique superchic. Parecía cada vez más una Emma Peel en la serie televisiva de *Los Vengadores* (nada que ver con la creación de Marvel) que con nuestra heroína amazónica.

Los superhéroes estaban de capa caída, nunca mejor dicho y DC decidió que lo mejor para que el personaje de Diana sobreviviera era hacerla humana. A las pobres amazonas las mandaron a una dimensión paralela para recuperar sus poderes y Diana decidió quedarse en la tierra para seguir ayudando a la humanidad, aunque fuese a costa de sacrificarse y perder los suyos. Y lo hizo además convertida en propietaria de una tienda de ropa superchic. Sí, leéis bien, una tienda de ropa. De luchar contra los nazis a doblar jerseys y colocarlos en estanterías. Así se veía nuestra superheroína, al menos de momento.

Mientras DC presentaba a sus superhéroes como personajes totalmente perfectos y a los malos como villanos espantosos y malvados, en un plano psicológico bastante simple, la revolución llegó de la mano de otra editorial que tuvo un éxito inesperado y que transformó la historia del cómic. Empezaba la era Marvel y Wonder Woman veía como aparecían nuevos personajes femeninos por doquier. ¿Conseguirían hacerle sombra?

WONDER GIRL,
la versión joven de Wonder Woman

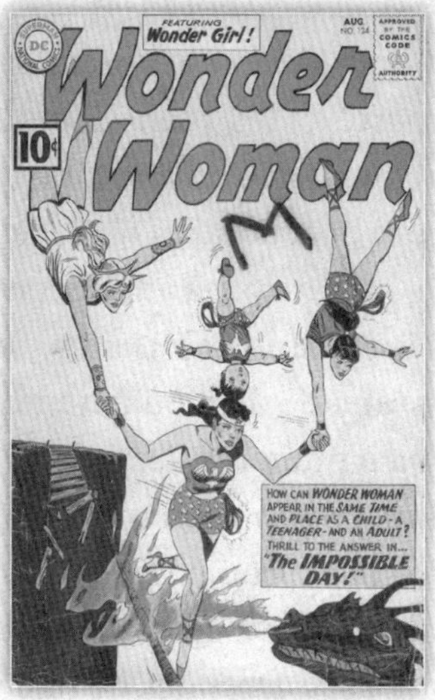

La historia de Wonder Girl es rara desde el principio. Primero fue una versión más joven de Wonder Woman, luego convivió con ella en la misma época y después resultó ser una niña huérfana a la que la superheroína salvó de un incendio. Muchas veces la congruencia en las historias de los personajes de cómic brilla por su ausencia. Y si a Wonder Woman le cambiaron la suya, no iba a ser menos Wonder Girl, que tenía mucha menos importancia como personaje que su versión adulta. Aunque en un principio eran la misma persona, parecía un poco extraño que convivieran en la misma línea temporal, Wonder Woman como miembro de la JLA y Wonder Girl como miembro de Teen Titans. Así que de ser la misma persona, DC decidió inventarle otra identidad, para evitar equívocos que ellos mismos habían creado.

Tras rescatar de un incendio a esta niña huérfana, Wonder Woman decidió llevarla a la isla de Themyscira para que la educasen las Amazonas. No solamente creció con ellas sino que le imprimieron su poder, algo que la convirtió en superheroína. La primera aparición de Wonder Girl fue en el número 23 de *Wonder Woman* en 1945 pero fue en 1965 cuando el personaje, ya disociado de su personalidad adulta, pasaría a formar parte de los Teen Titans. Este grupo de adolescentes superhéroes nació un año antes en The Brave ant the Bold, en su número 54, cuando DC decidió unir a Robin, Aqualad y Kid Flash, las versiones adolescentes de Aquaman y Flash. La historia la escribía Bob Haney y era dibujada por Bruno Premiani, encargado de dibujar también *The Doom Patrol.*

Cinco números después, el grupo volvía a aparecer ya con nombre propio y con Wonder Girl entre sus filas. Poco después tendrían su propio cómic. Nick Cardy sería su dibujante habitual. La nueva personalidad de Wonder Girl la convertía en Donna Troy. Después de haberse criado entre amazonas, dejará este paraíso femenino en el que vivió rodeada de mujeres para acabar en un grupo rodeada de hombres y además adolescentes. No obstante, ella era la más fuerte del grupo, es la heredera de Wonder Woman, no podía ser menos. Además era una adolescente diferente, segura de sí misma y de sus poderes. Un año después, a Wonder Girl le daban más edad y también más busto. ¿Intentando atraer al público masculino? Probablemente. Ya sabéis el dicho, pueden más dos tetas que dos carretas y los guionistas debían creerlo a pies juntillas. Los personajes se fueron añadiendo al grupo, iban y venían tanto que acabaron por desfigurar el concepto del mismo y la serie desapareció en 1974. Aunque el personaje de Wonder Girl sería recuperado ya con otro nombre, en los noventa en el número 105 de *Wonder Woman*, pero ya no sería la misma.

ELASTI-GIRL
líder de Doom Patrol

Elasti-Girl apareció por primera vez en My Greatest Adventure número 80 y fue creada por Bob Haney, Arnold Drake y Bruno Premiani. Su verdadero nombre era Rita Farr, consumada nadadora olímpica medalla de oro que más tarde se convirtió en una famosa actriz. Rita adquirió sus poderes mientras estaba rodando una película en África. Allí se vio expuesta a los gases de un volcán, algo que la transformó en Elasti-Girl. Gracias a su nuevo poder, Rita podía aumentar o disminuir de tamaño a su antojo. En un principio no tenía ningún tipo de control sobre sus poderes. Estos le asustaron tanto que decidió recluirse y retirarse alejándose de los focos de la fama. Sentía que era un bicho raro, una anormalidad. Hasta que un día se le acercó el Dr. Niles Caulder, más conocido como The Chief. Él le propuso entrar a formar parte de un grupo de *freaks* como ella que querían usar sus poderes para hacer el bien. Parece que la idea le convenció, porque entró a formar parte de la Doom Patrol.

The Doom Patrol fue la respuesta de DC a los supergrupos de la Marvel. Creados en 1963, igual que los X-Men, eran un grupo de inadaptados que además tenían un líder paralizado, como el Profesor Charles Xavier. Estaba formado por Elasti-Girl, Robot Man y Negative Man. Aunque tanto en los X-Men como en Doom Patrol el humor con el que eran tratados los personajes era parecido, había algo que los diferenciaba: su personaje femenino. Elasti-Girl era la líder natural del grupo. Al fin y al cabo, podía medir 40 veces más que el resto de sus compañeros. Con tremendo poder, era difícil que no fuera la líder. Y aunque Rita Farr sigue conservando esa imagen glamurosa, era actriz de Hollywood, ante sus compañeros era un miembro más del equipo. No está subordinada a sus compañeros masculinos. Y aunque le está agradecida a The Chief por haberle dado esta nueva vida, no tiene esa relación de mentor-alumna que Charles Xavier tenía con Jean Grey. Rita Farr era una mujer adulta, no una adolescente, a pesar de su nombre. Y además tenía toda una carrera tras de sí como nadadora y actriz de éxito antes de entrar a formar parte del grupo. Tenía una vida, una personalidad marcada antes de convertirse en superheroína.

Elasti-Girl tenía esa vida fuera del grupo. Una a la que podía volver si quisiese, una vez aprendió a controlar sus poderes. Ya no tenía que ocultarse, ya no sentía vergüenza y encima había encontrado un propósito para su nuevo yo. Es una mujer independiente y aunque se enamora de Steve Dayton, más conocido como Mento y se casa con él, esta relación nunca la aleja de sus obligaciones como superheroína. En las portadas de *The Doom Patrol*, Elasti-Girl tenía la suerte de ser tratada como una igual, nunca como una damisela en apuros que tenía que ser rescatada, como la pobre Sue Storm. Nunca fue secuestrada y necesitada de ser salvada. Por desgracia, Elasti-Girl desapareció junto a su grupo en 1965 cuando DC canceló la serie. Eso sí, tanto ella como sus compañeros murieron con las botas puestas. Era su vida o la de 14 inocentes. Se sacrificaron para salvarlos. Muy loable.

NACEN LAS MUJERES MARVEL

Aunque Marvel Comics había publicado cómics de superhéroes en su anterior encarnación como Atlas, tras el fracaso de los años cincuenta y la caída en desgracia de los mismos, se habían apartado de esa línea editorial. Al menos hasta que dos magos se cruzaron en su camino. Era 1961 y Stan Lee y Jack Kirby formaron el dúo estrella del cómic. Ambos tenían una perspectiva totalmente diferente de lo que debía ser un cómic de superhéroes y la aplicaron en su primera creación como grupo: Los 4 Fantásticos. Para ellos, los personajes debían ser de carne y hueso, tener problemas como el resto de humanos, como los lectores que leían ávidos sus aventuras. Los superhéroes por fin adquirían un perfil psicológico más profundo. Y los supergrupos fueron su mejor carta de presentación. Juntos eran como verdaderas familias con sus broncas y sus alegrías, sus problemas y sus poderes. Eran unos rara avis de la sociedad, unos incomprendidos pero eso molaba.

SUE STORM,
la chica fantástica pero invisible

La primera creación de Marvel fue Los 4 Fantásticos, que aparecieron en *Fantastic Four* número 1 en noviembre de 1961, ya con serie propia. Los superhéroes debutaban directamente a lo grande. El éxito fue inmediato. Los lectores los adoraban. Los 4 Fantásticos eran como una familia que a veces se llevaban bien y otras se peleaban, como cualquier otra familia. Eran más reales, bueno, todo lo reales que unos personajes de cómic con superpoderes podían ser. Además, a diferencia de otros superhéroes, no tenían identidades secretas. Eran ellos mismos y como tales se presentaban ante el mundo. Fuera de su vida como superhéroes no tenían una segunda vida a la que agarrarse. Nada de identidades secretas ni alter egos. Y aunque el cómic reflejaba la sociedad de la época y los cambios que experimentaba como el fin de la era hippie o el asesinato de Kennedy, en cuanto a equidad de sexos parecía flojear. Sue Storm, el personaje femenino, era una mujer sumisa. Bueno, más que una mujer, una chica. Y además, una invisible. Su nombre lo decía todo, no era considerada una adulta. Hasta los años ochenta no consiguió convertirse en la Mujer Invisible. Su trabajo y sufrimiento le costó.

Tanto Sue Storm como sus compañeros de grupo son héroes por accidente. No nacieron así, no son hijos de superhéroes, no heredaron sus poderes. Al contrario, obtuvieron sus superpoderes tras la exposición que sufrieron a unos rayos cósmicos durante una misión científica al espacio exterior. Reed Richards se convertirá en Mr. Fantástico, un genio científico e inmediato líder del equipo. Su nuevo superpoder le permitirá estirar su cuerpo hasta lo inimaginable. Susan Storm era su novia y adquirió la habilidad de la invisibilidad. Johnny Storm, hermano pequeño de Sue, será la Antorcha Humana, capaz de generar llamas y volar. Y finalmente, la Cosa, el gruñón pero bonachón Ben Grimm, una ex-estrella del fútbol americano en la universidad y compañero de carrera de Reed, adquirió fuerza y resistencia sobrehumana después de que su piel se convirtiera en roca.

Sue Storm además recibió un poder muy peculiar, el de la invisibilidad. La que muchas veces sufría por parte de su enamorado, demasiado ocupado creando maravillas científicas para salvar al mundo como para prestarle atención. Era además un poder pasivo, al contrario que el de sus compañeros. No fue hasta más tarde que Sue adquirió la habilidad de crear campos de fuerzas, hasta entonces simplemente desaparecía o era el cebo que hacía distraer al malvado de turno para que sus compañeros pasaran a la acción. Uno de sus grandes papeles era ser la rehén de los malos, lista para ser rescatada por sus caballeros andantes: el resto de los Fantásticos. Pocas cosas parecían haber cambiado. Su pareja era mostrado como un superior, un hombre mucho mayor que tutelaba a la joven Sue, una chica que necesitaba un mentor que cuidase de ella.

Sue además hacía el papel de madre y hermana del resto de sus compañeros, cuidándolos y preocupándose por sus problemas. Y en esto sí que había una diferencia con los anteriores cómics. Los 4 Fantásticos eran una familia, con todo lo que ello comportaba: peleas, malentendidos, cariños y enfados. Sue será la que, en su papel de madre, por ejemplo consolará a un Ben torturado por su apariencia que sufría por estar enamorado sin ser correspondido. Ella le dará también una reprimenda al alocado de su hermano por su comportamiento. Y por supuesto, será la que apoyará siempre a su futuro marido, el gran científico.

Sue y su hermano tuvieron una infancia feliz hasta que su madre murió en un accidente de coche. Su padre no pudo soportarlo y se dio a la bebida. El antes reputado cirujano Franklin Storm acabó con los huesos en la cárcel. Sue tuvo que convertirse en la figura materna para su hermano pequeño y hacerse cargo de la familia. Hasta que fueron mayores de edad, la custodia de ambos recayó en su tía, una mujer que poseía una casa de huéspedes donde se alojaba el entonces estudiante Reed Richards. Allí se conocieron ambos, aunque no fue hasta más tarde que sus vidas volvieron a cruzarse y empezaron a salir.

En aquel momento, el del reencuentro, Richards estaba trabajando en crear una nave espacial para viajar a otros sistemas solares. Un proyecto del gobierno que acabó cerrando el grifo del dinero. Dejándole imposibilitado para seguir con la investigación. Aunque evidentemente, aquello no le paró. Reed decidió realizar un viaje de prueba bajo su cuenta y riesgo. Le pidió a su amigo Ben, que era piloto, que le acompañara en un vuelo no autorizado antes de que el proyecto fuese cerrado definitivamente por el gobierno. Sue y su hermano se apuntaron a la excursión. Hay que ir donde haga falta por tu enamorado. ¿Verdad chicas? Aunque el vuelo fue todo un éxito, se vieron expuestos a una intensa lluvia de rayos cósmicos. Y cuando aterrizaron los cuatro descubrieron que habían mutado y habían adquirido sus fantásticos superpoderes.

A diferencia de otras superheroínas, Sue Storm no tenía una vida fuera del grupo. Era la Chica Invisible pero no tenía otra ocupación. Así que su existencia se veía limitada al entorno de sus tres compañeros. En 1965 se casó con el siempre ocupado Mr. Reed, del que buscaba siempre aprobación y atención. La boda además estableció una de las escenas marca de la casa de Marvel, la gran batalla durante una boda de superhéroes. Una armada de enemigos enviada como regalo de bodas por el siempre detallista Doctor Doom apareció de repente para fastidiarles el gran día. No ha habido pareja heróica Marvel que no haya sufrido un ataque descomunal el día de su boda. Parecía que todos los malos del mundo se conjuraban para arruinarles el día a los felices novios.

Con el tiempo, Lee y Kirby fueron lo bastante generosos como para dar más poder a Sue y fortalecer su papel como miembro del grupo, aunque nunca dejó de ser la figura maternal y protectora. Pero fue también Reed Richards el que le otorgó a Sue su nuevo superpoder en el número 22 de la serie en 1964: los campos de fuerza invisibles. Y fue precisamente después de que una carta de un fan hiciera llorar como una niña a la pobre Sue, la acusaba de no aportar nada al grupo. Así se las tenía que ver la pobre Chica Invisible. Aún así en un principio estos campos de fuerza invisibles servían únicamente para defender a sus compañeros, como medida totalmente defensiva nunca ofensiva. Eso se lo dejaba a sus machotes compañeros. Ellos tenían los verdaderos poderes. Mientras tanto, Sue también dedicaba gran parte de su tiempo a ir de compras. Una labor ardua que algún miembro del grupo tenía que hacer, ella se sacrificaba por la causa.

No es hasta los años setenta que Sue Storm se transforma y adquiere más importancia como personaje. Hasta entonces se limitó a ser la sombra de su adorado Reed. Y aunque ha madurado como personaje siempre se la ha visto como una presencia maternal en el grupo. El líder natural del mismo siempre ha sido Reed Richards, pero Sue Storm le ha sustituido cuando este ha estado ausente. Y también perteneció a Los Vengadores durante un corto periodo de tiempo. Con Reed ha tenido dos hijos, Franklin Richards y Valeria Richards. Fue precisamente durante sus embarazos y rupturas con Reed que Sue Storm dejó el grupo y fue sustituida por la novia de su hermano Crystal o por otro miembro de Inhumans, Medusa. Una época en la que pareció liberarse un poco. Pero solo un poco. Aunque siempre volvió para unir al grupo y ayudarlo en sus peores momentos.

JEAN GREY,
una mujer entre los X-Men

Dado el éxito de *Los 4 Fantásticos* Stan Lee y Jack Kirby decidieron seguir el camino de los supergrupos y en 1963 crearon dos de sus cómics más famosos: *La Patrulla X (*aquí en EE. UU. nacieron como *The X-Men)* y *Los Vengadores*. La primera de ellas estaba protagonizada por un grupo de jovencitos mutantes, los X-Men. Este grupo de adolescentes hormonados habían nacido con un gen mutante que les había dado superpoderes. Se convertían así en seres excepcionales pero también en algo desconocido. Y ya sabemos que los humanos otra cosa no, pero miedo a lo desconocido, tienen y bastante. Es el germen de la intolerancia, el racismo y la xenofobia. Los mutantes eran vistos por los humanos como una amenaza, bichos raros que venían a hacerles daño. ¿Os suena de algo? En una época en que la lucha por los derechos civiles estaba en pleno apogeo en los EE. UU. y en la que el racismo seguía y sigue lamentablemente imperando, el cómic trataba un tema importante desde el punto de vista de un grupo de adolescentes inadaptados. Kirby y Lee acercaban así los cómics a la realidad de sus lectores. Y les daban a sus personajes una profundidad que antes los superhéroes no tenían.

Para poder tener una vida más o menos «normal» estos adolescentes acabarán viviendo entre los suyos en la escuela para jóvenes superdotados del Profesor Xavier. Una figura paterna para todos ellos. Algunos son tímidos y otros rebeldes adolescentes, que ven como sus poderes los convierten en bichos raros, incomprendidos y rechazados en la edad más crítica de una persona, la adolescencia. Padre, psicólogo, mentor y lo que haga falta, Charles Xavier se convierte en el guía de este grupo de jóvenes en el que todos los miembros son iguales. Todos tienen la misma edad y los mismos problemas. El telépata más poderoso del mundo ayudará a los miembros de la Patrulla-X a encontrar su camino. Su escuela está pensada para ayudarlos a controlar sus poderes, para protegerlos del rechazo de los humanos y también para combatir a los mutantes malvados que amenazaban a la humanidad. La X viene por las habilidades extra que estos jóvenes portentosos poseen. Entre ellos, un único personaje femenino: Jean Grey, conocida como la Chica Maravilla. No nos quejaremos porque la llamen chica en vez de mujer, ya que todos son adolescentes pero a sus compañeros les han ahorrado el apelativo, no había un Chico Cíclope ni un Chico Bestia, no, pero sí una Chica Maravilla.

El cómic empezaba precisamente con la llegada de Jean Grey a la escuela donde era recibida por el Profesor Xavier. Sus compañeros de equipo Scott Summers (Cíclope), Hank Mc-

Coy (Bestia), Warren Worthington (Ángel) y Bobby Drake (El Hombre de Hielo) ya estaban en la mansión del gran telépata, listos para entrar en acción. Jean se uniría a ellos en su lucha contra el mal.

Jean Grey era hija de John y Elaine Grey. Su padre era profesor en la universidad y ella y su familia llevaban una vida relativamente normal en Nueva York. Hasta el día que jugando con su amiga Annie, esta fue atropellada por un coche. Este momento de intensidad emocional desaforada provocó que los poderes mutantes de Jean se manifestaran antes incluso de alcanzar la pubertad, que era el momento en el que el gen mutante parecía activarse. En aquel instante traumático, Jean se conectó mentalmente con su amiga y sufrió su muerte en primera persona, desde su mente. El shock fue tan brutal que prácticamente estuvo catatónica durante los siguientes años.

Cuando Jean tenía 11 años, un psiquiatra le sugirió a sus padres que visitaran al profesor Charles Xavier. Un experto en mutación especializado en telepatía, el poder que Jean Grey había despertado en su interior, que seguramente la podría ayudar a sobrellevar la carga que había recaído sobre ella. Un poder demasiado desatado para poder controlarlo. Tras varios análisis, el profesor determinó que Jean era una mutante y le sugirió a sus padres que la dejaran en su escuela. Lo que ellos aceptaron. Fue allí dónde le ayudó a entender y controlar ese poder tan abrumador para la joven adolescente. Y es que ese es uno de los grandes problemas de estos mutantes: sus poderes les sobrevienen de nuevo, están en plena adolescencia, con las hormonas desatadas y no son capaces de controlar lo que les sucede, con resultados a veces catastróficos y mortales. Ellos mismos vivirán torturados con el miedo de hacer daño a sus seres queridos o a personas inocentes en el intento de controlar sus nuevas habilidades. Los miedos afloraban en estos superhéroes de nuevo cuño.

Jean Grey fue el primer y único miembro femenino de la Patrulla X, al menos en su primera encarnación como grupo. Más tarde entraría Ororo Munroe como Tormenta, pero no sería hasta los años setenta. El principal poder de Jean en aquella época era la telequinesis, cuando el profesor Xavier consiguió que lo dominara, se convirtió en miembro de pleno derecho del grupo como Marvel Girl o Chica Maravilla. Ella era una de sus alumnas más aventajadas.

La principal misión del equipo era luchar contra otros mutantes y humanos malvados que amenazasen la paz entre ambos colectivos. Pero como equipo también, a medida que pasaba el tiempo y se iban conociendo, se convirtieron en una verdadera familia, siguiendo la línea que Kirby y Lee habían establecido para sus cómics en *Los 4 Fantásticos*. Su peor enemigo, aparte de los malvados con los que se enfrentaban, era el rechazo de la sociedad, el miedo del público a esas personas diferentes y que son vistas como una amenaza porque son, en este caso, más poderosas. Las difíciles relaciones entre el homo sapiens y el homo superior marcaron la historia del grupo desde el principio.

En lo que al amor se refiere, no podía faltar. Jean acaba enamorándose de su compañero Cíclope. Aunque ambos son tan tímidos que la relación tardó lo suyo en florecer. Al fin y al cabo, son solo tiernos adolescentes. Cíclope además sufría el trauma de sentir que su poder incontrolable ponía en peligro a la gente que le rodeaba, sobre todo a los que más quería. Así que sufrirá por hacerle daño por accidente a Jean. Pobre. Seguro que no podría defenderse, aunque sea telépata. Precisamente este es el poder que le une al Profesor Xavier, que será su mentor directo. Jean establecía con el profesor una relación, ya no sentimental, sino de mentor-alumna. Hombre maduro que tutela a joven, un poco en la línea de Sue Storm con Reed Richards pero sin el componente romántico. Uno de los elementos curiosos de los personajes femeninos de Marvel es el gusto que tienen por desmayarse a las primeras de cambio. A Jean le pasaba cada vez que usaba sus poderes. Eran demasiado para ella. Pero, ¿le daba dolor de cabeza a Cíclope cada vez que lanzaba un rayo con sus ojos? ¿Se caía fulminado Ángel después de volar por los cielos? Pues no, solo le pasaba a la pobre Jean. A Sue Storm también, para qué negarlo.

El traje de Jean Grey también varió y fue perdiendo tela a medida que pasaban los años. En un principio lucía un mono azul y amarillo, igual que sus compañeros de equipo. El traje le cubría todo el cuerpo. Pero poco tiempo después pasó a un cortísimo y escotado vestido verde esmeralda conjuntado con un cinturón, unas botas y máscara amarilla, que dejaba entrever su preciosa melena pelirroja. Sus compañeros por supuesto siguieron tapaditos, no fuera que les diese frío y se constiparan.

En años venideros el personaje de Jean Grey evolucionaría y se fortalecería como mujer independiente, adquiriendo poderes insospechados, transformándose en Fénix y resurgiendo de sus cenizas. Pero eso pasó una década después. Mientras tanto en los sesenta, Jean Grey tuvo la suerte de tener más entidad y presencia que sus predecesoras pero aún con ese «chica» colgado del nombre como lastre. Título al que le pegaría una patada y con gusto una vez se transformó en Fénix.

AVISPA, LA BRUJA ESCARLATA y VIUDA NEGRA en Los Vengadores

También en 1963 Jack Kirby y Stan Lee crearon su segundo supergrupo con *Los Vengadores*, dónde copiaban el concepto de la Liga de la Justicia de América de DC al estilo Marvel. En este nuevo supergrupo unían a algunos de los personajes más famosos de la casa: Thor, Iron Man, Hulk, Hombre Hormiga y por añadido, la Avispa. Aunque Spiderman en un primer momento se quedó fuera, le gustaba más trabajar en solitario, tres décadas más tarde se uniría a ellos. Así como el Capitán América que se unió al grupo en el número 4 de la serie. Pero estamos adelantando acontecimientos.

Avispa era el único personaje femenino de Los Vengadores y miembro fundadora del grupo. Aunque su pequeño tamaño parecía también augurar su papel como integrante del mismo. Evidentemente en las portadas siempre era la más pequeña, casi minúscula. Como novia del Hombre Hormiga, más tarde conocido como Hombre Gigante, repetía un poco la fórmula de científico maduro que enamora a jovencita que Kirby y Lee habían creado en *Los 4 Fantásticos*. Así que, el principal objetivo de nuestra heroína parecía ser el de conseguir que su enamorado le pusiera el anillo en el dedo. Pero sobre todo, Avispa era el factor molesto, la distracción que el grupo enviaba al enemigo. Casi invisible como su compañera en los 4 Fantásticos, aunque esta vez en tamaño. No desarrollaba su pleno potencial como heroína. A veces parecía más preocupada por lucir modelito que por la lucha en ciernes. De hecho, conseguía cambiarse de traje en incontables ocasiones.

Avispa apareció por primera vez en escena en Tales to Astonish número 44 en 1963. Janet van Dyne era una rica heredera que adquiría poderes sobrehumanos gracias a una alteración genética que le proporcionó su adorado Henry Pym, más conocido como Hombre Hormiga. Aunque en un principio lo hizo para complementar los de su pareja, sus poderes siempre irían relacionados con los de él. Al igual que el Hombre Hormiga, Avispa podía cambiar de tamaño y hacerse minúscula, lo que le facilitaba las tareas de infiltrado y espionaje del enemigo. Además, cuando empequeñecía, a Avispa le crecían unas alas de insecto que la ayudaban a volar.

Aunque ambos fueron miembros fundadores de Los Vengadores, tanto en las historias de la pareja en solitario como con su supergrupo, Avispa siempre pareció una especie de apéndice dependiente de su pareja masculina. Y parecía también que la única razón que le impulsaba a ser miembro del grupo era el hecho de que su pareja estuviera allí. Si el Hombre Hormiga hubiera sido miembro del Circ Du Soleil, tendríamos a Avispa haciendo malabarismos en el aire. Como pareja en solitario no consiguieron que sus historias prosperaran y su participación en Los Vengadores era un poco como el Guadiana, a veces estaban y otras no. A pesar de ello, Avispa fue uno de los personajes que más permanencia tuvo en el grupo apareciendo entre 1976 y 1985 en 100 números consecutivos.

En 1969, Hombre Hormiga y ella se casaron, para regocijo de Avispa, que en la boda de Sue Storm y Reed Richards se que-

jaba de no pasar por el altar. Eso no impidió que más tarde, aumentara su participación en el grupo e incluso hiciera de líder en alguna que otra ocasión. También fue miembro de The Defenders y de las Lady Liberators, un grupo que duró poco pero que estuvo formado únicamente por superheroínas, entre sus miembros estaban otras ilustres vengadoras como la Viuda Negra y la Bruja Escarlata.

Los poderes de Avispa, como he dicho, han estado relacionados siempre con los de su pareja. De hecho, él fue el que se los dio. Janet Van Dyne era hija de un renombrado científico, Vernon Van Dyne. Mientras ella vivía la vida loca como socialité gracias a la fortuna de su padre, este experimentaba en su laboratorio. Científicos y experimentos en el cómic, ya sabemos lo que pasa. El doctor Dyne provocó el advenimiento de un malvado alien a la tierra que acabaría matándolo. Tras el fallecimiento de su padre, Janet contactó con el Dr. Henry Pym, un colega científico de su progenitor. Janet estaba dispuesta a vengar la muerte de su padre. Pym atraído por la joven decidió revelar su identidad secreta como el Hombre Hormiga para ayudarla. Le ofreció poderes similares a los suyos. Algo que ella aceptó encantada. ¿Quién no quiere tener superpoderes? Gracias a la exposición a las partículas Pym, sus nuevos poderes le permitían empequeñecer y le crecían alas para volar. Además Pym le construyó unos brazales la mar de monos que le permitían lanzar descargas bioeléctricas. Todo un chollazo. Para ir a juego con sus nuevos poderes, ella misma se creó su propio traje y se convirtió en Avispa.

Aunque Marvel supuso toda una revolución para el mundo del cómic, dando una profundidad a sus personajes que otras historias no tenían, lo cierto es que en cuanto a desarrollo de personajes femeninos, tenían aún mucho por aprender. Avispa era un buen ejemplo. Siempre se la mostraba como dependiente de su pareja, más tarde marido, y casi incapaz de hacer nada sin el apoyo del mismo. También era común que la mostraran como la dama en apuros típica de los cómics de la época, siempre necesitando ser salvada por los machotes de turno. Afortunadamente, el personaje fue evolucionando a medida que su participación en Los Vengadores aumentaba y el paso del tiempo ponía al personaje en el lugar que le correspondía. Una mujer fuerte y una líder natural que muchas veces se encargaba del grupo como cualquiera de sus compañeros.

Muchos se olvidan que fue precisamente Avispa quien sugirió el nombre del grupo. Además también fue una de las personas que descubrió a un ultracongelado Capitán America. Aunque estos dos hechos históricos en el cómic, no quitaban que Janet al principio no estuviera demasiado interesada en la lucha contra el crimen y la defensa del bien. Más tarde, tanto Avispa como el Hombre Hormiga habían estado expuestos a las partículas Pym durante tanto tiempo que incluso mejoraron sus poderes, Avispa no necesitaría usar sus brazaletes para activar sus rayos, por ejemplo. Siguiendo con sus experimentos el Hombre Hormiga desarrolló el poder de agrandarse y se convirtió en el Hombre Gigante. Avispa seguiría siendo Avispa.

Poco después tanto Janet como Henry abandonaban Los Vengadores para tomarse un respiro. Ella volvía a su carrera como diseñadora. Marcando una de las primeras salidas de ambos del grupo, algo que se convertirían en una constante en su historia. Durante estas ausencias, la fortuna familiar de Janet permitía a su marido seguir con sus experimentos, pero un sentimiento de mantenido acechaba al científico. Una mujer que mantenía a su marido en aquellos años era visto aún como una lacra. Pym sufrió varios episodios o crisis de personalidad inusuales no muy prometedores. Un de ellos cuando murió su primera esposa María y otro en el que creyó ser otra persona llamada Yellowjacket. Como este último atacó a los Vengadores e incluso afirmó haberse matado a sí mismo, o sea a Henry Pym. Aún así, Avispa acabó casándose con él, casi aprovechando la fragilidad mental en la que se encontraba un recuperado Pym.

Estos problemas de conciencia de Pym respecto al dinero de su mujer, hicieron que en los años ochenta y noventa, el personaje fuera evolucionando y abandonado ese papel de «mujer de» para conseguir un estatus más fuerte. Su relación con Pym se fue deteriorando, incluso llegó al abuso físico y verbal. Algo que Avispa no aguantó y que la llevó a separarse. Mientras, su papel en los Vengadores aumentaba. Mujer liberada del yugo masculino que la oprimía, no quiso saber más del hombre que siempre condicionó su historia.

Otro de los personajes femeninos de Los Vengadores fue La Bruja Escarlata. Aunque Wanda Maximoff tuvo un inicio bastante malvado, tanto ella como su hermano siempre tuvieron demasiada conciencia, algo que les dificultaba pertenecer al lado oscuro. Ella y su hermano Quicksilver eran miembros de la Hermandad de los Mutantes Diabólicos formada por Magneto para luchar contra los X-Men. Tardaron poco en pasarse al otro bando. Su grupo de villanos se disolvió en 1965 y Wanda y su hermano Pietro fueron reclutados por Los Vengadores. Su primera aparición en el cómic fue en *X-Men* número 4 apenas un año antes. Su carrera como villana duró poco. Ambos hermanos fueron miembros de Los Vengadores durante años y ella incluso acabó casándose con The Vision, otro de los miembros del mismo.

El poder de la Bruja Escarlata es único, puede alterar la realidad y la probabilidad de manera totalmente imprevisible y con ello causar accidentes que sus enemigos no consiguen prever. Y aunque en un principio todo su potencial se debía al azar, fue perfeccionando su poder hasta dominarlo. Como su hermano Pietro, no sabía demasiado de su origen. Aunque fueron criados en Europa del Este como Maximoff, luego se afirmó que eran hijos de una pareja de superhéroes de los años cuarenta, The Whizzer y Miss America. Posteriormente se les asoció con Magneto, convirtiéndolos en sus hijos.

La Bruja Escarlata en un principio era mostrada como una chica sumisa y calmada. Prácticamente como la mayoría de personajes femeninos de aquella época. Vestida de rojo, con una toga casi monjil, en contraste con su bañador rojo ajustado, botas, guantes y una capa. Todo glamour. Después de aparecer durante cuatro números como villanos, ella y su hermano fueron reclutados por los Vengadores en el número 16. Durante su etapa en los Vengadores conoció a The Vision, el que se convertiría en su marido en *Giant-Size Avengers* número 4 en 1975. El problema es que Wanda también ha dependido mucho de su hermano Pietro y hasta que este desapareció de escena años más tarde no pudo desatar su verdadero potencial en libertad.

Con los años el poder mutante de La Bruja Escarlata derivó hacia la magia, algo más acorde con su nombre. Wanda además ha sido miembro de The Defenders, Force Works, West Coast Avengers y el grupo femenino Lady Liberators. Aunque siempre ha vuelto a Los Vengadores, su casa ya. Su marido y ella son de los miembros que más tiempo han pertenecido al grupo.

La Viuda Negra por su parte, empezó como una espía soviética surgida de las profundidades de la Guerra Fría. Una *femme fatal*, mortal y altamente preparada. Apareció por primera vez en Tales of Suspense número 52 en 1964 como espía de las Industrias Stark, la empresa que el divertido y cachondo Tony Stark, alias Iron Man, heredó de su padre.

El nombre real de la Viuda Negra es Natasha Romanoff. Evidentemente, el que inventó su nombre no tuvo en cuenta las terminaciones femeninas de los apellidos rusos, algo que más tarde fue corregido cuando pasó a llamarse Romanova. En una de sus primeras apariciones, Natasha consiguió convencer a Hawkeye para que se pasase al bando de los malos y robase secretos al gobierno americano. Su poder de convicción/seducción era altamente conocido. En un principio, Natasha no utilizaba ningún traje especial o distintivo. Más tarde, el gobierno ruso le facilitó su famoso atuendo negro y un arsenal de armas sofisticadas que harían conocido al personaje.

Su relación con Hawkeye cambió de terció poco después de sus primeras aventuras. La tortilla se daría la vuelta y sería él quien la reclutaría para los buenos. Cuando Hawkeye logró rehabilitarse entró a formar parte de Los Vengadores. Pronto La Viuda Negra pasaría a formar parte del panteón del grupo, convirtiéndose en su miembro número 16. Aunque fue rechazada alguna que otra vez por su pasado «rojo», finalmente fue aceptada como miembro de pleno derecho, adquiriendo cada vez más presencia y acabando incluso como líder del mismo en innumerables ocasiones. También puso sus grandes habilidades, tanto como espía como luchadora ágil y atlética, a disposición de S.H.I.E.L.D. Y formó brevemente The Liberators junto a la Avispa, La Bruja Escarlata y otras superheroínas, dando pie a uno de los primeros grupos sólo de superheroínas, sin hombres de por medio. Aunque duró solo un número, fue en *Los Vengadores* número 87 en 1970. En aquella década fue cuando la Viuda Negra logró liberarse de verdad y convertirse en la superheroína que hoy en día conocemos.

Experta en tácticas de combate, artes marciales y agente secreta consumada, Natasha Romanova es una de las superheroínas más intrigantes de la historia del cómic. Con un pasado oscuro e incierto, su personaje fue cambiando de bando, de superespía rusa a aliada de los Vengadores y finalmente miembro de pleno derecho. Sus poderes físicos se deben a su duro entrenamiento. Con una fuerza superior a la media y una agilidad portentosa, La Viuda Negra es una luchadora letal. Pero además es un personaje femenino tremendamente atractivo. Liberada y desenvuelta, muchas veces calificada de frívola. Su naturalidad y su sexualidad, que a veces ha usado como arma, se contrapone al de otras heroínas más mojigatas que simplemente iban detrás de sus pretendientes masculinos y que dedicaban poca atención a sus quehaceres como superheroínas. Natasha en cambio es casi una solitaria, una que se da una alegría de vez en cuando, porque aunque no lo parezca es humana y tiene sentimientos, pero no deja que eso entorpezca sus objetivos.

La Viuda Negra consiguió su propia serie en los setenta. El personaje lo merecía. Además de sufrir un cambio estético, abandonaría su pelo corto y negro por la melena pelirroja por la que es conocida actualmente. Empezando en agosto de 1970 cuando Marvel lanzó la serie Amazing Adventures, La Viuda Negra compartía páginas con The Inhumans, que fueron creados como apoyo de los 4 Fantásticos y lograron dar el salto a sus propias historias. Aunque en el número 9 de la serie,

los Inhumanos se comieron a La Viuda Negra. Fue entonces cuando cortó con Hawkeye y se lió con Daredevil. Facilitando así su aparición en el cómic del ciego enmascarado durante los primeros años setenta. Entre los números 81-124 (Noviembre 1971-Agosto 1975), apareció en *Daredevil,* incluso cambiando el nombre del cómic a *Daredevil and the Black Widow* durante casi un año. Gerry Conway, encargado de las historias de Daredevil era fan del personaje de La Viuda Negra y creyó que tendrían química. Y tanto que la tuvieron, durante un tiempo. Pero Daredevil también era un solitario y finalmente Natasha abandonó la serie. Poco después lideró un grupo llamado The Champions durante 17 ediciones entre 1975 y 1978.

Durante los ochenta y los noventa, La Viuda Negra combinó sus apariciones en Los Vengadores con S.H.I.E.L.D. En 1999 y 2001 tuvo varias miniseries. Es un personaje atractivo y diferente, una mujer que a pesar de haber tenido sus relaciones con algunos miembros de su grupo como Hawkeye o con Daredevil, nunca se ha visto subyugada a otro personaje masculino como si lo eran sus compañeras de aventuras heroicas. Natasha Romanova era una mujer fuerte e independiente, casi liberada incluso para los primeros años de su aparición. Dura como el acero y fría como el hielo.

CAPÍTULO 5
Llegan los setenta, la liberación de las superheroínas

Los años setenta fueron los años de la liberación de la mujer, sobre todo en el cómic. Parecía que los personajes femeninos iban teniendo más presencia y poderes. Las cosas comenzaban a cambiar. Los grandes nombres del cómic empezaban a dejar espacio a la nueva savia, más joven y con ideas nuevas. Con la marcha de Jack Kirby de Marvel y el fin de la llamada Edad de Plata, los cómics de superhéroes empezaron a tratar temáticas más adultas con historias más complejas que en épocas anteriores. Por primera vez se hablaba de drogas, corrupción e incluso algunos de los grandes protagonistas del cómic morían. Algo impensable hacía tan solo unos años. La Comics Code Authority empezó a relajarse.

En estos primeros años setenta, el panorama para las mujeres en el cómic no era demasiado halagador. Pocas sobrevivían intactas y con suficiente fuerza como para ocupar las portadas de su propio cómic. Las únicas protagonistas eran Wonder Woman, Lois Lane y Supergirl. Las tres tenían su propia serie. El resto vivían en entornos totalmente masculinos como personajes secundarios. Tres parece un número ridículo. Pero habían sobrevivido y habían sufrido mucho para conseguirlo, dejándose en el camino incluso parte de su esencia. En los años setenta, ya no servirán cafés a sus compañeros y esperarán pacientemente a ser salvadas, sino todo lo contrario. Ya no serán damiselas en apuros sino mujeres seguras y fuertes que no tendrán miedo a usar su poder. Había llegado su momento y querían llevar la voz cantante. Por fin levantaban su voz y se hacían sentir.

Esta década fue importante para la mujer en muchos aspectos de su vida. Se consiguieron muchos avances y empezaba a liberarse, buscaba su sitio más allá del rol de madre, mujer y esposa que siempre se le había otorgado. La liberación sexual y la píldora entraban en la vida de las mujeres de los setenta para darles nueva alas y volar siguiendo su propio camino. Y el cómic también reflejaría estos cambios. Las protagonistas de los cómics de superhéroes ya no perseguirían casarse con su príncipe azul con superpoderes. Esperaban algo más que un matrimonio para su vida: respeto, igualdad y las mismas oportunidades que sus compañeros. Desgraciadamente, tuvieron que hacerlo con un traje ajustado y poca tela. Una cosa parecía segura, la mujer sexy parecía menos amenazante para el lector masculino. O eso al menos debieron pensar los creadores de las grandes superheroínas que poblaron esta década. La gran mayoría de lectores eran hombres, para qué negarlo, pero con personajes como los que nos habían brindado años antes, era fácil de entender por qué el público femenino no se sentía atraído por sus historias. Por suerte, los setenta nos brindaron grandes personajes femeninos. Mujeres impresionantes, fuertes, poderosas y temidas.

LAS MUJERES MARVEL
SE REBELAN

Las superheroínas de Marvel no estuvieron al margen de todos estos cambios que estaba experimentando la sociedad. El feminismo empezó a salpicar poco a poco las páginas de sus cómics de diferentes maneras. Sue Storm, Jean Grey o la Bruja Escarlata serían algunas de las mujeres de Marvel que se soltarían la melena. Hartas de ser siempre la novia de sus compañeros, de quedarse a un lado cuando empezaba la acción de verdad o ser un simple señuelo en manos del malvado, estas mujeres decidieron dar un paso adelante y transformarse. Aunque algunas de ellas pagarían un precio muy alto por ello. Mientras, nacía otra de las grandes superheroínas de la saga mutante, Ororo Munroe se convertía en Tormenta y los X-Men aumentaban su cuota femenina.

VALKYRIE,
¿feminismo amenazante?

Los setenta también fueron los años del nacimiento del movimiento feminista. Y en los cómics cada vez aparecían más elementos del mismo. Aunque quizás no en la manera que nos gustaría. El feminismo parecía dar miedo a más de uno. Un buen ejemplo fue Valkyrie. Nacida en 1970 en el número 89 de *Los Vengadores,* este personaje era la protagonista de la historia «Come on in…the Revolution is fine». Valkyrie era una científica portentosa que se vio denigrada y despreciada por sus colegas de profesión por el simple hecho de ser mujer. Cansada de que la mangoneasen, empezó una cruzada contra los hombres y el machismo imperante cuando gracias a un experimento fallido adquirió sus poderes. Esta mujer, que adoptó el traje y la apariencia de una diosa nórdica, se cargó el amor que proclamaba Wonder Woman a porrazo limpio. Había llegado el momento de patear algunos culos.

Una vez adquiridos sus poderes, Valkyrie convenció a las superheroínas que formaban parte de los Vengadores para que se uniesen a su causa. Así que tras años de aguantar ser las segundonas del grupo: Avispa, Bruja Escarlata, Medusa y Viuda Negra se volvieron contra sus compañeros y les hicieron pagar, con gusto, todas las injusticias que habían sufrido como miembros del mismo. Habían nacido las Lady Liberators. Un nombre muy apropiado.

La rabia antimachista que empujaba a Valkyrie lamentablemente acabó siendo un mero truco. Detrás de Valkyrie se escondía la malvada Enchantress. Lo único que quería era cargarse a los Vengadores y utilizó a las mujeres del grupo para ello. Finalmente fue descubierta y derrotada. A pesar del final del personaje y la brevedad de las Liberators, solo ese cómic, el mensaje feminista estaba ahí y abrió las puertas a otras mujeres y superheroínas a la hora de reclamar el sitio que se merecían. Valkyrie fue un polo totalmente extremo, pero la semilla se había plantado. En 1972 el personaje volvió, ya no como Enchantress, para formar parte de The Defenders pero sería otra persona totalmente diferente sin relación con su feminista predecesora.

LAS SUPERHEROÍNAS
DE LOS SUPERGRUPOS ENCUENTRAN SU PROPIO CAMINO

Ya os he explicado el cambio que sufrió para bien Natasha Romanova en los setenta. Fue una de las heroínas que fueron reinventadas en esa década. Cuando nació en 1964 lo hizo como espía rusa, pero posteriormente recaló en los Vengadores. En los gloriosos años setenta, era Madame Natasha. Una mujer liberada y aburrida de su vida como miembro de la jet set. De fiesta en fiesta, viviendo la vida y saliendo con directores de cine famosos mientras brindaban con champán caro. Ese era su día a día. Así que dejando de lado el glamour de Hollywood, Natasha Romanova decidió volver a luchar contra el mal que acechaba al mundo. El famoseo la aburría y luchar era algo que realmente la hacía sentirse viva. La reinvención del personaje vino acompañada también de un cambio físico. Se acabaron las medias de rejilla, la máscara y el pelo negro corto que habían caracterizado su anterior encarnación. Ahora, Natasha era una pelirroja sexy, embutada en un traje de cuero negro que le sentaba como una segunda piel. Mientras más ajustado mejor para dar patadas, debían pensar sus dibujantes.

La Viuda Negra escogió ser superheroína porque quiso. Ella eligió su camino y no lo hizo para seguir los pasos de ningún novio ni mucho menos por amor. Ni se escondió nunca tras un alter ego tontito para ocultar su identidad. Ella no se escondía detrás de nada ni de nadie. Era una mujer que vivía con libertad, como un hombre, con las mismas necesidades y derechos. Era una mujer sexy que tenía sus aventuras románticas, sí, pero ella marcaba sus condiciones. Algo que antes parecía escasear en el cómic. Quizás por eso su personaje resultaba tan atractivo para los lectores.

En 1970 obtuvo su propia serie de ocho números en Amazing Adventures. Los dibujos eran de John Buscema y Bill Everett. Y el personaje era mostrado de una forma más femenina. Era la primera superheroína surgida de un grupo que tenía su propia historia. Bien por ella.

La Chica Invisible en los años setenta era madre ya de dos criaturas, algo que le restaba tiempo para dedicarle a sus tareas como superheroína. Además su perfecto matrimonio hacía aguas así que decidió largarse y dejar a Mr. Reed con sus inventos. En el camino, se volvió a liar con uno de sus antiguos amores, Námor. Por fin, se soltaba la melena, aunque fuese solo durante una temporada. Ya era hora de que la Chica Invisible dejara de serlo y le diera un buen rapapolvo al siempre ocupado Reed Richards. Al final volvió a reconciliarse con su marido. Esta historia reflejaba la realidad de muchos adolescentes lectores de cómic de la época que vivían en aquellos años el divorcio de sus padres.

La Bruja Escarlata por su parte, siempre dependiente de su hermano Pietro, empezaba un nuevo futuro en solitario cuando este se marchó del grupo en 1970. A partir de entonces, Wanda empezaría a tener un papel predominante en Los Vengadores, libre ya de su sobreprotector hermano. Una presencia masculina que la ataba en corto y no la dejaba evolucionar como personaje. Incluso se casó con The Vision, un androide, dando pie a otro tema que reflejaba la sociedad cambiante, las relaciones interraciales y el rechazo que provocaban. Aunque como mujer fuerte que era, siguió su propio camino y no dejó que las críticas la detuviesen.

MISS MARVEL,
la denigración hecha mujer

Carol Danvers nació para el cómic en Marvel Super-Heroes de 1967 como jefa de seguridad de la NASA, ahí es nada. Pero lo hizo como interés romántico del Capitán Marvel y sin superpoderes. No era el Capitán Marvel de los años cuarenta, sino uno nuevo que venía del espacio exterior y que la casa se inventó una vez recuperó los derechos del nombre ese mismo año. En 1969, en el número 14 del cómic del *Capitán Marvel,* Carol sufrió un accidente en el que fue alcanzada por una fuerte radiación. Aunque en aquel momento no adquirió ningún poder, sería un hecho que marcaría su vida posteriormente. Una década después nos encontramos a una Carol diferente que trabaja en una revista de moda como editora. Todo glamour y nada de NASA. Pero sufre unas inexplicables y terribles migrañas que le causan vacíos de memoria. Durante esos lapsos de memoria que no recuerda, es cuando se despiertan los superpoderes en ella y se transforma en Ms. Marvel. Aunque fue radiada en 1969 le hizo falta casi una década para despertarlos. Gracias a ellos podía volar, tenía fuerza sobrehumana, supersentidos y superintuición femenina. Pero una vez despertaba de sus terribles migrañas no recordaba nada de lo que había hecho como Ms. Marvel. Era una superheroína del inconsciente. ¿Qué diría Freud de esto?

Ms. Marvel debutó como protagonista de su propio cómic en 1977. La historia fue escrita por Gerry Conway y dibujada por John Buscema. Aunque el escritor y el artista más asociados a su serie serían Chris Claremont y Jim Mooney, respectivamente. Durante dos años, nuestra superheroína se dedicó al trabajo habitual de alguien de su poder, luchar contra los malos. Además acabó formando parte de los Vengadores. Carol descubrió que era Ms. Marvel gracias a su psicólogo y a través de la hipnosis. Al fin y al cabo es la versión femenina de un superhéroe casi menor del universo Marvel. Parecía que la compañía había querido crear un personaje femenino icónico pero no sabía muy bien que hacer con ella. Su serie terminó con el número 23 en 1979. Justo antes le habían sometido a una operación de mejora física, le hicieron un nuevo traje más sexy que enseñaba más carne, por supuesto. Ante la duda, menos tela. Y enseñemos ombligo. Ni eso sirvió para que la serie continuase. Entonces empezó el calvario. Después de aquello, el personaje fue sometido a tantas vejaciones que da vergüenza ajena contarlas. Pocos personajes femeninos han caído en desgracia tanto como el suyo. Parecía que el final de los años setenta era el fin de la liberación de la mujer.

Fue en el número 200 de *Los Vengadores* en 1980. Ms. Marvel cayó bajo el influjo de un supervillano llamado Marcus,

una inteligencia alienígena que usó su cuerpo para renacer. No sabía cómo ni por qué, pero Ms. Marvel estaba embarazada de tres meses y pocos días después de enterarse de su estado de buena esperanza, daba a luz a un niño. En estado de shock, Ms. Marvel estaba convencida de que había sido violada y rechazaba a esta criatura que había parido sin querer. Sus compañeros Vengadores en vez de extrañarse de este embarazo tan corto, ven en la actitud de Ms. Marvel a una mala madre con cero instinto maternal. ¿Qué mujer no va a querer a su hijo? Una sin corazón, ¿verdad? Mucho superhéroe pero parece que la testosterona no les daba superneuronas precisamente.

Es una historia tan rocambolesca que es casi difícil de creer que alguien se la inventase. ¿Por qué sus compañeros no la apoyaron? Imaginaros la escena, tu compañera de batallas está embarazada del espíritu santo y pare en pocos días. Algo raro está pasando, ¿no? Pues no, para los Vengadores era de lo más normal. Lo raro es que una mujer no sintiese la llamada de la naturaleza maternal. Para más inri, su hijo se convirtió en pocas horas en un adulto. ¿Algo que por lo visto tampoco extrañó a nadie? Salvo a la pobre Ms. Marvel. Este niño, es el propio Marcus, que procedente de una dimensión sin tiempo llamada Limbo, transportó a Ms. Marvel a la misma, la sedujo, la dejó preñada, le borró la memoria y la devolvió a la Tierra para poder usarla como contenedor, como transporte hacia otro planeta. Vamos, básicamente la violó. Tendrá poca vergüenza. Mucha entidad inteligente pero respeto, ninguno.

Para acabar de rematar la historia, nuestros adorados guionistas se inventaron una continuación más enfermiza aún. No contentos con violar a Ms. Marvel, el pobre Marcus se vio forzado a volver a su dimensión, ya estaba tardando, la verdad. Pero ahora Ms. Marvel resultaba que se había enamorado de su propio «hijo», la criatura que mancilló su cuerpo. Y no contenta con eso, decidió inexplicablemente marcharse con él y seguirlo hasta el infinito y más allá. Así que el bueno de Thor los transportó de un martillazo a su dimensión, mientras el resto de Vengadores daban la bendición a esta incestuosa pareja. ¿Pero qué demonios se había tomado el guionista al escribir esta historia tan retorcida? ¿Y qué estaban pensando en Marvel al permitir algo así?

El personaje de Ms. Marvel desapareció hasta décadas después cuando Pícara en su primera e inexperta misión absorbió sus poderes y su memoria robándoselos, no sabía lo que hacía. Vacía de nuevo, Ms. Marvel adquirió otros nuevos poderes pero entonces ya no sería Ms. Marvel sino Binary. Aunque tampoco tendría mejor suerte en esa nueva encarnación. A veces, ser superheroína no es precisamente un chollo y sino que se lo digan a la pobre Carol Danvers. Maldita sea la hora en la que el Capitán Marvel se cruzó en su camino.

TORMENTA,
la diosa de ébano

A pesar de haber sido uno de los grandes éxitos de Marvel, *X-Men* había empezado a perder su encanto y las ventas cada vez eran más bajas. Así que Stan Lee decidió relanzar la serie en 1975 con nuevos personajes. La primera gran aportación de esta nueva aventura mutante fue Ororo Munroe, conocida como Tormenta. Ororo creía que era una diosa. Y buenas razones tenía. Vivía en África dónde las tribus nativas la adoraban por sus poderes. Había provocado lluvia durante una hambruna y eso le había valido la adoración de los nativos. Ella no sabía que era una mutante hasta que el profesor Xavier se le acercó y la invitó a unirse a los nuevos X-Men. Aunque no ha tenido aún un cómic propio, es indudable que Tormenta es uno de los grandes personajes de X-Men. Enseguida se convirtió en líder natural del grupo y en uno de los personajes más fuertes y con más carácter del universo Marvel.

La primera aparición de Tormenta fue en el número 1 de *Giant-Size X-Men*, con la historia creada por Len Wein y los dibujos por Dave Cockrum. Aunque fue Chris Claremont quien se encargó de las posteriores historias del personaje ya en *Un-*

canny X-Men. Ororo Munroe era hija de una princesa keniata y un fotoperiodista americano. La madre de Ororo descendía de una larga estirpe de brujas sacerdotisas africanas relacionadas con la magia. Nació en Harlem, donde sus padres se trasladaron a vivir. Posteriormente se mudaron a El Cairo, donde Ororo se quedó huérfana durante la Crisis de Suez, cuando un avión se estrelló contra su casa. La pequeña Ororo quedó atrapada baja el cuerpo inerte de su madre, causándole una terrible claustrofobia de por vida. Con apenas seis años se vio sola y abandonada y teniendo que buscarse la vida. Reclutada por una banda callejera liderada por Achmed el-Gibar, se convirtió en una experta ladrona y carterista. Muchas superheroínas se forjaron tras una infancia desgraciada. Pero tener que curtirse a tan tierna edad hizo que Ororo tuviera una personalidad fuerte, algo que le ayudaría en sus posteriores aventuras dentro de los X-Men. Aunque nos estamos adelantando a la historia.

Cumpliendo con sus tareas de ladrona experta, Ororo le robó la cartera a un turista americano, sin saber que era nada menos que el Profesor Xavier, que aunque intentó pararla con su poder telepático no pudo atraparla al ser atacado por otro mutante. ¿Raro es que el mayor telépata de la humanidad no se percatara antes del robo? Xavier, ¿en qué estabas pensando? Pero no os preocupéis, los caminos de ambos volverían a cruzarse. Posteriormente como adolescente sintió la llamada de su tierra y abandonó El Cairo en busca de sus ancestros. En sus viajes tuvo la mala suerte de ser atacada por un hombre que intentó violarla. Intentando defenderse lo mató. Ororo se prometió que nunca más mataría a un ser humano. Algo que también ayudó a forjar su moral como líder. Tras esto, vagó por el Serengeti durante largo tiempo, pasando hambre y penurias hasta que sus poderes ya desatados le ganaron la adoración de las tribus de la región como si de una diosa se tratase. Podía dominar los elementos y la naturaleza a su antojo.

Era tremendamente poderosa y se consideró una diosa, sin saber lo que realmente era. ¿Quién no lo hubiera hecho? Fue entonces cuando el Profesor Xavier hizo de nuevo de Pigmalion y le ofreció un puesto en los nuevos X-Men.

Tormenta pasará así de una vida solitaria en la que era adorada como una diosa a una nueva realidad en la que se relacionará con gente que es como ella, donde ya no se sentirá sola. Ya no será la chica tormenta, estamos en los setenta y su personaje es tan poderoso que sería ridículo. Se llamara Tormenta simplemente. Y además de ser una de las primeras superheroínas de color, representaba a una mujer diferente. Su atractivo provenía de su fuerza y su presencia, no de su femineidad, que la tenía y a raudales. Además tenía una imagen muy distintiva, con una melena larga y blanca y ojos blancos sin pupilas. Junto a sus nuevos compañeros, formaría los X-Men. Le acompañaban el alemán Rondador Nocturno, el ruso Coloso, el irlandés Banshee, el japonés Sunfire, el canadiense Lobezno y los americanos Thunderbird y Cíclope. Una amalgama de nacionalidades juntas.

Cíclope, como único miembro de la patrulla original, no sería el líder del grupo durante mucho tiempo. Tormenta adoptaría este rol cuando Scott Summers abandonó el mismo tras la muerte de Fénix. Pese a sus reservas, el respeto de sus compañeros la ayudó. Era una líder nata. A diferencia que muchas de sus compañeras de batalla, Ororo no será el blanco de los amores de sus compañeros, ni caerá rendidamente enamorada de ninguno de ellos. Por fin una mujer podía ejercer de líder sin tener que quitarse de encima a los pesados de sus compañeros. Llegaban grandes tiempos para las superheroínas. Pero a Tormenta aún le esperarían grandes cambios y retos en las siguientes décadas.

FÉNIX,
renaciendo de las cenizas

Uno de los grandes apoyos de Tormenta en los X-Men fue Jean Grey, aunque había abandonado el grupo para encontrarse a sí misma, seguía en contacto con ellos gracias a su relación con Scott Summers. Jean había decidido alejarse del grupo para centrarse en ella misma. Fue Chris Claremont el artífice del cambio radical que experimentó el personaje. Dejó de ser esa Chica Maravilla dominada por un obtuso Cíclope para encontrar su camino como la mujer independiente y poderosa que una telépata como ella se merecía ser. Era imposible que una mutante de nivel superior como ella hubiera vivido durante años atrapada en ese personaje que nunca conseguía explotar todo su potencial. La mayoría de las veces coartada por un novio que no la dejaba volar libre. Reconozcámoslo, Cíclope era un pesado. Por fin Jean Grey había encontrado la libertad que ansiaba. Había decidido abandonar la Mansión Xavier, mudarse a un apartamento en el Greenwich Village y seguir su camino. El personaje también cambió de look y dejó ese lado mojigato que casi la había caracterizado. Por fin abandonada aquella mentalidad de chica de pueblo que va a la gran ciudad y se descubre a sí misma, por fin daba los pasos que necesitaba para liberarse.

Aunque Jean había dejado el grupo en 1975, pronto empezó a hacer cameos en los nuevos X-Men. Y fue gracias al buen hacer de Chris Claremont. Sus personajes femeninos se caracterizaban por ser mujeres poderosas que no se quedaban mirando la acción sino que se lanzaban a ella de lleno. En una de las aventuras de los mutantes en el espacio exterior, los X-Men quedaron atrapados en una estación espacial a punto de explotar. Fue entonces cuando Jean Grey demostró todo su poder mental y los salvó a costa de su propia vida. Además, fue la primera vez que un personaje tan importante de cómic, moría. Algo bastante inaudito, aunque luego se hizo bastante más común. De hecho, la gente empezó a morir y resucitar con demasiada asiduidad pero ese es otro tema. Afortunadamente, después de ver a un lloroso y destrozado Cíclope gimiendo por su amada, Jean logró resucitar. A lo mejor la pobre Jean se cansó de oírle lloriquear desde el más allá. Aunque no es probable. La alegría de Cíclope por el regreso de su amada no le duró demasiado. No estaba preparado para la realidad.

Jean se transformó, resurgió de sus cenizas como el ave fénix. Se había unido a una fuerza primigenia del Universo: el fuego de la vida misma. Y se convirtió en una de las mutantes más poderosas del Universo. Ya no sería la misma persona. Jamás se había visto una superheroína con un poder como aquel: cósmico, casi divino. Había nacido Fénix. Y venía con ganas de guerra. Leer aquello fue casi un shock para muchos lectores y lectoras. Por fin Jean Grey daba una patada a la vida y se desmelenaba. El personaje creció enteros con este cambio.

Aunque ya sabemos lo que pasa con los poderes supremos. Corrompen. Su poder era tan inmenso que pronto sería objeto de las truculentas artimañas de Mastermind para entrar en el Hellfire Club. Parece que el poder, que siempre se le había negado y que ahora desataba con todo su potencial, era también su perdición. Otro listillo que viene a tergiversar la mente de una de nuestras superheroínas. ¡Qué manía! El poder abrió una brecha en la mente de Fénix, por la que se colaba el ego de la superioridad. Cada vez quería más y el poder casi se convirtió en una droga.

Mastermind sedujo a Jean a través de una ilusión mental. No le costó mucho hacerla olvidarse del soso de Cíclope. ¿Cómo lo consiguió? Haciéndola creer que era descendiente de Lady Grey, una antigua amante de un antepasado de Jason Wyngarde, la identidad que Mastermind estaba usando para atraerla. Así la transformó en la Reina Negra, un personaje que le permitió desatar sus pensamientos más oscuros. Se convirtió en una lasciva dominatrix embutada en un corsé negro, botas altas y capa que disfrutaba torturando a sus ex compañeros mutantes. Como la Reina Negra, Jean Grey empezará a romper las barreras que controlan sus emociones y su poder. Parecía convertirse en un ser cruel y esclavo de sus instintos más bajos. Y parecía pasárselo muy bien, para qué negarlo. Y aunque en la batalla final contra Mastermind logró huir de su influjo, era demasiado tarde, Jean se había dejado consumir por la oscuridad que habitaba en ella. Ese sentimiento era tan insoportable que la transformó de nuevo, esta vez en Fénix Oscura, nombre que dio pie a una de las series míticas de Marvel.

La Saga de Fénix Oscura creada en 1980 rompió también muchos de los moldes del cómic de aquellos años. El poder que habitaba dentro de Jean la había corrompido tanto que se creía prácticamente inmortal, poderosa hasta límites extremos. Rompió las ataduras que la ligaban a Jean Grey, una carga para ella. Se liberó por completo hasta límites casi orgásmicos y abandonó la galaxia en pos de la ascensión hacia un poder superior. La pena es que se le subió un poco a la cabeza. Iba tan colocada de poder que en su camino, destruyó un sistema solar entero en su deseo de satisfacer el hambre de poder que la dominaba. Una de las figuras más puras e inocentes del universo Marvel se había convertido en la peor de la villanas. Una pesadilla viviente. Fénix Oscura era demasiado poderosa y peligrosa para seguir viviendo y debía ser destruida. Aunque regresó a la Tierra llena de remordimientos y arrepentida por lo que había hecho, debatiéndose entre el amor que sentía por los suyos y sus oscuros impulsos destructivos.

Nada impedirá que sea castigada. Había destruido a cientos de inocentes. La idea inicial de Chris Claremont era quitarle los poderes a Fénix Oscura y de alguna manera redimirla de sus crímenes. Pero el editor de la serie pensó que un personaje que se cargaba un sistema solar entero matando a millones de inocentes tenía que ser castigado apropiadamente. El final de Jean Grey estaba cerca. El poder que la consumía era incontrolable y ella misma lo sabía, después de haber sido denunciada, juzgada y condenada por sus crímenes decidió inmolarse consciente de que jamás podría controlar sus poderes. Su personaje desaparecía desintegrada por su propio poder en el número 137 de *X-Men* en 1980. Y así desaparecía una de las telépatas más impresionantes que ha dado el mundo del cómic. Aunque evidentemente ese no fue el final de Fénix ni de Jean Grey. ¿Acaso lo dudábais?

LAS MUJERES DC
SE DESPIERTAN

Mientras tanto, en el universo DC las mujeres parecían despertar del letargo en el que vivieron la década anterior. La gran superheroína de la casa recuperaba por fin sus poderes tras su etapa como superespía. Wonder Woman volvía a la primera línea, dejando de lado la moda más chic a la que la habían atado a finales de los sesenta y recuperando su traje.

Intentando adaptarse a los nuevos tiempos, DC también abría sus puertas a otras superheroínas diferentes como Batgirl. Barbara Gordon llegó para poner a Batman en su sitio y demostrar que no lo necesitaba a él, ni su permiso o su protección. Podía valerse por ella misma. Esta mujer murciélago, ya no sería como aquella Batwoman domesticada y sumisa que Batman se había encontrado años antes. Le acompañarían otras heroínas como Big Barda, Zatanna o Power Girl. Mujeres que surgían para ampliar el panteón femenino de DC.

BATGIRL, la mujer que puso a Batman en su sitio

Bárbara Gordon, o lo que es lo mismo, Batgirl apareció por primera vez en las páginas de Detective Comics número 359 en 1967. Creada por Gardner Fox en la historia y Carmine Infantino al dibujo, Batgirl llegaba para dar la vuelta a la tortilla a la historia de Batwoman. Por fin, una mujer conseguiría la aprobación del murciélago enmascarado y lo haría por méritos propios. Diez años antes, Batwoman lo intentó y falló estrepitosamente. Ya os he contado sus fracasos. El pintalabios letal y los polvos explosivos no parecieron ayudarla demasiado.

Hija del comisario James Gordon, Bárbara es una bibliotecaria, graduada summa cum laude, estudiante modelo y además experta en artes marciales. Todo un portento de mujer en cuya vida se cruzó el crimen para cambiarla para siempre. Su implicación en la lucha contra los malos vino de la manera más casual. De camino a una fiesta de disfraces (¿os suena de algo?), llevando un traje que ella misma se había hecho como versión femenina de Batman, impidió el secuestro nada menos que de Bruce Wayne. Debió cogerle gusto a la aventura porque decidió volver a probar siguiendo los pasos del murciélago enmascarado y creándose una identidad secreta. Y aunque su padre era comisario de policía, no sospechaba ni por asomo quién era su hija cuando salía por la puerta de casa. Estos policías con poca intuición son clásicos del cómic. A pesar de las virtudes de Gordon, su hija consiguió darle murciélago por liebre.

En su nueva identidad como Batgirl, Bárbara se propuso limpiar de maldad su ciudad, Gotham. Tenía una ardua tarea. Pero además, al contrario que hizo Batwoman, Batgirl nunca se hizo superheroína como muestra de su adoración por Batman y mucho menos por amor. En ningún momento su personaje será planteado como un interés romántico para Batman. Eso es quizás lo que la salva de convertirse en otra mujer a la que proteger de los malos, como le pasaba a Batwoman que por mucho que lo intentó, nunca consiguió el respeto del superhéroe. De Batman lo único que quería era aprender para poder hacer bien su trabajo pero nunca necesitó su aprobación, ni la buscó. La palmadita en la espalda no era necesaria.

A finales de los sesenta y principios de los setenta, es imposible que Batman atosigara a Batgirl de la forma en la que lo hizo con Batwoman. Si ha habido un ejemplo claro de *bulling* en la historia del cómic, seguramente es el de Batman contra Batwoman. La pobre tuvo que aguantar lo inaguantable y sufrió un amargo final por ello sin ni siquiera conseguir su objetivo. En cambio, Batgirl jamás hubiera tolerado que la trataran de la forma en la que Batman trató a su predecesora. Eran otros tiempos. El hecho de que no quisiera enamorarlo y simplemente aprender de él, ayudó mucho. Llegó la liberación del yugo del amor. Por fin.

A diferencia de otras heroínas Bárbara era una mujer de carrera, independiente y adulta, aunque le colgarán el consabido «girl» de su nombre. Como bibliotecaria podría pasar por una mujer normal y corriente. Pero como Batgirl se convertía en una pelirroja peligrosa. Creando así dos identidades totalmente diferentes que le sirven para cubrir su verdadera personalidad. Igual que hizo Batman. Para ello también entrenó duramente, creó un arsenal de armas y se forjó a base de esfuerzo su propia reputación, sin la ayuda de Batman. No lo necesitaba para nada, aunque hubiera adoptado su forma de luchar contra el mal. Esta murciélago volaba con sus propias alas.

Batgirl se ganó el respeto de Batman pero también el de los lectores. En un principio y durante los dos años siguientes a su creación, apareció esporádicamente como personaje secundario. Y en 1969, en el número 384 de Detective Comics consiguió su propia historia. Le otorgaron las páginas finales, que alternaba con Robin, hasta 1972. Y de 1975 a 1978 fue miembro de la Batman Family hasta que volvió a las páginas de Detective Comics. Los ochenta no fueron tan favorables, sus apariciones eran cada vez más infrecuentes, tenía que cuidar de su padre cada vez más mayor. Hasta que en 1988, Alan Moore decidió acabar con sus días de vigilante en *Batman: The Killing Joke* cuando una bala en la espina dorsal disparada por el Joker la dejó paralítica. Allí nacería Oracle, una nueva personalidad de Bárbara Gordon en la que la fuerza física ya no sería su punto fuerte, pero sí su cerebro. Muchas fueron las críticas que recibió por cargarse al personaje de aquella forma. Pero lo cierto es que como Oracle le dio una vuelta de tuerca más a la historia de las superheroínas del cómic.

POWER GIRL, la prima de Superman ya no es una niña sumisa

En 1976 aparece en escena Power Girl. La prima de Superman. Su nombre era Kara Zor-El y como él y Supergirl, logró escapar de la explosión de Krypton en un cohete. Por Dios, ¡qué originales son los guionistas de DC! ¿Alguien más que se salvara in extremis de la destrucción de Krypton y que apareciera de golpe y porrazo para ayudar al hombre de acero? Parece una historia demasiado manida, pero fue así como Power Girl aterrizó en la Tierra, la diferencia: venía de una dimensión paralela, una realidad alternativa. Era la versión de Supergirl en Tierra 2, la invención de DC para acoger a sus superhéroes de antes de los cuarenta mientras en Tierra 1 vivían los superhéroes de nueva creación. Empezaban los líos de DC y sus Tierras paralelas. Las similitudes con Supergirl acaban aquí.

Power Girl estuvo dormida durante los 60 años que duró su viaje a la Tierra. Además cuando se subió al cohete era una joven de 20 años, no una niña. Así que en la tierra aparecerá como una mujer hecha y derecha. ¿Qué hará nuestro querido Superman? ¿Intentar controlarla como hizo con Supergirl?

Pues sí. Al principio intentó hacer de padre y mantenerla como un secreto, la historia se repetía. La diferencia es que Power Girl nunca fue la hija sumisa que había sido Supergirl.

Los miembros de la Sociedad de la Justicia de América dudaron de las capacidades de Power Girl, seguramente porque era una mujer. Pero como era la prima del gran héroe alienígena, acabaron aceptándola como miembro en 1977. Nada como tener genes kryptonianos para abrirse puertas. Lo cierto es que Power Girl era tan fuerte como Superman. Nada podía dañarla, volaba y luchaba como el que más, incluso mejor. Aunque Superman llevaba ya 40 años de reinado en la Tierra, parecía no haber aprendido nada. En un principio actuó como un padre con ella. Duró poco, los tiempos habían cambiado. Power Girl fue desde el primer momento, una mujer segura de sí misma y sin complejos. Valiente y poderosa. No una adolescente a la que educar. Era un nuevo tipo de superheroína que no se quedaba sentada mirando cómo pasaban las cosas sino que actuaba y las solucionaba con su talento y su poder, sin esperar la aprobación de papaíto con capa.

Power Girl tuvo además la osadía de pedir en la JSA que la tratasen como a una igual y además no tuvo ni miedo ni reparo al hacerlo. No se conformaba con lo que le decían como hacía la modosita de Supergirl. Era una mujer que creía que tenía una voz y que debía usarla para reinvidicar lo que le pertenecía por derecho propio. Ella quería su libertad, quería ser independiente. Por eso, en algunas ocasiones se la ha visto como una feminista en el sentido negativo de la palabra, las mujeres así están mal vistas. ¿Por quién? No hace falta ni responder a la pregunta. Lo cierto también es que todo ese feminismo del que se le acusaba quedaba en agua de borrajas cuando veías el ridículo traje blanco que le pusieron. Sobre todo, ese escote estratégicamente colocado para mostrar sus enormes pechos. Es la idea que debían tener sobre el feminismo los hombres que

crearon al personaje. A pesar de ello, no deja de ser uno de los personajes más poderosos y libres del universo del cómic. Algo inusual teniendo en cuenta como actuó su antecesora, la hija perfecta que era Supergirl.

La primera aparición de Power Girl fue 1976 en All Star Comics número 58 como miembro de The Super Squad, una especie de JSA para jóvenes superhéroes. Kara esconderá su identidad detrás del nombre Karen Starr. El personaje de Power Girl llegó con el revival de la JSA en los años setenta de la mano del guionista Gerry Conway. Rick Estrada y Wallace Wood se encargarían de los dibujos. Wood se encargaba del entintado. Fue precisamente este entintado, poderoso y fuerte, por el que el dibujo del personaje se vio muy influido. Las mujeres de Wood eran extremadamente sexys, no hace falta decirlo, al escote me remito, Power Girl se convirtió en el personaje más famoso del grupo. Seguramente debido a que la mayoría de lectores del cómic eran hombres.

Hasta el número 74 siguió en All Star Comics. Y en 1978 DC probó a darle más protagonismo en Showcase, como previa a otorgarle su propia serie. Del número 97 al 99 fue la protagonista, pero la compañía decidió que no era un buen momento para darle su propio título. Aunque en 1984 la incluyeron en Infinity Inc. otro de sus supergrupos. El personaje desapareció con la aniquilación de Tierra 2 en la tumultuosa Crisis de Tierras Infinitas, le cambiaron el origen y dejó de ser la prima de Superman. Aunque los cambios que sucedieron en su historia durante los años siguientes no han conseguido que su personaje haya perdido atractivo. Parece que tendremos Power Girl para rato.

BIG BARDA,
la mujer de hierro

Cuando Jack Kirby dejó Marvel se largó a la competencia. DC lo acogió en sus brazos para crear su serie Cuarto Mundo. Allí creó a Big Barda, una poderosa mujer que venía de otro planeta en otra realidad, Nueva Génesis. Junto a Mister Miracle formaban una pareja curiosa. Y digo curiosa porque parecía que intercambiaban sus caracteres femenino y masculino. En este caso Big Barda era la mujer de acción que primero pegaba y luego preguntaba. Mister Miracle, por su parte, era el cerebro del dúo, el lógico y analítico. Big Barda apareció por primera vez en 1971 en el número 4 de *Mister Miracle*. Barda era más poderosa físicamente que Mister Miracle, algo inusual en un cómic. Se dice que Jack Kirby creo la dinámica de estos personajes basándose en la que tenía con su mujer Roz. Se dice, ¿eh?

Big Barda es miembro de una raza llamada Nuevos Dioses. Nació hace como 250 años en Apokolips. De pequeña fue arrebatada a su madre y entrenada como una guerrera. Barda fue criada por la Abuela Bondad para convertirse algún día en la líder de las Furias Femeninas, unas guerreras de élite de Darkseid. El lema de Abuela Bondad no era otro que «Morir por Darkseid», el malvado líder del planeta. Una vez convertida en líder incontestable de las Furias Femeninas, Big Barda las entrenó y adiestró para convertirlas en guerreras letales como ella. Mujeres sin compasión, sedientas de sangre. Barda vestía su armadura de batalla con orgullo, estaba hecha para matar.

El camino de la guerra fue duro y despiadado, por eso su infancia fue cruel. La maltrataban constantemente, la entrenaban hasta caer reventada. Tenía que haber algo mejor que Apokolips y lo encontró en Scott Free, el hijo adoptivo de Darkseid. Scott Free era el hijo de Izaya, más conocido como el Alto Padre y soberano de Nuevo Génesis. Un planeta en guerra con Apokolips, hasta que el Alto Padre y Darkseid firmaron un tratado de paz que sellaron intercambiando a sus respectivos bebés. Orión, hijo de Darkseid, partió hacia Nuevo Génesis, mientras que Scott Free recaló en Apokolips. Aunque la rebeldía contra su nuevo padre le costaría la cárcel. Fue Scott Free quien convenció con sus ideales pacifistas a Big Barda para que le ayudase a escapar de aquella terrible realidad. Destino: la Tierra. Poco después ella misma se marcharía siguiendo los pasos de Mister Miracle, la nueva identidad de Scott Free en la tierra. Allí vivirían como pareja. Decidieron casarse posteriormente, el mismo Alto Padre ofició la ceremonia. Ambos se unirían en algunas ocasiones a la Liga de la Justicia de América.

Barda es casi inmortal, posee fuerza y resistencia sobrehumanas, casi podría compararse al poder de Wonder Woman pero sin el encanto femenino que lucía la primera gran superheroína. Al menos conscientemente, porque había sido entrenada para eliminar toda la femineidad que había en ella. Era atractiva pero no era consciente de ello. Habían suprimido a la mujer que llevaba dentro. Aunque por fuera evidentemente, ya se encargaron los guionistas y dibujantes de ponerle un traje minúsculo que enseñara mucha carne. Una especie de bikiki rojo metálico. Aunque en épocas posteriores pudo lucir una armadura completa que le tapaba todo el cuerpo.

Big Barda estaba entrenada para matar, para no tener sentimientos, para ser una guerrera implacable. Rompía paredes, luchaba como una endemoniada máquina y había liderado a un grupo de asesinas despiadadas. Prácticamente tenía que comportarse como un hombre para ser la mujer poderosa que era. Esto hizo que costase lo suyo que la relación entre ella y Mister Miracle prosperase. Barda, como he comentado, es la física del dúo. Es la parte masculina del mismo y tiende a defender y proteger a Scott Free. Cuando por primera vez es Big Barda la que tiene que ser salvada por Mister Miracle, ella reconoce el amor que siente por su pareja de lucha. Pero se avergüenza de ello. Esos sentimientos estaban prohibidos para alguien como ella. ¿Debía una mujer deshumanizarse para poder ser una superheroína?

ZATANNA,
la superheroína maga

Antes de que existieran los superpoderes y los superhéroes ya existía la magia. Una de las grandes fantasías del hombre. El poder de lo sobrenatural. Algo tan irresistible no podía dejarse de lado en los cómics. Así que en los años cuarenta y junto a otros aprendices de magos tan populares como Mandrake, los prestidigitadores se pusieron de moda. Entre ellos nació Zatara, un mago que debutó en el número 1 de Action Comics en 1938, el mismo número en el que debutó Superman. Aunque a finales de los cincuenta ya había desaparecido del mapa. Era un mago superhéroe muy inusual. Un simple mago de teatro que al encontrar los diarios perdidos de Leonardo Da Vinci, descubrió los secretos de la brujería y la magia. Su fama creció tanto que pasó a formar parte del Escuadrón Estrella. Y aunque el personaje desapareció en los cincuenta, reaparecería de nuevo cuando en 1964 descubríamos a Zatanna, su hija. Ella apareció por primera vez en *Hawkman* número 4 en una historia escrita por Gardner Fox y dibujada por Murphy Anderson.

El famoso mago John Zatara fue el padre de Zatanna y su madre, Sindella, que pertenecía a la raza mística Homo Magi o Los Ocultos. Se conocieron en Turquía y se casaron. Al poco tiempo de nacer Zatanna, su madre desapareció misteriosamente dejando a la niña huérfana. Ella heredó los poderes de su madre, así que podía manipular la magia y canalizar la energía mágica a través de su cuerpo. Su padre le enseñó a controlar sus poderes y cuando llegó a la adolescencia, también le enseñó los secretos del ilusionismo. Pronto empezó a colaborar en sus shows de magia como su ayudante. Mientras criaba a Zatanna, su padre se enfrentaba a la poderosa Allura, una mentalista que maldijo a ambos condenándolos a no verse el uno al otro.

Desgraciadamente, a raíz de esta maldición Zatara desapareció sin dejar rastro. Entre sus papeles su hija encontró el diario de su padre, allí narraba sus hazañas como superhéroe. Pero también descubrió un antiguo libro de notas con hechizos, los famosos diarios secretos de Da Vinci. Diciéndolos al revés conseguía hacer los conjuros realidad. Empezó así una búsqueda sin fin de sus padres que llevará a Zatanna a vivir innumerables aventuras.

En sus viajes en pos de su padre, Zatanna acabará convirtiéndose en miembro de la JLA. Gracias a ellos consiguió reunirse con su padre en 1967. Como maga, Zatanna creó una personalidad que incluía un traje característico. Sombrero de copa, frac con poca tela, medias de rejilla y su melena negra al viento. Un traje que le servía tanto para sus actuaciones como para sus aventuras como superheroína. Carismática, divertida y siempre con una sonrisa, Zatanna atraía todas las miradas. Esta personalidad contrastaba con un sentido innato para defender a los inocentes cuando estaban en peligro.

En los años ochenta el personaje evolucionó hacia un estilo más contemporáneo. Y en 1987 cruzó su camino con John Constantine, el mayor embaucador de lo sobrenatural. Se hicieron amantes durante un tiempo. Incluso acabaron en buenos términos su relación, difícil con el macarra de Constantine de por medio, pero era algo que iba con el carácter de la maga. Al menos hasta que el personaje fue reintroducido en 2011 con un carácter algo más agrio y confrontado con su ex. Vamos, se lo había ganado a pulso. ¿Qué personaje de cómic no ha querido alguna vez pegarle una buena patada en el culo a John Constantine?

La magia es tan atrayente que quizás fue una de las razones por las que Zatanna ganó un concurso entre sus lectores que DC puso en marcha en 1978. Preguntaban: ¿quién os gustaría que fuera el nuevo miembro de la Liga de la Justicia de América? Sorprendentemente para los editores, Zatanna fue la gran ganadora. Después de una década como personaje secundario apareciendo en otros cómics como *Atom* o *Green Lantern* y como invitada en la propia *JLA*, por fin le llegaba el turno de demostrar su valía. Se unía a ellos en el número 161. Entre las teorías sobre el resultado está que la mayoría de votantes fueron mujeres y buscaban un personaje femenino fuerte que las representara. En sus siguientes aventuras con la JLA Zatanna se fue convirtiendo cada vez más en una superheroína más convencional dejando de lado sus dotes más mágicas, básicamente podía controlar los cuatro elementos. Perdía algo de su misticismo mágico pero entraba en el grupo estrella de DC. Y con el cambio también se hacía con un nuevo traje negro ajustado y con capa. Ah, y con una abertura estratégica en el pecho. Recordad, siempre, hay que enseñar carne.

Era normal que Zatanna atrajese a las lectoras femeninas, era una mujer segura de sí misma, inteligente y con unos poderes mágicos impresionantes. La búsqueda incansable de su padre logró enganchar a los lectores. Esta la llevó a enfrentarse a innumerables peligros a lo largo de diferentes cómics de otros superhéroes. Zatanna sabía conjurar a la perfección sus habilidades como ilusionista en el escenario con sus luchas contra el lado oscuro. Y para hacerlo se hacía acompañar de algunos de los superhéroes más reconocibles del universo DC. Además, quedándose sin padres demasiado joven, Zatanna logró desenvolverse en un mundo rodeado de artes oscuras con soltura y facilidad. Convirtiéndose así en uno de los personajes más atractivos del cómic.

WONDER WOMAN,
superestrella *mainstream*

Empezaba la década de los setenta y la gran superheroína del cómic volvía a resurgir de las cenizas. Nuestra tenaz amazona era testaruda. En 1972 la revista Ms. la declaraba icono feminista por excelencia bajo el titular Wonder Woman for President. Probablemente el mundo iría mejor si ella presidiera los EE. UU. e incluso el mundo. Parecía que nuestra superheroína estaba en boga de nuevo. ¿Volvería a recuperar sus poderes perdidos? Por suerte, sí. Recordemos que la habíamos dejado como dueña de una boutique chic.

En 1973 se produce otro de los cambios en el personaje, por fin abandonaba su etapa como superespía sin poderes y recuperaba el papel que como superheroína le correspondía. Aunque ese icono feminista se quedaría a cuadros cuando en una portada de ese mismo año Wonder Woman era mostrada atada a un misil de forma sospechosamente fálica. ¿Volvíamos al bondage que criticaba tan fervientemente el Dr. Wertham? ¿En serio? A la pobre Wonder Woman volvían a atarla, eso sí, le devolvían el traje, con unos centímetros menos de tela por supuesto. En su etapa mod, Wonder Woman además sufrió la pérdida de su amado Steve Trevor. Pero no hay mal que por bien no venga, por fin se libraba de un novio que le había durado décadas. Ya era hora, ¿no?

En 1973, en la historia «The Second Life of the Original Wonder Woman» su maestro de artes marciales I-Ching era también asesinado. Dos duros golpes en apenas poco tiempo. Destrozada, Wonder Woman volvió con las amazonas, su refugio, que le retornaron por fin sus poderes. Aún así, Diana tendría que sufrir un nuevo golpe. La madre de Wonder Woman decidió borrar todo su pasado como si nunca hubiese existido, para ahorrarle esa tristeza que la atenazaba. Así nuestra superheroína olvidó toda su vida anterior. Madres, siempre pensando en lo mejor para sus retoños. A partir de ahora trabajará como traductora de Naciones Unidas de nuevo como Diana Prince. Un año después sus compañeros en la JLA le descubrirán el borrado de memoria al que fue sometida, algo que la enfrentará a su madre. Pero como se suele decir, lo que no te mata te hace más fuerte y Diana saldrá reforzada de esta experiencia.

Los setenta también fueron los años del estrellato. En 1976 se estrenaba la serie de televisión de Wonder Woman, un paso de gigante que supuso el lanzamiento a la fama y el mainstream para el personaje. Y es que ya sabemos que salir en la tele te convierte en inmortal, te da más superpoderes que todos los dioses del Olimpo juntos. Ahora ya no sería casi imposible encontrar muñequitas de Wonder Woman junto a

los Supermanes y Batmanes de plástico. ¡Bienvenida a la fiebre del merchandising! Lo que hace la tele, ¿verdad? Por primera vez, Wonder Woman alcanzó el estatus de estrella mediática, saltando más allá de las páginas del cómic. La serie en sí, convertía a la superheroína en una pin-up de cintura de avispa, pero que consiguió representar un ideal de mujer fuerte y poderosa. Un ejemplo a seguir para todas las chicas de la época. Gracias en parte a la interpretación de Lynda Carter y sus famosos giros. No se libraba de ser atada, desde luego pero hacía cosas que pocas mujeres habían hecho antes y menos en la televisión. Como la serie en un principio estuvo ambientada en los años cuarenta y durante la Segunda Guerra Mundial, el cómic también volvió a trasladarse a aquella época. Posteriormente, la serie volvió a ambientarse en la época moderna y por lo tanto el cómic también. Los lectores empezaban a hartarse de tanto cambio, hacían al personaje más débil y su historia más inconsistente.

Wonder Woman entró en los ochenta con más cambios todavía, Steve Trevor era resucitado. ¡Oh, no! Ahora que se había librado de él. Y vuelto a asesinar de nuevo. ¿En serio? Para ser revivido otra vez. ¡Venga ya! Era ridículo. Aunque aún estaba por llegar la gran revolución, cuando a mediados de los ochenta, DC decidió crear su Crisis en Tierras Infinitas. Y se lió la de Dios. Agarraros que vendrán curvas.

CAPÍTULO 6
Los ochenta. Sangre, sudor y lágrimas

Los ochenta fueron los años en los que los cómics desaparecieron de los quioscos. Cuando se empezaron a abrir las tiendas especializadas y cada vez sus lectores eran un club más reducido. No era tan fácil leer cómics o encontrarlos y las historias tampoco estaban dirigidas a un público infantil sino a uno cada vez más adulto. Desde mediados de los ochenta, los personajes incrementan su complejidad y el cómic protagonizado por mujeres, por supuesto, no se mantuvo al margen de todos estos cambios. Autores como Frank Miller o Alan Moore entraron en escena a mediados de la década creando héroes que parecían más antihéroes que superhéroes y superheroínas al estilo clásico. Los personajes tendrían así una vertiente mucho más oscura y violenta, al igual que sus historias. Por primera vez los superhéroes empiezan a tener una moral dudosa y se atreven a cruzar los límites de lo éticamente aceptable. Muchos personajes saltan de superhéroes a supervillanos y al revés con facilidad, algo totalmente impensable hacía tan solo unos años. Antes los malos eran malísimos y los buenos eran buenísimos.

Las mujeres no fueron ajenas a esta evolución y empezaron a aparecer personajes femeninos poderosos y con tanta o más rabia que sus compañeros masculinos. Asesinas despiadadas que cruzaban la línea entre el bien y el mal para convertirse en superheroínas, como Elektra. Ellas marcaron un nuevo tipo de heroína nunca antes visto. En estas historias había mucha violencia, mucha sangre y por supuesto, sexo que dominaron la década. Durante los primeros años Marvel seguía liderando el cotarro, pero a partir de 1986 DC empezó a empujar fuerte de nuevo. Además muchas compañías menores e independientes se abrieron camino entre las dos grandes y el universo del cómic empezó a expandirse hacia límites insospechados. Mientras los superhéroes clásicos se debatían en luchas mastodónticas en las famosas Secret Wars y Crisis en Tierras Infinitas, nuevos autores empezaban a introducir elementos más adultos y sangrientos en sus historias. Los cómics habían dejado de ser definitivamente simples tebeos para niños. Para acabar de rematar la faena, llegaron los malditos *crossovers* que te obligaban a comprarte prácticamente la tienda de cómics entera para seguir los arcos de las historias que cada vez eran más flojas y rocambolescas.

Ya en los setenta empezaron a atisbarse personajes algo turbios, superhéroes y superheroínas que cruzaban una línea hasta ahora sagrada. Y si no que se lo pregunten a Fénix y su vertiente más oscura. Pasó de novia de América a destructora de galaxias enteras. Otros personajes como Lobezno introdujeron ya elementos violentos en un género, que a pesar de las batallas campales de sus protagonistas, no era muy fan de la sangre y la muerte por el simple hecho de matar. La etapa de Frank Miller en *Daredevil* pareció dar el pistoletazo de salida a esta nueva tendencia cada vez más violenta en la que las historias estaban llenas de realismo crudo y la tragedia imperaba. Pero antes de eso, los setenta dieron su último coletazo *kitsch* con alguna que otra superheroína peculiar.

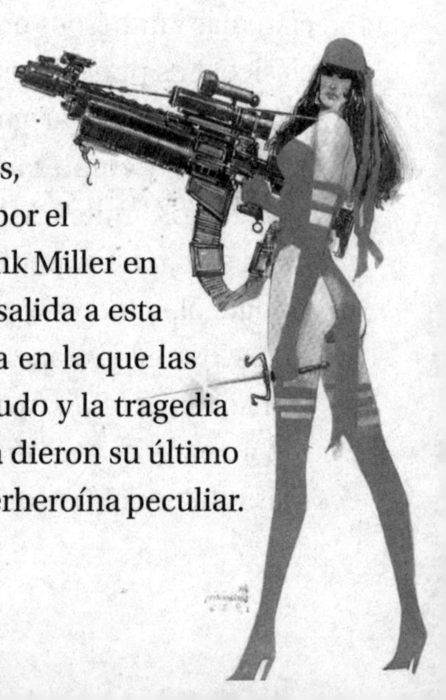

LAS MUJERES MARVEL SE ACERCAN AL LADO OSCURO

La década de los ochenta se abría en Marvel con el nacimiento de Dazzler, la superheroína disco. Ni queriendo se hubieran inventado algo más kitsch. Cuando los Bee Gees de *Saturday Night Fever* estaban pasándose de moda, Marvel lanzaba a Dazzler con su bola disco, sus brillos y su maquillaje extremo. Empezábamos mal. Pero después, la oscuridad se cernió sobre la pista para dar paso a un nuevo tipo de superheroína brutal y desconocida hasta el momento. Nacía Elektra y con ella se abría un nuevo mundo para las mujeres en el cómic.

El lado oscuro las salpicaría sin remisión y hasta la más mojigata de nuestras superheroínas viviría su caída a los infiernos. El mal, la oscuridad y un futuro incierto marcaría a las protagonistas de los cómics de Marvel. Hasta Sue Storm se cansará de ser la modosita maternal, transformándose por fin en la Mujer Invisible.

DAZZLER,
la cantante disco

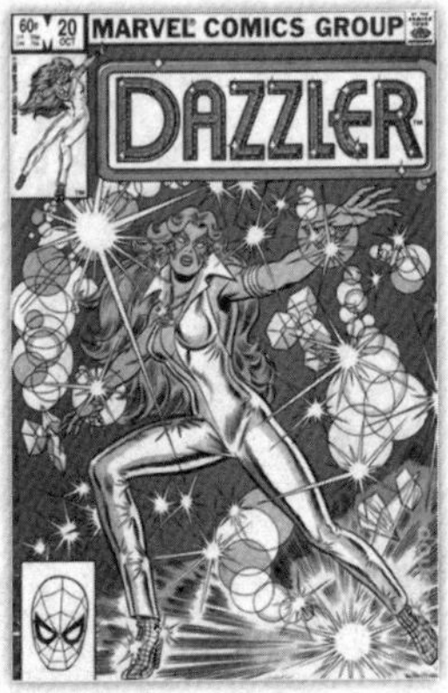

Creada por Tom DeFalco y John Romita Jr., en el número 130 de *Uncanny X-Men* apareció uno de los personajes más curiosos del universo Marvel. Era la superheroína disco Dazzler. En realidad se llamaba Alison Blaire y era una cantante mutante. Su primera aparición fue en una discoteca donde se la encontraron los X-Men mientras actuaba. Los superpoderes de Dazzler consistían en convertir el sonido de su voz en una luz cegadora. Llevaba un maquillaje extremo con la cara pintada de azul, casi como un miembro de la banda de rock Kiss. Para acabar de rizar el rizo, llevaba un traje blanco y ajustado, patines y un collar en forma de bola de discoteca. Los ochenta eran puro márqueting y branding y el cómic no iba a ser menos. Dazzler fue la hija bastarda de ese afán por vender. En un principio se iba a llamar The Disco Queen y tendría el poder de hacer que sus enemigos dijeran la verdad, pero el personaje fue cambiando incluso antes de debutar. Fue su creador Tom DeFalco el que sugirió el poder luminoso que la caracterizaría. Por desgracia cuando se estrenó por fin, la época disco ya había pasado a mejor vida. Por suerte para todos nosotros.

Casablanca Records y Marvel llegaron a un acuerdo a mediados de los setenta para crear una heroína disco. Buscaban cruzar una línea de éxito ampliando el negocio, como ya hicieron con los irreverentes Kiss y sus cómics, con los que crearon dos exitosas series. Querían crear una estrella total que sacara un disco, un cómic y una película. Pero la cosa no prosperó. Demasiada ambición y planificación. La heroína disco nació pero llegó demasiado tarde. La época disco ya se había pasado de moda. Gracias a esta gestación basada en el márqueting, Dazzler tuvo un cierto parecido con la actriz del cuerpo 10, Bo Derek. Ella iba a ser la protagonista de la película. Su personaje fue introducido en *Uncanny X-Men* antes de tener su propia serie, pero sufrió algunas cancelaciones en el ínterin antes de estrenarse en 1981. Los continuos cambios en el personaje no ayudaban.

A pesar de ello, el cómic fue un éxito en un principio gracias a sus ilustres invitados. En sus primeros números la visitaron: Spider-Man, Antorcha Humana, Doctor Doom, Galactus, Hulk y los propios X-Men. Echaron toda la carne en el asador con sus mejores personajes como invitados. Ella también apareció en varios de los cómics más famosos de Marvel como *Los Vengadores* o el *crossover* Contest of Champions. El problema era que las historias eran demasiado flojas y no se sostenían. Fue cancelada en 1985 tras 42 números. Aunque posteriormente el personaje se unió a los X-Men. No era de extrañar que Dazzler no tuviera éxito, ni ella ni sus luces psicodélicas ni sus patines molones. ¿En serio? ¿Una superheroína en patines? Seguramente intentaban emular el éxito de películas como *Xanadú* con una Olivia Newton-John como diosa del patinaje. ¡Ah, los ochentas y sus brillantes y horteras ideas! Fue una década que pocos recuerdan por sus grandes historias. Es lo que pasa cuando creas una heroína pensando únicamente en un producto de márqueting y en cuánto dinero ganarás. Algo que iba a cambiar con la llegada de la implacable Elektra.

ELEKTRA,
la asesina reconvertida en heroína

Frank Miller fue precisamente uno de los artífices de la transformación de los superhéroes en seres prácticamente amorales. Gracias a su buen hacer revitalizó el cómic de *Daredevil*, creado en 1964. Cuando entró a trabajar en el personaje lo cambió por completo y además para ello, introdujo a una de las grandes superheroínas del cómic. Los personajes cruzaban la línea que separaba el bien del mal sin problema y con gusto. Había nacido un nuevo tipo de superheroína y Elektra era su nombre. Creada en 1981, Elektra era la primera heroína que era una asesina cruel y despiadada. Una mujer que no se andaba con chiquitas y que acabó definiendo un nuevo tipo de cómic con protagonista femenina para esta década.

Elektra Natchios era la hija del embajador griego en EE. UU. Novia en la universidad del alter ego de Daredevil, Matt Murdock. El asesinato de su padre en un fuego cruzado entre unos terroristas y la policía la transformará para siempre. Nacía así una superheroína más oscura y acorde con los tiempos que corrían. La sed de venganza recorría su sangre y no se iba a parar ante nada ni ante nadie. Los ochentas, años de drogas y corrupción, de violencia y de guerras, explotaban también en el cómic. Aunque en un principio, Elektra estudió con una organización llamada La Casta y reforzó sus artes marciales con su sensei, la impureza de su corazón le hizo abandonar la misma. Elektra se convierte en una experta en artes marciales pero en vez de seguir el camino de la luz, se alía con La Mano, una organización de ninjas asesinos que la entrena para ser una arma letal. Después de abandonar la organización, Elektra se convirtió en una asesina a sueldo. Fue entonces cuando se cruzó de nuevo en el camino de Daredevil. Entre ambos, cada uno a un lado de la ley, renacerá aquella historia de amor ahora ya imposible.

En esta década, las historias profundizan en el dolor, la pérdida, la venganza y el sufrimiento. La tragedia se hace protagonista. Algo impensable en el cómic hacía tan solo unos años antes. El cómic era diversión y entretenimiento. Esto era otra cosa mucho más profunda. Elektra borró todas sus emociones para protegerse del dolor y las tragedias de su vida. Por eso se convirtió en una asesina sedienta de sangre, una ninja sexy con traje ajustado y rojo. Lo de sexy que no se nos olvide, que una puede estar traumatizada pero a pegar ostias y matar malos se va mejor enfundada en un traje escueto y ajustado. Aunque los ninjas se caracterizaban por ir cubiertos hasta las cejas y vestidos de negro para confundirse en las sombras. Aquello era demasiada tela para una heroína tan suculenta. En aquellos años también empezaba a introducirse la cultura japonesa en EE. UU. algo que reflejaba el cómic. Estos elementos fueron los que convirtieron al personaje en un éxito. Una mujer fuerte y poderosa que sabe defenderse y que es capaz de devolver los golpes sin el más mínimo resquicio de piedad. Fue todo un shock.

No es de extrañar que Miller llamara a su famosa asesina Elektra. El artista era un gran fan de la mitología griega, Elektra es el contrapunto de Edipo y su complejo. Una niña atraída por la figura paterna que vive la tragedia cuando este muere. Entrenada en artes marciales desde muy joven, esa rabia y dolor por la muerte de su padre la marcarán para siempre, la guiarán en el camino de la lucha y la cegarán mucho más que la falta de visión a Daredevil. Elektra es la mejor asesina del mundo. Sigilosa y veloz, tiene unos reflejos extraordinarios. Además es extremadamente hábil con armas blancas como espadas, dagas, shurikens o sais. Pero su mayor poder es el de la falta de compasión. Ella es un arma mortal en sí misma, se ha entrenado para matar y para no sentir. Está claro que Elektra tenía una sensibilidad distinta a todos los superhéroes o superheroínas que habíamos conocido. Una mortal. Pero a pesar de ser una asesina, no dejaba de ser una superheroína. Ahí radicaba su atractivo.

En 1982 moría en brazos de Daredevil y a manos de otro asesino cuando La Mano puso precio a su cabeza. Siendo una asesina no es de extrañar que tuviera que acabar así. Pero era un personaje demasiado atractivo para desaparecer, así que en 1984 la revivieron en *Elektra Saga*. Daredevil redimía al personaje cuando intentaban revivirla para convertirla en una arma mortal y lo hacía evidentemente gracias a su amor. Pero no un amor sensiblero, no, uno digno de la asesina más impresionante del universo del cómic. Dos años más tarde tenía su propia serie limitada de ocho números con historia de Frank Miller y dibujo de Bill Sienkiewicz en *Elektra Assassin*. Violentamente gráfica y extrema en todos los sentidos, era algo nunca antes visto en un cómic. Si la sangre tenía que regalimar que cayese a borbotones, si las cabezas tenían que rodar que rodasen. Había llegado una nueva era del cómic.

En *Elektra Lives Again* Daredevil creía que Elektra no estaba muerta y la buscaba desesperadamente, como a Madonna en aquella peli ochentera. Estos tortolitos parecían condenados a reencontrarse una y otra vez, incluso en el más allá. Recuerda a las historias de yokais japonesas con sus fantasmas que vuelven del otro mundo para vengarse. Al final la encontró escondida y vestida de monja en la misma iglesia donde se supone que los ninjas de la Mano intentaron revivirla. Ay, pero de nuevo moría en brazos de Daredevil. Aunque en 1995 volvió a revivir. El poder de la reencarnación de los superhéroes en los ochenta y noventa era portentoso. Elektra es la única supervillana junto a Catwoman en cruzar esa línea sagrada entre el bien y el mal y tener su propio cómic. La diferencia es que Catwoman nunca mató, porque los superhéroes no mataban a nadie, pero eso cambió con los años. Elektra era digna hija de los tiempos que corrían.

PUÑAL,
la luz en la mitad de un dúo

Su primera aparición fue en *Spectacular Spider-Man* Nº 64 en 1982 y fue creada junto a su compañero Capa por Bill Mantlo y Ed Hannigan. Tandy Bowen era la mitad femenina del dúo Capa y Puñal junto a su compañero Tyrone Johnson. Ambos eran niños que huyeron de sus casas buscando un futuro mejor y acabaron secuestrados por la mafia y obligados a ser conejillos de indias. Con ellos y otros adolescentes experimentaron para una nueva droga. Solamente Tandy y Tyrone sobrevivirán a la experiencia traumática que les conferirá los poderes que atesoran. Juntos prometerían luchar contra las drogas y defender a los inocentes. Tyrone proyecta con su capa una sombra que en realidad es un portal hacia otra dimensión, mientras Tandy tiene el poder de crear puñales de luz. Como los dos lados de una moneda, Tandy es la luz mientras Tyrone es la oscuridad. Ambos luchan contra las fuerzas del mal. Encontramos en estos personajes elementos nuevos que se volvían acuciantes en la década de los ochenta. Las drogas habían empezado a hacer estragos entre la población, sobre todo entre los más jóvenes. La heroína entraba en circulación. Y este cómic se hacía eco de ello.

Daga era etérea y delicada, casi una bailarina que se mueve con sigilo y soltura. Pero a la vez puede generar dagas de luz mortales que destruyen el sistema nervioso de sus enemigos. Les chupa la energía y los mata. También puede usarlos para curar la adicción a las drogas. Sus poderes son terribles y maravillosos al mismo tiempo. Delicada y letal en una. Su contrapunto es su compañero, Capa. Él la convence para moderar sus poderes y ayudar a los más necesitados. En vez de limitarse a matar despiadadamente a todo traficante de droga que se les cruzaba por el camino. Capa es lo contrario de Puñal, es una sombra, un portal viviente a una dimensión paralela y oscura, donde sus víctimas quedarán atrapadas irremediablemente por toda la eternidad. Desde luego, sus poderes no eran para andarse con tonterías. La cosa se estaba poniendo muy seria.

Esta vez no hay relación amorosa entre ambos. Algo inusual entre dos personajes de sexos opuestos en el cómic. Capa y Puñal son casi como hermanos. Se quieren y se cuidan entre ellos. Son dos polos opuestos que se complementan y se alimentan el uno al otro. Pero nada más. Tyrone, un joven afroamericano, es la oscuridad mientras Tandy, una rubia blanca como la leche, es la luz. No es por nada, pero parece un poco pillado por los pelos. ¿Alguien ha dicho racismo? El personaje de color representa la oscuridad y la rubia blanquita la luz. A veces, los cómics son poco o nada sutiles. Ni que decir tiene que aunque Capa iba tapado con su enorme capa negra, el traje blanco de Daga era muy ajustado y con un escote en forma de daga que no hay poder mortal o inmortal que sujetara. La gravedad tenía que hacer efecto y esos pechos tenían que salirse en algún momento, pero no os preocupéis, no lo hacían. Esto es un cómic y aquí todo es posible hasta lo imposible.

EMMA FROST,
la reina blanca

Emma Grace Frost, empezó su andadura en el cómic como supervillana, más conocida como la Reina Blanca, gobernaba sobre el Club del Fuego Infernal con sus poderes telépatas. Creada por Chris Claremont y John Byrne, apareció por primera vez en *Uncanny X-Men* vol. 1 número 129 en 1980. Capaz de manipular la mente, gracias a ella, Jean Grey adoptó en parte su lado más oscuro, Emma Frost fue durante mucho tiempo una de las peores enemigas de los X-Men. Muchos de sus miembros sufrieron sus torturas mentales, incluso trató de reclutar a la joven Kitty Pryde para su Massachusetts Academy donde entrenaba a futuros mutantes. Aunque más tarde consiguió saltar al lado de los buenos abriendo de nuevo junto a Banshee su academia para enseñar a los mutantes de *Generation X*.

Emma Frost es otro ejemplo de como un personaje de cómic puede dar la vuelta a su vida cambiando de bando. Pero en un principio Emma Frost fue todo lo que los superhéroes rechazaban. Fría y despiadada, era capaz de la peor de las torturas sin apenas despeinarse. Mujer poderosa donde las haya, Emma Frost era una rival peligrosa. Nació en Boston, Massachusetts y su infancia no fue demasiado feliz. Su padre era un hombre frío y cruel que ponía a sus hijos siempre a prueba hasta el límite. Mientras, su madre se dedicaba a atiborrarse de pastillas para evadirse de un matrimonio infeliz. Un panorama nada halagador.

Sus poderes empezaron a manifestarse en la adolescencia. Gracias a la telepatía, podía leer la mente. Algo que empezó a usar para su propio beneficio, como copiarse en los exámenes. Pronto empezará también a usarlos contra su propia familia. Incluso contra su padre. Por fin, el frío y despiadado patriarca se fijó en su hija y decidió hacerla su heredera, pero Emma tenía otros planes para sí misma.

Aunque heredó un buen pellizco, Emma consiguió escalar socialmente gracias a su talento natural, sus poderes y su inteligencia. A pesar de pasar algunas penurias al principio y tras rechazar el ofrecimiento de papaíto, pronto tuvo sus propios negocios de éxito. Gracias a ellos llamó la atención del Club del Fuego Infernal. Una organización que albergaba a los miembros de la élite de los negocios del mundo. Aunque entró a formar parte el selecto club como bailarina de striptease, ¿qué mujer de florecientes y exitosos negocios querría entrar como stripper en un club en el que las mujeres se pasan el día en ropa interior? Sobre todo teniendo en cuenta la fortuna que había amasado por su cuenta. Pero fue así como entró a formar parte

de ese círculo mortal. Aunque también le sirvió para sus propios propósitos. Pronto abriría su escuela para jóvenes mutantes, en paralelo a la del profesor Xavier. Emma usaría sus poderes para formar a las nuevas generaciones de mutantes. Las luchas encarnizadas con los X-Men estarían al orden del día y Emma se convertiría en una de sus peores rivales.

Pero con el paso del tiempo las cosas cambiaron, sus cachorros infernales fueron asesinados por los centinelas y ella cayó en un coma tras una batalla de la que fue rescatada por sus antaño enemigos. Sus queridos aliados del Club Infernal no solo no intentaron proteger a sus jóvenes estudiantes, ni siquiera la ayudaron a ella. Tiempo después el Profesor Xavier, tras rescatar su mente del coma, le ofrecería algo con lo que siempre se sintió a gusto, ser la mentora de las nuevas generaciones mutantes. La peor enemiga de los X-Men se convertiría así en una de sus mejores aliadas. Incluso en el futuro acabaría teniendo una relación con un más avispado y menos soso Cíclope.

Esta década daba pie a transformaciones como esta, de malvada cruel y despiadada a profesora de nuevos mutantes para los X-Men. Emma Frost se cambió de bando y parece que a nadie le importó el daño que anteriormente había hecho al grupo. Pero con el tiempo salieron ganando a una gran aliada. Aún así, un personaje con un carácter tan fuerte no necesitaría ir siempre tan ligerita de ropa. Los bustiers y sujetadores blancos parecían ser su único atuendo, eso sí, lucía unas capas y una pieles espectaculares. Parecía que no se sentía a gusto si no enseñaba el ombligo. ¿No debía pasar frío? Emma Frost era todo glamour, pero ¿qué tipo de glamour? El de un dibujante que se pasaba el día viendo catálogos de Victoria's Secret seguramente. Ninguna superheroína en su sano juicio iría en bragas por la vida. Emma Frost lleva años haciéndolo.

TORMENTA,
diosa del punk

Mientras tanto, en el universo mutante Chris Claremont y John Byrne habían cerrado una etapa con La Saga de Fénix Oscura, el auge y caída de Jean Grey como Fénix. En ella confluirían varias historias mutantes que cambiarían el futuro de la casa. El increíble éxito de los X-Men hizo que Marvel empezará a crear líneas secundarias de mutantes como *The New Mutants,* con los cachorros que pretendían convertirse en X-Men o *X-Factor* dónde volvían a reunir a la patrulla original y volvían a revivir a Jean de nuevo. Aquí nadie muere mucho rato, ¿os habéis fijado? Pero los personajes que habían creado seguían teniendo la misma fuerza. Incluso más que antes. En la línea de Jean Grey, Tormenta viviría su propio proceso de crecimiento personal y de dilema sobre sus propios poderes. Siguiendo la estela de las mujeres fuertes de Claremont, el personaje se endurecería para convertirse en líder de la patrulla.

Muchos cambios se avecinaban. Tormenta se convertía en líder definitiva de los X-Men con la marcha de Cíclope, destrozado tras la muerte de Jean Grey. Ororo asentaba así su posición en el grupo, gracias al respeto también de sus compañeros. Poco después Tormenta se enfrentaba a sus propios poderes. No lograba controlarlos a causa de una infección de la que fue víctima. Parece que ser mutante no da tregua. Apenas tenía el mando cuando Ororo se veía obligada a enfrentarse a un descontrol que como líder no podía permitirse. Casi había destruido la costa este con un huracán que ella misma había creado.

Sus responsabilidades iban en aumento, sería no solo líder de los X-Men, sino también de los Morlocks, una raza de mutantes que vivían en las profundidades del submundo de la ciudad. Las alcantarillas y los túneles del metro eran su hogar. Los X-Men se cruzaron en su camino cuando su líder Callisto secuestró a Ángel. Tormenta tuvo que retar a Callisto a un duelo para poder salvar a Kitty Pride que había sido también abducida por los mismos. Tras ganar, Ororo se convirtió en líder de estos mutantes inadaptados y rebeldes. Para acabar de rematar la faena, se convirtió en madre adoptiva de una inexperta Kitty Pride, una de las nuevas mutantes en ingresar en el grupo. Éramos pocos y parió la abuela, que se dice vulgarmente. La faena se le acumulaba. Nada que una supermujer no pudiera lidiar.

En los ochenta, las mujeres tendrían que convertirse en supermujeres, en casa y en el trabajo. Y Tormenta no iba a ser menos, sus poderes aumentaron y todo esto parecía pasarle factura. Prácticamente no le quedaba tiempo para ella misma. Era una superheroína a tiempo completo con todas las consecuencias. Casi se convertía en un reflejo de la mujer de los ochenta que empezaba a despuntar en su carrera profesional pero al mismo tiempo tenía que hacerse cargo de su familia y encima estar estupenda. ¿Milagro? No, pero si hasta a una superheroína le costaba trabajo, imaginaros a una simple mortal.

En 1983 la imagen de Tormenta se endureció. Mientras las ondas radiofónicas se inundaban de la New Wave y mujeres como Debbie Harry o Siouxie Sioux le ponían voz al movimiento, Tormenta se rapaba su larga melena blanca, se dejaba una cresta punk y se calzaba un traje de cuero negro, tachuelas y cadenas. Aunque las mujeres de los X-Men parecían conseguir más poder, lo hacían a costa de verse al borde del precipicio y enfrentadas a su propia oscuridad. Eran tiempos difíciles y eso el cómic también lo supo reflejar. El poder las corrompía y parecían liberar un lado oscuro que no se habían permitido antes. Heroínas que se convierten en villanas o mujeres que ya no representan esa bondad pura a la que antes nos tenían acostumbrados. Es cierto que con personajes como Tormenta, las mujeres se liberaron pero, ¿a qué precio?: al de no lograr controlar su poder.

LA MUJER INVISIBLE.
Adiós chica, adiós

Fue en la década de los ochenta también cuando John Byrne se puso al frente de *Los 4 fantásticos*. Fueron cinco años en los que por fin, la anodina y siempre quejica Chica Invisible dio el puñetazo en la mesa que todos esperábamos y se convertía en la Mujer Invisible. El primer cambio estuvo relacionado con sus poderes. Ya no serían meramente defensivos sino que podría usar sus campos de fuerza como arma ofensiva. La Chica Invisible dejaba por fin de ser invisible y se convertía en un miembro más activo del grupo. Incluso tomó las riendas del mismo cuando su marido se ausentó. Sue Storm se cansó de quedarse en casa cuidando a los críos, de consolar a sus compañeros y de cuidar de su siempre ocupado marido. Hasta los ovarios de estar en un segundo plano, Sue se convierte en la líder natural de Los 4 fantásticos.

En 1985 sufrió la pérdida de su segundo hijo, los poderes mutantes la habían afectado. Entró en una depresión y oh sorpresa, cayó en manos de un malo malísimo. Psycho-Man la transformará en Malice, Misstress of Hate. El lado negativo de la personalidad de la Chica Invisible salía a flote. Pero para hacerlo tenía que ser poseída por el villano de turno. Sus poderes se multiplicaban con resultados catastróficos, añadiendo las explosiones a sus campos de fuerza. La maternal Sue además se convirtió en una especie de dominatrix oscura y vengativa. La rabia que anidaba en su interior la hacía casi invencible. Ella era la más débil del grupo, según sus compañeros. Los mismos que tuvieron que repensarse sus impresiones sobre Sue cuando por fin les dio su merecido.

Aunque por supuesto, el listo de Reed Richards logró salvarla de la abducción con la fórmula infalible contra el mal, el amor. Ay, qué bonito. Pero lo que no se esperaba el analítico doctor Richards es que esta experiencia le devolviese a su mujer un poquito cambiada. Sue diría adiós para siempre a aquella Chica y pasaría a ser la Mujer Invisible. Una mujer más madura que no se desmayaba a las primeras de cambio, sino todo lo contrario. Por fin había llegado la venganza verdadera de Sue, la de conseguir que fuera tratada como un miembro más del grupo y no como la mamá que siempre los cuidaba. Ya era hora.

LA BRUJA ESCARLATA,
por fin madre

Su relación con The Vision, un androide, causó más que revuelo en su entorno. Otro de los temas que trataron los cómics de Marvel fueron las relaciones interraciales y este fue un buen ejemplo. Aunque no precisamente con buenos resultados. Ambos personajes consiguieron su propia serie limitada en los ochenta con *The Vision and The Scarlet Witch*. El nombre más grande y el que salía primero en portada era el de él, por supuesto. Durante un año, esta pareja singular vivió sus aventuras juntos, incluso la paternidad. ¿Pero cómo diablos iban a tener hijos un androide y una bruja? Recordad que estamos en el mundo del cómic y aquí todo es posible. Incluso que un androide pueda tener sentimientos. Si Wanda luchó contra viento y marea para seguir con su relación con The Vision, su felicidad fue extrema cuando por fin tuvieron a sus retoños, William y Thomas. Porque además fueron dos. Gemelos como ella y su hermano Pietro. Pero lo cierto es que Wanda se quedó embarazada gracias a la magia y ya sabemos que la magia conlleva un precio a pagar. Preguntadle al Doctor Extraño si tenéis dudas.

Los poderes de Wanda siempre la separaron en cierta manera de sus compañeros, pero The Vision no le tenía miedo. Esa fue la base de su relación desde el principio. Lo que le hizo a Wanda querer que su amor se perpetuase a través de sus hijos. Aunque sus acciones le costarían caro. The Vision fue abducido, desmontado y vuelto a montar sin sus emociones y esto minaría su relación para siempre. El mismo demonio que hizo esto, se quedó con el alma de sus hijos y absorbió sus vidas. Desaparecieron dejando a Wanda traumatizada de por vida. Y lo que es peor causarían uno de los grandes revulsivos del mundo mutante en la serie House of M, cuando usando la magia haría desaparecer todos los poderes de los mutantes. El Doctor Extraño dijo de aquel hechizo que era tan poderoso que intentar deshacerlo podría destruir el mundo. Así de poderosa era la Bruja Escarlata, lástima que las tragedias también se cebaran en ella.

SHE-HULK,
la mujer de verde

¿Qué mejor manera de sacarle rédito al éxito que intentar emularlo?, pero con tetas. Pues eso es lo que debieron pensar cuando en Marvel crearon a Ms. Marvel, Spider-Woman o She-Hulk. ¿Pero por qué no crear un personaje original y ya está? Es posible que pensaran que no tendría el suficiente tirón. Pocas superheroínas aguantaron con sus propios cómics. Así que estas superheroínas nacieron con el lastre de sus «hermanos» masculinos. Con lo bueno y lo malo que esto podía conllevar. Hulk nació en 1962 pero hasta 1980 no se enteró de la existencia de su prima Jennifer Walters, una abogada criminalista de Los Ángeles. En una visita a la ciudad, Bruce Banner se reúne con su prima. Pero justo en ese momento unos criminales, que la habían amenazado tras un juicio, intentan matarla. Herida de muerte, Bruce no tendrá otra opción que hacerle una transfusión de su sangre contaminada con los famosos rayos gamma. Gracias a ellos nacerá She-Hulk que en apenas unos golpes pulveriza a sus enemigos. Amenaza neutralizada.

Para darle un poco más de empaque a esta nueva muchacha color verde esmeralda la bautizarán como la salvaje She-Hulk. Mientras, su primo era el increíble Hulk. Nótese el matiz diferente en el apelativo. La mujer es una salvaje mientras el hombre es increíble. Aunque por el contrario, She-Hulk no se convertía en un monstruo descontrolado y víctima de su ira como su primo, sino que mantenía su inteligencia. Aún así, y según sus creadores, era una salvaje. ¿Alguien lo entiende? De hecho, al aprender a controlar aquella rabia que la transformaba, She-Hulk decidió mantener su forma verde siempre. No viviría atormentada como el bueno de Bruce por sus rabietas catastróficas. Evidentemente, al igual que Bruce, en sus transformaciones perdía buena parte del vestuario y su vestido se desgarraba estratégica y sensualmente.

La serie fue cancelada en 1981, pero dos años después, She-Hulk se unió a los Vengadores. Al unirse al supergrupo sufrió un cambio. Empezaron a sexualizar su personaje. Cosa que antes no le había pasado. John Byrne fue el encargado de dibujarla a partir de 1986 y la transformó de una bestia verde en una mujer atractiva y fuerte mientras sustituía a La Cosa en los 4 Fantásticos. Además empezó una relación con Wyatt Wingfoot, un indio nativo americano. Aquí el personaje empezó su liberación sexual. En sus historias no ocultaba sus deseos y además los salpicaba con un toque de humor. Lo chispeante del personaje le valió una nueva serie propia en 1989 como *The Sensational She-Hulk*. Bien, la cosa iba mejorando. Ya no era una mujer salvaje sino una mujer sensacional. La lástima fue que este cambio no se tradujo en unas historias interesantes, sino en unas cada vez más flojas en las que el personaje además rompía la cuarta pared y hablaba directamente a los lectores. Byrne situaba a She-Hulk en situaciones tan vergonzosas y ridículas que daba pena seguir leyendo. Y usaba su imagen sexual para hacer bromas constantemente. La serie se canceló tras 60 números.

She-Hulk volvió en 2004 pero en aquella época era presentada como una promíscua y que además era penalizada por el resto de personajes. Lo mismo de siempre, mientras Iron Man se tiraba a todo lo que se meneaba y todo el mundo lo consideraba un machote, una mujer liberada sexualmente era denigrada. Es curioso que aquellas historias fueran escritas por hombres. El resultado fue que su personaje lamentablemente se resintió como superheroína.

KITTY PRYDE,
adolescente mutante

Como ya os he comentado antes, Ororo se hacía cargo de una adolescente mutante en 1980. Así nacía Kitty Pride para el universo mutante. Una joven de 13 años que tenía el poder de atravesar paredes, objetos o lo que se le pusiese por delante. Pero antes de que sus poderes mutantes se despertaran era una simple chica de suburbio, estudiante modelo de matrícula de honor y fanática del ballet. Era brillante como ninguna e insegura como cualquier adolescente. El divorcio de sus padres causó un pequeño terremoto en su universo personal. Si encima de golpe y porrazo podías atravesar paredes, la cosa se complicaba aún más. Kitty también tuvo el honor de ser la primera superheroína judía.

Kitty Pryde además fue dibujada como lo que era, una adolescente sin curvas, como son las chicas de su edad. Nada de grandes tetas, por favor. Tormenta será la mentora que guiará a Kitty en su camino mientras intenta controlar sus poderes. Se abre así un papel para las superheroínas, el de mentoras de las futuras superheroínas y que se iría fortaleciendo con el paso del tiempo. Ya no sería una figura de hombre madurito el que enseñaría a la joven e inexperta superheroína a ser lo que es, sino una igual, una mujer que pasó por lo mismo que ella y que sabrá mejor como se siente. Para la lucha, Kitty Pryde tendrá también otro maestro, el feroz Lobezno. Una de las relaciones más tiernas y curiosas que ha dado el universo muti. La dulce Kitty y el brutal Logan.

Aunque en un principio Kitty no era un miembro de los X-Men sino una estudiante de la Mansión Xavier, pronto empezará a colarse en sus misiones. Su habilidad para entrar allá donde otros no pueden la convertirá en un miembro provechoso del equipo. Una ventaja en la batalla que los mutantes no podían desaprovechar. Kitty fue abducida por los Morlock y obligada a casarse con Caliban en 1984. A partir de ese momento, parece que el personaje también tuvo que pasar por el lado oscuro. Algo que se estaba convirtiendo en marca de la casa Marvel.

Su acercamiento a Lobezno le facilitó un contacto con la cultura japonesa. Pero en un viaje a Japón, Kitty fue de nuevo capturada, esta vez por Ogun, un antiguo profesor de Logan. Aquel fue un momento de cambio para Kitty. Ogun la transformó en una asesina con habilidades letales. Fue en aquella época en la que también pasó a llamarse Shadowcat. Volvía a sufrir un calvario parecido al de la pobre Jean Grey. Y aunque logró librarse del influjo del malvado de turno, la dulce Kitty se transformó en un ser más oscuro y duro. Nadie dijo que ser mutante fuese fácil.

PÍCARA,
el miedo a tocar

En esta década, los personajes femeninos se multiplicaban en Marvel, sobre todo en su saga mutante. La cosa empezaba a equipararse. Los X-Men parecían cada vez más un X-Women, junto a Tormenta, Jean Grey y Kitty Pryde, estaba también Pícara. El personaje debutó en *Los Vengadores* en 1981 como villana. Pero pronto cambió de chaqueta para unirse a los X-Men. El poder de Pícara le causará más de un problema: podía absorber la energía, los recuerdos y memorias, incluso la fuerza de todo aquel al que tocaba. Sin distinguir entre amigos y enemigos. Si no iba con cuidado, Pícara podía cargarse a quién más quería, como una de sus relaciones más fijas, la que tenía con Gambito. Aunque estamos adelantando acontecimientos. Le costaría dominar este poder pero al final con mucha sangre, sudor y lágrimas, lo conseguiría. Pícara descubrió su poder precisamente besando en su tierna adolescencia a un noviete al que casi se carga. Esto de tener relaciones normales a los superhéroes no se les da demasiado bien, ¿no os parece?

Pronto huyó de casa, temerosa de cargarse a todo aquel al que tocase y fue adoptada por Mística, de la Hermandad de Mutantes Diabólicos. Esa a la que también pertenecieron la Bruja Escarlata y su hermano antes de pasarse al bando de los buenos. Otro tópico que se repite. Marvel, Marvel, esa imaginación que se agota. Pero Pícara duraría poco como villana, tras absorber los poderes y recuerdos de Ms. Marvel por accidente, acabaría recalando en los X-Men.

La mayoría de los mutantes del universo Marvel han vivido como parias en algún momento de sus vidas, atormentados por ser diferentes al resto de mortales. Pícara más que ningún otro viviría sus poderes como una maldición que la atormentaba. Absorber las memorias y recuerdos de otras personas sin quererlo no debía ser muy agradable. Pícara se veía privada del contacto físico con cualquier otra persona, algo básico para el ser humano. Cuando lo hacía podían pasar cosas como las que sucedieron cuando absorbió los poderes de Ms. Marvel. Adquirió su invulnerabilidad o su fuerza sobrehumana, pero también sus pensamientos. Los de Ms. Marvel la atormentarían tanto que temió perder la cordura. Oía su voz dentro de su cabeza constantemente. Ese fue el primer paso hacía los X-Men, recuperar la cordura que los poderes de Ms. Marvel estaban quitándole. Parecía que los poderes de las superheroínas les complicaban más la vida que otra cosa, sobre todo en el caso de Pícara.

Huyendo de su casa fue recogida por Mística que la enseñó a usar sus poderes aunque no a poder controlarlos. Mística se convirtió en una figura materna para Pícara y junto a su amiga Destino forjarían un lazo fuerte. Serían las únicas personas que la harían sentirse normal, no es de extrañar que se uniera a la Hermandad de Mutantes Diabólicos. Con ellos se enfrentó en varias ocasiones a los X-Men. Cuando al final recurrió al profesor Xavier para que la ayudara, el resto del equipo la rechazó, demasiados enfrentamientos a las espaldas. Aunque al final consiguió ganarse la confianza de los que se convertirían en sus futuros compañeros. Pícara se reveló como uno de los miembros clásicos del equipo en los años siguientes. El poder de absorción de esta mutante la aislaba del contacto físico, de abrazar, de besar y acariciar a los que quería. Gran tragedia, pero como contrapunto, Pícara como su propio nombre indica, desarrolló un desparpajo y una picardía genuinas. Esta alegría con la que aprendió a enfrentarse a su poder, la convirtió en uno de los personajes más queridos de los X-Men. Menos mal que se lo tomaba con filosofía, si no al final se habría tirado al lado oscuro de cabeza, como el resto de sus compañeras.

LA CAÍDA
DE LAS MUJERES DC

En DC, la oscuridad que se cernía sobre el mundo del cómic y que reflejaba el derivar de la sociedad empezaba a pasar factura. Las superheroínas vivían sus claroscuros, más cerca de las tinieblas que de la brillante luz del sol. Raven es un buen ejemplo de ello.

Mientras tanto, Wonder Woman volvía a sus inicios, tras morir en Crisis en Tierras Infinitas. Durante un tiempo la gran superheroína de DC dejó de existir. Pero cuando pensábamos que nos quedábamos huérfanos volvía a renacer de sus cenizas. Eso sí, con un nuevo comienzo, nuevo origen y un borrado de un plumazo de 40 años de historia. Pero el gran tormento de DC lo vivió Barbara Gordon cuando se vio condenada a una silla de ruedas y nunca más pudo vestir el traje de Batgirl. Las cosas se ponían difíciles. Parecía que había que renovarse o morir.

RAVEN,
el demonio que hay en mí

Los *Teen Titans* fueron revividos por DC en los ochenta como *Tales of the New Teen Titans*. Esta vez fue una mujer la responsable de reclutarlos. Se llamaba Raven. Era una mujer misteriosa que decidió salvar al mundo reclutando a estos jóvenes superhéroes de nuevo. Pero, ¿salvarlo de qué? Pues de ella misma, por supuesto. Su primera aparición fue en DC Comics Presents número 26 en 1980 y fue creada por Marv Wolfman y George Pérez. Hija de una humana y un demonio, Raven es una empática que puede teleportar su ser interior.

Fatídica y dramática, siempre rodeada de humo y misterio, Raven es Rachel Roth, la hija de una humana y un demonio muy malo llamado Trigon. Fue criada para seguir el pacifismo y alejarse de la maldad que habitaba en ella, para ello se trasladó a Azarath, una dimensión alternativa y pacífica. Pero su verdadera naturaleza chocaba constantemente con sus intentos de amansar su lado más demoníaco. Como vemos, nuestras heroínas en esta década distaban mucho de ser angelitos defensores del bien, había un componente totalmente turbio que las acompañaban. Aquí los buenos no son tan buenos y los malos no son tan malos, sino que la línea que los separaba se desdibuja peligrosamente.

Sus poderes son misteriosos pero también tiene miedo de los mismos, de su lado oscuro y demoníaco que la intenta consumir. Con la intención de dominarlos, Raven fue entrenada para controlar sus emociones, para no sentir nada. Siempre bajo la amenaza de que su diabólico padre la poseyera aprovechando una brecha en su voluntad. No es de extrañar que en situaciones de estrés la pobre Raven perdiera los papeles y estuviera a punto de mandar al mundo a paseo. Esto hacía de Raven un personaje manipulador y con muchos secretos para los miembros de su propio grupo. ¿Podían confiar en ella? Los grupos ya no son aquellas familias con sus problemillas como los 4 fantásticos, que viven juntos sus alegrías y sus penas, no. Raven se encierra en sí misma y no comparte con sus compañeros sus miedos. Sus tormentos la torturan en soledad. ¿Cuánto tardará el caos en apoderarse de esta figura misteriosa?

Su traje acompañaba esta imagen de misterio, con una capa y una capucha que siempre le ensombrecía el rostro, como diciendo: «Tengo mucho que ocultar». Raven tenía que luchar constantemente contra sí misma, sus demonios y su naturaleza maligna. Algo agotador. Evidentemente, al final estos la consumirán y la destruirán. La humana que había en ella dejaba paso al ser demoníaco que su padre pretendía usar para dominar el mundo. Parece que el poder y sobre todo la oscuridad siempre conllevaba un final aciago, como le pasó a Fénix.

STARFIRE,
el sol en su piel

Aunque Raven era la mentora del grupo, otro personaje femenino era protagonista de la serie: Starfire. Su creación probablemente fue también un intento de atraer a más lectoras femeninas, seguramente por eso su personaje acabó relacionado románticamente con Robin, su compañero de grupo. Todos sabemos que una historia romántica gana lectoras a cascoporrillo, ¿verdad? ¡Qué previsible!

Los New Teen Titans estaban formados por Robin, Raven, Starfire, Beast Boy y Kid Flash. Koriand'r es el verdadero nombre de Starfire. Segunda hija del rey Myand'r y la reina Luand'r del planeta Tamaran. Todos los habitantes de este planeta tienen el poder de absorber la energía del sol a través de su piel, lo que les da el poder de volar. Su hermana mayor Komand'r desgraciadamente padecía una enfermedad que nunca le permitió volar y le retiró de la línea sucesoria al trono. A raíz de esto, creció con un resentimiento que marcó su personalidad. Era una niña difícil y poco querida. La sucesión pasó a su hermana, la atractiva Koriand'r. Una joven perfecta y adorada por el resto de sus súbditos. Hermanas y poder, empieza el juego de tronos. Tras dejarla de lado por ser diferente, Komand'r creció resentida. No es de extrañar.

Mientras Koriand'r recibía todos los privilegios habidos y por haber, Komand'r era apartada y despojada de los mismos. Queridos papás, no intenten esto con sus hijos, no da buenos resultados. La rivalidad entre ambas hermanas era tal que Komand'r decidió vengarse enviando a su hermana al exilio, un planeta llamado Tierra. Y para ello, se vendió al enemigo e hizo que su planeta cayese en la esclavitud. Así logró el trono que le fue negado. No sin antes obligar a su hermana a exiliarse so pena de cargarse a todos sus compatriotas. Parece que a Komand'r no le sentó bien eso de ser la repudiada. La realeza, ya se sabe.

Starfire fue creada por Marv Wolfman y el artista George Pérez en 1980, cuando renovaron al grupo para convertirlo en los New Teen Titans. Como Raven apareció en el número 26 de DC Comics Presents. El escritor Marv Wolfman creó el personaje como una especie de Red Sonja del espacio. Una alienígena exótica que era sexy a la par que poderosa. Con esta descripción George Pérez dibujó a Starfire dotándola de una piel dorada, pelo rojo y largo, ojos verdes sin pupilas, un cuerpo voluptuoso y un traje que parecía más un bikini que una armadura. Ya sabéis que lo mejor para combatir es lucir poca ropa. Pero como su poder venía de la absorción de la energía del sol, mejor que le diera bien el Lorenzo por todo el cuerpo, ¿no? Starfire siempre ha encontrado la moda terrestre demasiado puritana así que ya os podéis imaginar que no se tapaba mucho. Por la naturaleza de su especie, era también desinhibida con sus compañeros, sobre todo si eran hombres. Tenía una personalidad dulce y podía parecer incluso frívola pero en el fondo era una peligrosa rival.

El personaje de Starfire siempre ha estado ligado sentimentalmente a Robin. A pesar de haber estado casada dos veces con hombres de su planeta. Estuvo a punto de contraer nupcias con Dick Grayson, su amor de toda la vida. Robin para los amigos. Pero Raven interrumpió la boda en una de sus fases demoníacas y les aguó la fiesta. Se cargó al cura y boda cancelada. Con amigos así, ¿quién quiere enemigos? Imaginaos preparando la boda de vuestros sueños durante meses y que una de vuestras compañeras de trabajo se convierta en un ser despiadado y maligno que se carga al cura delante de los invitados. El drama estaba asegurado. DC también parecía cogerle gusto a las bodas fracaso. El fiasco de la misma hizo resurgir dudas entre la pareja, que finalmente rompió, eso sí amistosamente.

Starfire decidió entonces dejar la tierra. En la boda, Raven intentó implantar la semilla de su padre Trigon en Starfire, pero en vez de esto, plantó el alma de la Raven no malvada. Aún tendrían que enfrentarse de nuevo. Una vez derrotada por los Teen Titans, la Raven diabólica volvió para destruir su versión buena dentro de Starfire. Finalmente, se libraron de la maligna Raven y la buena de verdad, tuvo un nuevo cuerpo libre de la influencia de su demoníaco padre. Esto es más complicado que las luchas de poder de *Falcon Crest*. La verdad es que Raven había planeado desde un principio implantar su alma en Starfire, como siempre ese lado oscuro y secreto de tejemanejes de Raven volvía a aparecer. En estos años, los superhéroes parecían estar más tiempo peleándose entre ellos que salvando al mundo, incluso entre los miembros de su propio equipo. La historia de Raven y Starfire es una buena muestra de ello.

WONDER WOMAN, volviendo a la primera casilla del juego

DC se encontró en esta época con tantas versiones alternativas de la Tierra que causaban grandes problemas de continuidad en sus personajes. Batman, Superman y Wonder Woman eran sus baluartes, los personajes que llevaban ya medio siglo en activo. Unos superhéroes que milagrosamente no habían envejecido en absoluto a pesar de rozar la cincuentena. Cuando DC decidió crear las dos tierras, la Uno para los personajes originales de la época dorada del cómic y la Dos para los nuevos cachorros, seguro que no se imaginó que la cosa se complicaría tanto. La cura fue peor que la enfermedad. Los arcos argumentales eran tan liosos y enrevesados que eran difíciles de seguir. Pero a grandes males, grandes soluciones.

DC decidió cortar por lo sano. Debieron pensar que era más difícil solucionar el cacao que ellos mismos se habían montado que simplemente hacerlo explotar todo en mil pedazos. Así nació Crisis en Tierras Infinitas que marcó el final y el inicio de una nueva época para DC. En esta maxiserie que duró aproximadamente un año, todos los personajes del universo DC se aliaron para destruir al malo más malvado de todos los tiempos, uno de esos dispuesto a cargarse a medio Universo. Al acabar la serie, la mitad de los personajes estaban muertos, entre ellos dos de las grandes superheroínas de la casa: Supergirl y Wonder Woman. Borrón y cuenta nueva.

Una vez pasada la Crisis en Tierras Infinitas, nadie parecía recordar a Wonder Woman, era como si nunca hubiese existido. Cincuenta años de historia borrados de un plumazo sin el menor de los remordimientos. La superheroína más importante de la casa decía adiós, mientras Batman y Superman seguían con sus capas al viento. Wonder Woman estuvo un año prácticamente sin aparecer en ningún cómic. Pero como nadie muere durante mucho tiempo en las viñetas, aprovecharon la escabechina para reinventar algunos de sus personajes, como a nuestra amazona favorita. La nueva Wonder Woman nació en el número 1 de su propia serie en 1987. George Pérez se encargaría durante 22 números del dibujo y también de las historias de esta nueva etapa del personaje. Mindy Newell empezó a escribir sus historias en 1988 e introdujo temas femeninos como la menstruación. Imaginaos, algo inaudito. Otro tabú que lograba romper nuestra superheroína. Hay que ver que miedo da a algunos unos simples tampones. En 1989 Wonder Woman tuvo su primera mujer dibujante, Jill Thompson. Habían hecho falta cincuenta años para que una mujer perfilase la figura de la gran superheroína de todos los tiempos.

El resurgimiento de Wonder Woman le proporcionaría por supuesto otro nuevo origen. Las amazonas eran ahora seres pacíficos, ejem ejem, ¿dónde queda aquello de feroces guerreras? En esta ocasión son espíritus de mujeres reencarnadas que murieron injustamente asesinadas a manos de hombres, por supuesto, brutales y malvados. Después de sufrir la esclavitud por parte de Hércules y sus hombres, las amazonas decidieron marcharse a un retiro en la isla de Themyscira, ya no era la isla Paraíso que conocíamos. Esta nueva isla además es como un retiro a la Grecia clásica, sin tecnología futurista ni armas espectaculares. Nuestras amazonas, antaño guerreras poderosas, se dedicaban ahora a pasearse por la isla vestidas con sus trajes vaporosos y sus estilosas sandalias.

La reina Hipólita era la reencarnación de una mujer embarazada que sentía la necesidad de tener aquel hijo que nunca tuvo. El reloj biológico, por lo visto, viaja a través del tiempo, el espacio y lo que haga falta. Así que decidió crear a su pequeña con arcilla e insuflarle el alma de su no nacida. Así nuestra querida amazona, cuyos poderes le fueron originalmente otorgados por los mismísimos dioses del Olimpo, se vuelve más humana, más normal. Eso sí, tras criarse en el pacifismo. Cuando crece le mandan al mundo de los hombres para parar la guerra que el dios Ares había puesto en marcha. Para acabar de dotarle de un misticismo made in América, el nombre de Diana le será otorgado en memoria de una mujer piloto que falleció ayudando a las amazonas en los años cuarenta. Como la piloto era americana, adoptó los colores de la bandera de las barras y las estrellas para el traje de Wonder Woman. Y ya tenemos nuevo origen para nuestra superheroína.

Aunque Wonder Woman sigue siendo fuerte y poderosa, ha perdido algo en el cambio, de hecho bastante. De nuevo vuelve a tener 22 años de edad. Cincuenta años de entrenamientos aguerridos, luchas encarnizadas, experiencia en combate, liderando a otros superhéroes, pateando culos nazis,...Todo eso desaparece. Wonder Woman no tiene ningún tipo de experiencia en la vida, es una novata. De golpe, se cargaron todo el bagaje de luchadora que la superheroína tenía y la hacían empezar desde cero. Ya no estaría al nivel de Batman o Superman que por supuesto no vieron cambiado su pasado en absoluto. Eh, a los machotes ni tocarlos.

Durante esta década además, Wonder Woman pasó de ser una luchadora a ser una mera embajadora de la paz. Como representante de las amazonas ante Naciones Unidas, la vemos dar más discursos que pegar patadas. Ahora es una mera dignataria haciendo papeleo y codeándose con las altas esferas que otra cosa. Ay, ¡menudo rollo Wonder Woman! De salvar el mundo a dar discursos. ¿Quién te ha visto y quién te ve?

BATGIRL desaparece, llega ORACLE

1988 marcó también un hito en la historia del cómic. Alan Moore daría carpetazo a Batgirl en la novela gráfica *Batman: The Killing Joke*. En ella vemos como Bárbara Gordon estaba tranquilamente cenando con su padre, el comisario Gordon, cuando el Joker asaltó su casa. La dureza de las historias del cómic alcanzaba hitos macabros y el destino de Bárbara iba a ser uno de ellos. No contento con dispararle en la espalda, la desnudó y le hizo fotos mientras esta se desangraba lentamente. Además para escarnio de su padre que asistía maniatado, sin poder hacer nada, a la denigración de su hija. Bárbara ya nunca será la misma. El disparo le causó una parálisis que la relegó a una silla de ruedas. Batgirl dejaba la capa y su

vida como superheroína. Todo había acabado para ella.

A pesar de ello, unos meses después reapareció. Tras un duro entrenamiento, no recuperó su movilidad pero sí las ganas de vivir. Después de un año de recuperación, nació de nuevo como Oracle. Ahora será una hacker experta en ordenadores. Y usará sus dotes informáticas para recabar toda la información que puede sobre criminales que luego proporciona a los superhéroes, especialmente a Batman. Batgirl se recicla, encuentra su nuevo sitio pero también tendrá que pagar un precio por ello. Será una fuerza en la oscuridad, quizás es cuando más se acercaría a Batman, a su lado oscuro. Será su aliada perfecta, los ojos que necesita en el submundo de los bajos fondos. Su poder es muy valioso, puede llegar a cualquier sitio, a cualquier persona, infiltrarse y luchar de una forma mucho más sibilina.

Para poder reconvertirse, pierde algo por el camino, algo importante, una parte de su humanidad. Oracle será ruda y fría, casi terrorífica casi como Batman hace con sus enemigos, pero de una manera diferente. Aquella bala la transformó físicamente pero también mentalmente. Aunque el final de Batgirl dejó horrorizados a sus fans, no es de extrañar, Moore sometió a la heroína a un final terrible. Pero aún así, lo cierto es que ahora es incluso más poderosa. De una forma totalmente diferente. Oracle es más fuerte, pero también más fría, más distante. Sin emociones, alguien que se convierte en el perfecto aliado de Batman. Aunque a Oracle aún le quedaban otras aventuras que vivir y no las haría en solitario.

ESPECTRO DE SEDA II,
siguiendo la estela de mamá

Espectro de Seda II es la hija de la Espectro de Seda original y una de las protagonistas de *Watchmen*, la novela gráfica que marcó un antes y un después en la historia del cómic. Esta fue una de las primeras historias del cómic dirigidas exclusivamente a un público adulto, una historia completa más que las aventuras de unos superhéroes luchando contra el mal. Porque para qué negarlo, los protagonistas de *Watchmen* tenían pinta de todo menos de salvar a la humanidad y mucho menos de salvarse a sí mismos. Los ochenta se colaban por los poros de la piel de estos personajes que se enfrentaban al mundo real, en toda la crudeza de la palabra real. No estaban para tonterías. Una historia que trascendía más allá de las batallitas a las que nos tenían acostumbrados los superhéroes, en la que el relato se convertía en lo más importante. Una historia con un principio y un final y sin serialización continua. Un relato al fin y al cabo. Una novela gráfica.

Laurie Juspecyzk fue criada desde niña para sustituir a su madre, tanto si quiso como si no, su destino se escribió sin pedirle permiso. Su progenitora era ex camarera y bailarina de *burlesque* reconvertida en vigilante y superheroína que siempre presionó a su hija para que continuara sus pasos. Cansada de los tejemanejes de su madre y de cargar con el peso de su legado, se fugó de su casa con 16 años. Aunque al final terminó volviendo. En los Crimebusters conoció al Doctor Manhattan, con quién iniciaría una relación sentimental. Después de la Keene Act de 1977, que prohibía cualquier lucha enmascarada contra el crimen, salvo si lo hacías bajo el mando del gobierno, se retiró. Para que el Dr Manhattan estuviera contento, el gobierno mantuvo cautiva a Espectro de Seda en sus instalaciones. Rorschach intenta convencerlos de volver a calzarse el traje tras el asesinato de El Comediante. El Doctor Manhattan se niega pero ella y Rorschach emprenderán una aventura para descubrir quién quiere eliminarlos.

Alan Moore y Dave Gibbons basaron al personaje de Espectro de Seda en una mezcla entre Nightshade y Phantom Lady. *Watchmen* representó un paso adelante en el mundo del cómic, una revitalización del mismo, una reconversión, una reinvención. Una historia con un realismo social y psicológico sin precedentes que proporcionaba una profunda reflexión sobre la sociedad y sobre todo, del mundo de los superhéroes. Una crítica al fin y al cabo a la visión del mundo que conocíamos hasta aquel momento. En *Watchmen* vivímos una realidad alternativa en la que los superhéroes han influido en la historia de la humanidad para cambiarla sin remedio y no precisamente para bien. ¿Cómo sería nuestra vida si en realidad existieran estos personajes con superpoderes? Y mucho más importante, ¿quién vigila a los vigilantes?

La profundidad de los personajes de *Watchmen* va más allá de la eterna dicotomía entre el bien y el mal. Los buenos no son tan buenos ni los malos son tan malos y todo se desdibuja irremediablemente. Es una realidad cruel y cínica, una realidad crítica en la que los personajes sobreviven como pueden. Además estos superhéroes o vigilantes no tienen superpoderes reales, exceptuando al Doctor Manhattan. Son simples mortales. Espectro de Seda no es ninguna superheroína al uso, es una mujer entrenada y preparada para la lucha, pero no porque ella quisiera, sino por la obsesión de una madre que quiso ver en ella una continuidad a sus éxitos de juventud. Espectro de Seda luchará contra su pasado, contra los designios de su madre que la llevaron por un camino que no quería y contra su presente, el de superheroína florero, atrapada junto al hombre que cree que ama para mantenerlo a raya por el gobierno. Una mujer diferente, una mujer real, una vigilante, el espectro de alguien que nunca quiso ser.

HUNTRESS,
la heredera de Batman

Helena Wayne era la hija de Batman y Catwoman en Tierra 2. Aquella invención de DC para mantener a sus héroes de la edad dorada pululando por el mundo sin que las realidades colapsaran con las nuevas historias de sus superhéroes más recientes. Con la introducción de las dos tierras de DC, el mundo de sus superhéroes se fracturaba en dos. Los personajes clásicos vivían en Tierra 2 mientras los héroes modernos poblaban Tierra 1. Las historias parecían albergar realidades paralelas que se desarrollaban sin problema a pesar que los héroes de Tierra 2 eran casi dos décadas más viejos que sus compañeros de la Tierra 1.

Huntress fue creada por Paul Levitz, Bob Layton y Joe Staton y apareció por primera vez en DC en 1977 de manera simultánea en DC Super Stars número 17 y All Star Comics número 69. Helena fue entrenada por sus padres y por lo tanto se convirtió en una verdadera atleta. Y aunque en un principio se decantó por el lado legal de la ley entrando a trabajar para la firma de abogados, Cranstron and Grayson, Helena se convirtió en superheroína cuando un criminal intentó chantajear a su madre. Algo que acabó causándole la muerte a su progenitora. Creó su propio traje, se hizo sus propias armas ayudada por algunos *gadgets* del arsenal de sus padres y se dedicó a perseguir al responsable de la muerte de su madre.

Aunque consiguió su objetivo, decidió seguir el camino que la sangre le había marcado y se convirtió en Huntress. Incluso llegó a formar parte de la JSA, dónde pronto hizo amistad con Power Girl. Lamentablemente, Huntress fue uno de esos personajes que desaparecieron en la masacre de Crisis en Tierras Infinitas de 1985. Murió intentando salvar la vida de unos niños. Evidentemente, después de muerta, fue borrada de la faz de la tierra, nadie recordó su existencia. Tardó la friolera de 20 años en reaparecer y en unirse a Birds of Prey, el primer supergrupo de heroínas. Aunque ya no sería la misma Helena sino que su familia sería de la mafia de Gotham, una vuelta de tuerca a su historia, pero para eso tendríamos que esperar unos cuantos años más.

CAPÍTULO 7
Los años noventa, llega el lado oscuro y la silicona

A finales de los años ochenta el panorama en el cómic se estaba volviendo bastante desolador y oscuro. Los superhéroes parecían haber perdido el norte. Esa motivación que los impulsaba, hacer el bien o salvar a la humanidad, parecía haber desaparecido. Cada vez se pasaban más tiempo peleándose los unos con los otros o mirándose el ombligo. ¿Acaso el mundo ya no les importaba? Mientras tanto las franquicias X se multiplicaban, los *crossovers* se ponían de moda y las historias cada vez parecían importar menos. Poderoso caballero don dinero que también guiaba el destino de nuestras superheroínas. El culto al cuerpo seguía triunfando y nuestras protagonistas cada vez parecían más supermodelos de cuerpos perfectos que seres humanos. En un mundo así, nunca tendría cabida alguien como la adolescente Kitty Pryde en sus primeros momentos. Las mujeres parecían cada vez más engendros sobrenaturales.

Las superheroínas se habían convertido en objetos sexualizados. No contentos con hacerlas ir medio desnudas, los dibujantes les hacían adoptar poses provocativas hasta extremos ridículos. En los noventa, las portadas de cómic en las que las superheroínas eran las protagonistas estaban cada vez más sexualizadas, con heroínas atadas o en situaciones extremadamente violentas. Incluso Wonder Woman tuvo que pasar por el aro. El Comics Code dio sus últimos coletazos y murió cuando Marvel decidió rechazarlo y crear su propio código. Uno que parecía abogar por más sexo y cada vez más explícito. Los cómics se hacían más adultos. Era como si todas las fantasías sexuales de los lectores masculinos se hicieran realidad en las páginas de sus historietas favoritas.

Esta década empezó abriendo paso a nuevas editoriales pero también a las modas y a las ansias de ganar dinero a espuertas, lo que influía negativamente en la calidad de las historias. A pesar de la gran explosión creativa de finales de los ochenta con novelas gráficas tan impresionantes como *Watchmen* o *Batman: Dark Night Returns*, las cosas no siguieron ese camino. Los cómic eran cada vez más objetos de coleccionista, el público en general tenía dificultades para acceder a los mismos. Si querías comprar cómics tenías que ir a una tienda especializada. Y aunque serían un pequeño paraíso para los lectores, sería imposible como antes pasaba, que un o una joven se acercase a un quiosco a comprar caramelos y acabase comprando un cómic. En 1991 los X-Men eran oficialmente una franquicia, una máquina de hacer dinero que empezó a explotar los *crossover*. Recordad lo que os había comentado, para seguir las historias tenías que comprarte media tienda de cómics. ¿Y qué mortal puede permitirse algo así? El número 1 de X-Men en ese año salió a la venta con cuatro portadas diferentes y una quinta versión para coleccionistas con las cuatro portadas juntas. Fue el cómic más vendido de la historia. ¿Pero qué había en su interior?

Muchos copiaban el estilo de los X-Men que se adaptaron a las modas, los gimnasios y los músculos. Los personajes estaban cada vez más musculados y fibrosos, la testosterona corría a raudales. Los superhéroes eran machomen cada vez más violentos. Mientras, sus compañeras eran supermodelos de

cuerpos perfectos. Seres irreales salidos de un catálogo de ropa interior, angelitos de Victoria's Secret. Mujeres como Psylocke, más conocida en nuestras tierras como Mariposa Mental.

Nuevos dibujantes entraron en escena, convirtiéndose en estrellas y exigiendo a las compañías derechos sobre las historias. Y aunque lo obtuvieron, las historias pasarán a un segundo plano. Las imágenes serán explosivas e impactantes. Pero el precio a pagar será demasiado alto. Marvel se negó a dar control creativo a sus dibujantes y siete de ellos se marcharon para crear Image Comics en 1992. Aunque crearon nuevas series, sus personajes femeninos pecaban de los mismos defectos que sus anteriores creaciones, incluso más. Muchos otros siguieron su ejemplo, pero sus mujeres parecían sacadas de una revista pornográfica.

El erotismo invadía los cómics. En los Wild.C.A.T.S. Voodoo era además una bailarina de striptease y lucía orgullosa sus pechos de silicona. Algunas superheroínas posaban desnudas en revistas eróticas, otras eran putas. Mientras proliferaban las revistas que mostraban a las superheroínas más sexys y calientes del universo del cómic y los especiales bañadores estilo Sports Illustrated del cómic. La cosa se ponía fea y el cómic se parecía más al Playboy que a otra cosa. No era de extrañar que las mujeres no se sintieran atraídas por estos personajes femeninos y que no leyeran cómics. ¿Quién se sentiría identificada con una imagen así? Mujeres de cuerpos perfectos en posturas sexuales, prácticamente desnudas, con pechos más grandes que sus propias cabezas. ¿En serio? Hasta la pobre Wonder Woman sufrió un repaso extremo que la hizo acabar embutida en cuero negro de la mano de Mike Deodato Jr.

Ya lo dijo Gail Simone, escritora de las historias de *Birds of Prey*, *Red Sonja*, *Batgirl* o incluso Wonder Woman, cuando acuñó la expresión «Women in refrigerators», mujeres en el congelador. Así acababan las mujeres. Lo mencionaba en referencia al número 54 de *Green Lantern* publicado en 1994. Cuando Kyle Rayner, Linterna Verde, volvía a su casa y se encontraba una supuesta notita en la que su novia le decía que una sorpresa le esperaba en la nevera. Dentro estaba su pareja, Alexandra DeWitt, mutilada y asesinada. La cantidad ingente de superheroínas que murieron, fueron violadas, apalizadas brutalmente, dominadas por el villano de turno, perdido sus poderes o borradas de la faz de la tierra simplemente como excusa para que el héroe de turno se pusiera en acción es vergonzosa. Simone hizo una lista interminable de superheroínas entre las que se encontraban Batgirl, Batwoman, Black Canary, Capitana Marvel, Domino, Elektra, Enchantress, Huntress, Mariposa Mental, la Bruja Escarlata, Spider-Woman, Pícara o la Mujer Invisible, entre muchas otras.

LA SEXUALIZACIÓN DE MARVEL

No les bastaba con matarlas, maltratarlas, violarlas, secuestrarlas o torturarlas. Había que desnudarlas en el proceso. La década de los noventa fue la de la silicona, las tetas inmensas, las cinturas de avispa y las poses sexys. Ser superheroína se volvía cada vez más difícil, no solamente tenías que vencer a los malos sino que además tenías que hacerlo divinamente y si podía ser en bikini, mejor que mejor.

En Marvel, los hombres cada vez eran más musculosos y las mujeres más recauchutadas. Incluso lanzaban sus especiales en bikini en los que nuestras superheroínas posaban sensualmente bajo cascadas paradisíacas con bikinis minúsculos. El colmo fueron las aberraciones de X-Force con sus columnas vertebrales distorsionadas y sus poses de actriz porno. Leer cómics parecía terreno masculino y con razón. ¿A qué mujer le podía interesar algo así?

MARIPOSA MENTAL,
de inglesa victoriana a ninja mortal

El padre de Elizabeth Braddock escondía un secreto. Solía vivir en otra dimensión y fue enviado a la Tierra para crear al Capitán Britania. En la Tierra tuvo dos hijos gemelos, Elizabeth y su hermano Brian. Tras la muerte de sus padres, Brian acabó convirtiéndose en el Capitán Britania, ella en cambio se hizo modelo. Ambos tenían poderes mutantes aunque los desarrollaron de formas diferentes. Mariposa mental apareció por primera vez en el número 8 del *Captain Britain*, una publicación de Marvel UK en 1976. Pero no llegó a EE. UU. hasta 1986 cuando apareció en *New Mutants Annual* número 2.

A lo largo de los años, Betsy Braddock ha cambiado su devenir. Empezó como secundaria ayudando a su hermano el

Capitán Britania. Aunque incluso ella misma adoptó ese papel en algún momento. Mariposa Mental pronto cruzó el charco para unirse a los X-Men. Aquella Betsy Braddock que era una modelo descendiente de una familia aristocrática inglesa, llegó a América para aprender a usar sus poderes con los X-Men, pero nunca se sintió parte del grupo. Era el miembro más débil del mismo, una *english rose* que físicamente no parecía dar la talla para el combate. Siempre se sintió inferior a sus compañeros y compañeras de grupo. Hasta que cayó en manos de La Mano, la misma organización que transformó a Elektra en una brutal asesina. A la pobre Betsy también le aplicaron el tratamiento ninja y usando una combinación de magia y tecnología la convirtieron en la máquina de matar perfecta. Ya no será esa adorable inglesa educada y perfecta señorita. Ni en sueños. Sino una belleza asiática temible y letal.

Los poderes de Betsy eran mentales. Era una telépata que no había conseguido desarrollar todo su potencial. Pero ahora conseguiría concentrar esos poderes para crear un puñal de energía psíquica que conseguía hacer añicos la mente de sus enemigos. El cambio físico también fue un cambio mental, ya que Betsy se volvió más fría. El cuerpo en el que fue transformada tenía otra personalidad, la de Kwannon, que se manifestaba de esa manera. En su mente se estableció una lucha entre ambas que le daría demasiados quebraderos de cabeza. Aunque cuando Kwannon murió más tarde de un virus, logró que su mente por fin estuviera limpia de otras influencias. Aún así, nunca volvería a ser la Mariposa Mental de antes.

Betsy sigue conservando su memoria, sus recuerdos, pero tiene otra cara, otro cuerpo muy distinto al suyo. Este nuevo cuerpo le daría la fuerza física de la que carecía y que le daba la mayoría de sus inseguridades como mutante. Antes de su portentosa transformación, Betsy era vista por sus compañeros como poco preparada para luchar y mucho menos para protegerse a sí misma. Hasta que logró vencer a Dientes de Sable en uno de sus ataques a la mansión Xavier. Entonces sí se ganó el respeto de sus compañeros.

Como Betsy Braddock lucía un vestido rosa con lazos y vuelo, una imagen idílica de la señorita inglesa. Demasiada buena y delicada. En cambio como Mariposa Mental, vestirá un traje escueto y ajustado. Ya sabemos que los ninjas necesitan de poca ropa para poder moverse mejor, ¿verdad? Pero el caso de Betsy es curioso. ¿Quién no ha soñado en su tierna adolescencia, viendo los esculturales y perfectos cuerpos de las modelos en las revistas de moda, levantarse un día siendo otra? Pues ese sueño de Betsy se hizo realidad a golpe de magia y ciencia. De dama inglesa a supermodelo ninja. Mariposa Mental se metió en su capullo siendo gusano y al salir de él era un cuerpo 10 prácticamente imposible. Este nuevo cuerpo se comerá a Betsy, ya no se verá de la misma forma y sus compañeros tampoco. Este cuerpo perfecto le dará la seguridad que le faltaba. Pero también la convertirá en una especie de predadora sexual. Se soltó la melena y de qué manera. Esta *femme fatale* oriental dejará tan enterrada a la dulce Betsy que ya no quedará rastro de ella. En cambio se abrirá paso una luchadora temible y mortal.

JÚBILO,
divertida adolescente mutante

Junto con Kitty Pryde, Júbilo Lee se convirtió en la segunda chica en edad del pavo en formar parte de los X-Men. Y como Kitty tuvo la suerte de no ser supermegasexualizada como sí lo fueron todas sus compañeras en los noventa. Creada por Chris Claremont y Marc Silvestri, Júbilo debutó en 1989 en *Uncanny X-Men* número 244. Y aunque esta adolescente vestida un poco hortera podría parecer una superheroína menor, no es así. Primero por lo antes mencionado, que no se la sexualizase y mantuviesen sus formas adolescentes ya era un punto a favor. Tampoco corría detrás de otro superhéroe perdidamente enamorada como sí hicieron otras de sus compañeras, léase Jean Grey o Susan Storm. Como Kitty Pryde, Júbilo Lee era un personaje con quien los lectores y lectoras adolescentes se podían identificar. Y además fue también una de las pocas superheroínas orientales, que escaseaban en el panteón de héroes. Fue el personaje que nos entró a todos por los ojos en la serie de animación de los X-Men de los noventa.

Aunque sus superpoderes podían parecer algo tontos. Júbilo podía crear fuegos artificiales. De hecho su primera aparición en el cómic la mostraba haciendo fuegos artificiales para unos grandes almacenes. Había que ganarse la vida y más siendo huérfana. Ese es uno de los puntos a favor de Júbilo, que supo siempre buscarse la vida con su actitud de adolescente dura e inconformista. Y que a pesar de parecer fuegos artificiales inofensivos en realidad era energía que transformaba en explosivos y que podía controlar a su antojo. También fue una superheróina hortera, para qué negarlo. Todos recordamos su gabardina amarilla, sus gafas rosa neón, a juego con botas y top y sus *shorts* vaqueros (esos que ahora tan de moda están entre las adolescentes).

Sus padres murieron y ella se vio sola y viviendo prácticamente en el centro comercial donde pasaba las horas. Allí se encontró por primera vez a los X-Men, aunque no se unió a ellos, sino que se limitó a seguirlos cuando se teletransportaron a su cuartel en Australia. En realidad se dedicó a espiarlos, viviendo en secreto en la base, sin entrometerse.

Hasta que salvó a Lobezno de morir crucificado a manos de los Reavers, un equipo de supervillanos cyborg. Ella cuidó de Logan y se convirtieron en un equipo. Lobezno adoptaba el papel de figura paterna que le enseñaba a su pupila a defenderse. Formaron un buen equipo. Su amistad ha durado décadas. Aunque parece que las superheroínas siguen necesitando un cable de un superhéroe para desarrollar todo su potencial. Más tarde se unió a los X-Men en el equipo azul junto a Lobezno. Pero lo cierto es que siempre fue más una acompañante del mismo que un personaje independiente.

Más tarde formó parte de Generación X, el grupo de mutantes adolescentes formado por Banshee y Emma Frost. Y más tarde también entró en X-Corps y New Warriors. El personaje fue casi desapareciendo del universo X, perdió sus poderes en la serie House of M, cuando en uno de sus arranques psicóticos la Bruja Escarlata consiguió alterar la realidad. Aunque sin poderes, el carácter decidido de Júbilo la hizo perseverar ayudando a otros e incluso recuperando poderes a través de la tecnología. Hasta que decidieron convertirla en vampira. Por lo visto la saga *Crepúsculo* tuvo su efecto en los cómics y los vampiros empezaron a florecer. Todo por la pasta, si los vampiros venden, hagamos supehéroes chupasangres. Pobre Júbilo en las que se ha tenido que ver en el nuevo milenio por culpa del furor adolescente por Robert Pattison y compañía. En esta nueva etapa, ya de adulta, Júbilo tendrá que luchar contra su ansia por la sangre, algo a lo que Lobezno le ayudará. Además adoptará a un niño huérfano convirtiéndose en madre. Ya no sería la eterna adolescente. Júbilo se nos hizo mayor.

LAS MUJERES DE X-FORCE,
las abominaciones de Rob Liefeld

X-Force fue creada por Rob Liefeld en *New Mutants* en 1989 y en 1991 debutó con su propio título. Este grupo de mutantes fue fundado en principio para acoger a los cachorros que se convertirían en los futuros X-Men pero Liefeld tuvo otra idea mejor. Convertirlo en un grupo militar que se encargarían de operaciones encubiertas menos heroicas que las de nuestros mutantes favoritos. Armados hasta los dientes, esta fuerza imponente se encargaría de los trabajos sucios, de aquellas misiones casi suicidas que los X-Men era mejor que ni conocieran. Alguien tenía que hacer el trabajo sucio y no veíamos a

Scott Summers manchándose el traje en el lodo. Cable, sería el líder del grupo. El hijo venido del futuro del mismísimo Cíclope. Aunque en un principio llegó al pasado para combatir el futuro que destruiría su mundo de la mano de Apocalipsis, al final acabó aliándose con estos pipiolos mutantes que necesitaban mano dura y un entrenamiento no apto para cardíacos.

Entre las filas de esos soldados había algunas mujeres como Domino, Feral o Syrin. La obra de Liefeld obtuvo muchas críticas por su extremada violencia y sus cuerpos deformados. Ha llegado a extremos terribles. Sus mujeres con espinas dorsales rotas, no hay ley física que explique que esos cuerpos se aguanten de pie. Los grandes pechos no pueden faltar y esas piernas cruzadas de forma anatómicamente imposible en posición bailarina de puntillas tampoco. Por lo visto a Leifeld no le gusta dibujar pies que pisen el suelo así que nuestras heroínas están saltando, volando, flotando o simplemente andando de puntillas, explorando su bailarina interior, seguramente. Los hombres tampoco tenían mucha suerte, eran dibujados como si se hubieran inflado a hormonas musculosas.

Aunque Domino apareció por primera vez en el número 98 de *New Mutants*, luego supimos que en realidad era Copycat, una impostora haciéndose pasar por una Domino que estaba prisionera. No es hasta *X-Force* número 11 cuando vimos realmente a la verdadera Domino. Su poder como superheroína fue el resultado de un experimento secreto del gobierno. El Proyecto Armageddon pretendía crear soldados genéticamente modificados que se convirtieran en el soldado perfecto. Domino fue la única superviviente del experimento y aunque se la consideró un experimento fallido adquirió su poder de buena suerte que siempre le favorece en combate. Tras vivir con el Padre, líder de una secta La Iglesia del Sagrado Corazón en Chicago hasta los 13 años se escapó y se convirtió en mercenario *freelance* hasta que se topó con los X-Force.

Feral por su parte fue un Morlock antes de pasarse al lado de los buenos, se unió a X-Force con posterioridad. Feral debutó en *New Mutants* número 99 en 1991. Con aspecto de gato antropomorfo, Feral escapó de las garras de Masque, líder de los Morlocks gracias a Cable y por eso acabó uniéndose al grupo. Un personaje más animal que personal, le costaba controlar su carácter y sus ataques de ira. Era prácticamente una bomba de relojería. Una historia de su infancia nos cuenta que ella y su hermana Thornn sufrieron abusos por parte de su padrastro, adicto a la cocaína, al igual que su madre. Feral lo mató. Su madre se vengó de ella matando a todas sus mascotas. Así que en un ataque de ira también se la cargó. Ah, la familia. Con una infancia así raro es que no acabara majareta. Feral ha basculado entre la villanía y la superheroicidad. Su carácter irascible seguramente tendrá que ver mucho en ello.

Theresa Cassidy es la hija de Banshee, Sean Cassidy y Maeve Rourke. Su madre murió poco después en una explosión y fue criada por su tío Thomas Cassidy, conocido como Black Tom. Su padre estaba en misión secreta y no se enteró de nada de todo esto hasta su regreso. Sean le echó la culpa de la muerte de su mujer a su hermano por no protegerla como es debido. Por eso, Tom decidió no decirle que su hija había sobrevivido a la explosión. Hasta los 15 años Theresa estuvo en un internado alejada de la peligrosa vida de sus familiares. Fue entonces cuando desarrolló sus poderes mutantes, un grito sónico como el de su padre. Como Siryn, Theresa decidió unirse a su tío que estaba más bien del lado de los malos. Aunque al descubrir la verdad sobre su padre biológico decidió seguir el camino de los superhéroes. Pronto se convirtió en miembro de X-Force y hacia finales de los noventa empezó una relación con el jocoso mercenario Deadpool. Tenía problemas de alcoholismo, algo insólito en una superheroína. Dejó X-Force temporalmente cuando Feral se volvió villana de nuevo y le cortó la garganta, perdiendo su poderoso grito sónico.

Todos estos personajes femeninos se movían con extraña gracilidad por las páginas de *X-Force*. Junto a sus hormonados compañeros masculinos, lucían poses como si esperaran ser fotografiadas en cualquier momento. Y sostenían sus cuerpos extremadamente delgados y musculados sobre columnas vertebrales totalmente dobladas por escoliosis galopantes. Por lo visto, los cuerpos de estas superheroínas mutaban hasta convertirse en verdaderas abominaciones de la naturaleza. Daban un poco de grima, la verdad.

DC Y EL CULTO AL CUERPO

Por supuesto, en DC tampoco fueron ajenos a las modas y los trajes se fueron empequeñeciendo sin remedio. Por lo visto, las superheroínas lavaban su ropa en el programa de lavadora equivocado y encogía, encogía y encogía. Y los músculos aumentaban y aumentaban, sobre todo los del frontispicio pectoral.

La pobre Wonder Woman pasó por el filtro John Byrne. En el proceso casi se convirtió en motera sadomaso y esclava sexual en el paraíso lésbico en el que de golpe se había transformado la isla de Themyscira. Parecía que querían darle la razón al Dr. Wertham. Por suerte, no todo quedaba en lencería fina y piel sedosa. Oracle se abría paso entre tanta testosterona con sus Birds of Prey y empezaba una era nueva. Una en la que las heroínas podían reciclarse y en la que se abría paso a otras mujeres diversas.

WONDER WOMAN,
¿qué han hecho contigo?

Parecía que la superheroína por excelencia no encajaba con los nuevos tiempos, la violencia extrema de los cómics chocaba con su figura conciliadora como embajadora de las Naciones Unidas. Así que nuestra amazona tuvo que endurecerse y vestirse de cuero para poder sobrevivir a la década. En 1992 sufrió un cambio no solo de imagen, incluso tuvo que aceptar un trabajo como camarera en un restaurante de *fast food* llamado Taco Whiz. Pasó de ser campeona de las amazonas a trabajadora explotada en una cadena de tacos. No mejoraba la cosa. Pero eso no iba a ser todo. Mike Deodato Jr entró en la serie como dibujante y consiguió convertir la figura de Wonder Woman en un personaje sexualizado, en sintonía con los tiempos que corrían en el cómic. Habían descubierto que el sexo y la violencia vendían así que no iban a desaprovechar la ocasión de usarlo también para revivir las ventas de la superheroína más clásica de DC.

El resultado es una Wonder Woman con más pecho, cintura de avispa y un traje que parecía más un bikini en forma de tanga. Ay, los noventa y las líneas de bikini alto que causaron furor. Pero Wonder Woman también ganó en fiereza en estos años. Se armó de un traje negro, leggins ajustados, cintas de cuero y un sujetador a juego. Una imagen endurecida de motorista aguerrida que conjuntaba con la violencia creciente de sus historias. Puede que ya no fuese un modelo para jovencitas, quizás pareciese más una supermodelo violenta pero lo cierto es que en aquellas historias Wonder Woman daba un salto de esos que van en contra de los principios de su personaje: Mataba, rompía cuellos, decapitaba a sus enemigos. ¿Dónde quedaba aquella princesa amazona cuya misión entre los hombres era predicar la paz y el amor? Las ventas la borraron de un plumazo y también le hicieron usar tanga, que por otra parte es algo supercómodo para luchar contra tus enemigos. ¿Verdad? Tendríamos que ponerles tanga a todos los superhéroes a ver cómo se desenvolvían. Daría para un cómic la mar de divertido.

No contentos con eso, Wonder Woman también perdió su título de Wonder Woman y hasta su traje, gracias a su madre. La reina Hipólita tuvo una visión premonitoria sobre la muerte de su hija y decidió salvarla quitándole lo que más amaba. Estas madres que no saben lo que hacen aunque piensen que es lo mejor para sus hijos. A Diana le quitó el título aduciendo que ya no era merecedora del mismo. Estableció una nueva competición y recayó en manos de Artemis. A partir de ahora era simplemente Diana, eso sí, vestida de cuero negro y una torera azul. Estilo noventas total.

Esta década hizo que Wonder Woman siguiera la senda de la muerte y la destrucción, cada vez más armada y violenta. Se convertía así en una máquina de guerra, indomable y poderosa sí, pero arrastrando por el suelo los ideales que la vieron nacer. En 1996 Grant Morrison en *Wonder Woman Earth One* dio otra vuelta de tuerca al personaje y lo rodeó de unas amazonas la mar de curiosas. No faltaron las escenas de encadenamiento de nuestra superheroína por supuesto. Volvíamos a la casilla uno y no para bien. Incluso en alguna otra escena se proponía encadenar a un Steve Trevor, ahora reconvertido en hombre de color. ¿Hombres negros encadenados? Por favor... Para acabar de redondear la historia, la Isla de Themyscira se había convertido en un paraíso de lesbianas que se dedicaban a hacer orgías. Las mujeres que pueblan sus páginas adoptan poses casi pornográficas incluso cuando están siendo vejadas o violadas. Señor Grant Morrison, ¿qué demonios estaba usted pensando? No hiciste lo mismo con Batman, sino todo lo contrario. ¿Por qué denigrar a Wonder Woman con un cómic como ese? ¿Os imagináis un cómic que presentara el mismo panorama para el murciélago de Gotham o para Superman? Sería impensable.

Cuando John Byrne se hizo cargo de la serie en 1995 la amazona tampoco tuvo demasiada suerte. Y aunque relanzó su imagen lo hizo a base de torturarla a diestro y siniestro. Wonder Woman muere y resucita gracias a los dioses para convertirse ella misma en un ser divino. La diosa de la verdad. En ese ínterin su madre la sustituyó como Wonder Woman. No parecía que la echasen en falta ni en la JLA. Por lo visto, Wonder Woman se había convertido en alguien prescindible y que podía ser sustituido. ¿Dónde quedaba ese personaje único que revolucionó el cómic? Otro cambio en su origen, otra reinvención innecesaria de un personaje que ya tenía una base sólida en la que sustentarse. Además, las historias parecían centrarse más en el sinfín de personajes que rodeaban a la amazona. A pesar de ser una fuerza de la naturaleza parecía siempre necesitar ayuda para acabar sus faenas. ¿Desde cuándo? Al final Byrne restituyó los poderes a la superheroína de nuevo. Diana se aburría en el Olimpo. Los noventa fue la típica década en la que te daban ganas de gritar a los cuatro vientos: ¡dejad a Wonder Woman en paz!

BIRDS OF PREY,
tú te apoyas en mí y yo en ti

En 1996 Chuck Dixon creó para DC este grupo de superheroínas formado por Black Canary y Oracle. Por primera vez, dos superheroínas se unían en una serie propia para luchar contra el crimen. Tras los sucesos que dejaron en silla de ruedas a Barbara Gordon, Batgirl tuvo que colgar la capa y transformarse en Oracle. Los ojos que todo lo ven, la ciberheroína capaz de recabar toda la información necesaria en el submundo de los criminales para combatirlos. Pero Barbara no solo quiere ser una informante privilegiada ni una hacker experta que se cuela hasta en los recónditos secretos mejor custodiados. Oracle necesita un cuerpo que entre en acción por ella, necesita alguien sobre el terreno capaz de continuar su trabajo hasta el final. Aunque tuviera todo el saber del universo, necesitaba a alguien que actuara y ese alguien era Black Canary. Una superheroína con las mismas capacidades físicas que Barbara, con su talento para actuar, con cierto regusto por saltarse la autoridad y con el suficiente potencial para ser su aliada.

Las cosas para Black Canary no iban bien. Rompió con Green Arrow, su floristería desapareció y perdió su famoso canto. Todo esto la llevó a una espiral de depresión. Oracle la llamó y le ofreció un trabajo remunerado en su equipo y con ello una nueva vida. Dinah dejó de lado sus famosas medias de rejilla y su famosa melena postiza, se cortó el pelo y se lo tiñó de rubio. Dinah cambiará de vida y se aliará con una jefa a la que no verá y con la que se comunicara a través de unos intercomunicadores en la oreja. En un principio las dos mujeres no se conocen físicamente, simplemente de forma virtual. Hasta que Dinah tiene que salvar a su jefa en el número 29 de *Birds of Prey*. Oracle, el alter ego de Barbara Gordon tras abandonar su carrera como Batgirl, rescata a Dinah de una vida que no le gustaba y le da una nueva oportunidad. Lo que no sabe es que Black Canary hará lo mismo por ella.

Aunque puede parecer que estas dos mujeres no encajan en absoluto, son demasiado diferentes y sus personalidades chocarán más de una vez, forman un gran equipo. Contrasta la jovialidad de Dinah y la frialdad de Barbara tras su incapacidad. Pero juntas han encontrado un nuevo camino. Lo importante del cómic es la relación que se establece entre las dos mujeres, su amistad que va creciendo y como se ayudan mutuamente. Dinah encontrará una nueva forma de vivir y Barbara unas piernas y un cuerpo con el que moverse por el mundo. Parece que las aventuras, aunque están ahí, pasan a un segundo plano. Black Canary será la física, el agente de campo y Oracle el cerebro de la operación. Dinah también le permitirá salir de su encierro en la silla de ruedas. Juntas estas dos mujeres superarán sus pasados y construirán un nuevo porvenir, una nueva vida en el que ambas se apoyan la una a la otra. Una amistad verdadera que irán construyendo con el paso del tiempo y las experiencias vividas juntas.

LAS REINAS
DEL BAD GIRL ART

La década fue propicia para crear también otro tipo de mujer de cuerpo perfecto y de violencia extrema, nacía el *Bad Girl Art*. Las superheroínas dejaban de tener remordimientos para pasar a matar por placer y cubrir sus cuerpos semidesnudos de sangre chorreante. Los cómics independientes se sumaron al carro imitando a Marvel y DC pero yendo un paso más allá. Estas *Bad Girls* eran mujeres cuyas familias habían sido asesinadas, que sufrieron abusos o tuvieron un pasado turbulento que las hizo volverse contra el mundo violentamente y en busca de venganza. Y además lo hacían vestidas escasamente y dándose baños de sangre. Sus características sexuales fueron realzadas al máximo y la violencia era temática habitual, algo que encantaba al público masculino. Mientras más sangre y más carne mejor. Pero estaba claro que estas mujeres no atraían para nada a las lectoras femeninas.

LADY DEATH y compañía, superheroínas sin escrúpulos

De no vender y ser cuatro a poblar las páginas de los cómics. Así se vieron las superheroínas en los noventa. Por lo visto habían descubierto la sopa de ajo: las tetas venden. Mientras sus compañeros eran dibujados con barba de tres días, músculos apretados y cara de pocos amigos, las superheroínas pasaban por el filtro del *Bad Girl Art* y se convertían en lindas *strippers* asesinas. Mujeres casi primitivas de instintos desatados, letales y mortíferas y por supuesto, abiertamente sexuales. Lady Death era un buen ejemplo de ello. Con su melenón blanco al viento, piel de porcelana y ojos blancos sin pupilas y sin vida.

Como su propio nombre indica, Lady Death estaba del lado de la parca y lo hacía además vestida con un escuetísimo bikini negro que apenas le cubría nada. En sus pechos del tamaño de su cabeza, el top del bikini lo formaban dos manos cadavéricas y en la parte de abajo tenía una calavera. Con esta imagen, Lady Death parecía más una diosa del metal gótico que una superheroína. De hecho, daba más el perfil de antiheroína, alguien a quien no te gustaría cruzarte en un callejón de mala muerte una noche aciaga. Lady Death era hija de una santa y un demonio.

Antes de convertirse en una asesina despiadada, fue la inocente Hope, una joven del medievo que se metió en un lío gracias a su malvado padre. Maldita la hora en la que se le ocurrió hacer un pacto con el diablo para escapar de una muerte terrible. Ya sabemos que los pactos con el diablo siempre tienen una letra pequeña que parece que nadie se molesta en leer. Su padre era un cruel tirano, que aunque era respaldado por la iglesia en su lucha contra los paganos, se dedicaba a la brujería en sus ocultos ratos libres. La madre de Hope, en cambio, era una mujer casi divina cuya estirpe se remontaba a los descendientes del mismísimo cielo, o sea Dios. Combinación peligrosa. Cuando el cruel tirano fue descubierto y se le persiguió, su hija fue capturada y acusada de brujería. La pobre Hope, sin quererlo, se vio en medio de una lucha que no le pertenecía y acabó pagando los platos rotos de su padre.

Ante la perspectiva de una temible muerte, Hope invocó a un demonio como le había visto hacer a su padre en alguna ocasión y firmó el susodicho pacto diabólico. Y se salvó de la muerte sí, pero fue conducida al infierno donde fue corrompida sin remedio. Allí dejó de ser Hope y se transformó en Lady Death. La joven y tierna Hope había muerto y como ya no era una dulce criatura, derrocó a Lucifer y ocupó su puesto. Una chica ambiciosa. Puede que en su anterior vida Hope fuera una buena persona, dulce e inocente, pero Lady Death hace tiempo que olvidó su pasado. Disfruta con su trabajo, disfruta con la muerte, disfruta bañándose en sangre.

La rival más mortífera de Lady Death se llama Purgatori, una diablesa vampira. Estupenda combinación. Su cuerpo es totalmente rojo, tiene cuernos, alas de demonio y por supuesto, colmillos para chupar la sangre. Sus ojos, igual que los de Lady Death son blancos por completo, sin vida, sin pupilas. Su vestimenta, un escueto bikini y botas de cuero, ambos negros. Ella y Lady Death debían tener la misma modista, sin duda. Eso o estaban de rebajas en la sección de bikinis minúsculos. Ambas se enzarzarían en luchas encarnizadas con poca ropa y poses sensuales. Lady Death fue creada por Brian Pulido y Steven Hughes y apareció por primera vez en *Evil Ernie* número 1 en 1991. Ella fue una de las heroínas más famosas del *Bad Girl Art* y abrió la veda para un nuevo tipo de superheroína: violenta, sedienta de sangre y tremendamente sexualizada.

Entre los personajes que poblaban este tipo de cómics nos encontramos también a Avengelyne, un ángel caído al que le gustaba vestirse casi como una prostituta. Avengelyne fue creada por nuestro amigo Rob Liefeld y Cathy Christian. Su primera aparición fue en 1995 en Maximum Press. Avengelyne dedicó su vida a luchar contra las fuerzas del mal. Era un ángel temido de las Huestes Divinas que servían a Dios Todopoderoso. Feroz guerrera de la verdad, mataba demonios como el que pisotea hormigas. Hasta que un día se le ocurrió cuestionar a Dios y se le acabó el chollo. En toda su magnanimidad, Dios la expulsó del cielo y la condenó a vivir en la Tierra como una sim-

ple mortal. Perdió todos sus poderes, excepto una fuerza sobrehumana que la ayudará a sobrevivir en la Tierra. A pesar de ser desterrada, Avengelyne no perdió su fe en el Señor y en la Tierra se dedicó a masacrar demonios a diestro y siniestro. Todo esto por supuesto, luciendo un monísimo y escueto bikini negro y una gran cruz sobre sus enormes pechos.

La Magdalena, era una descendiente directa de Jesucristo a través de su matrimonio con María Magdalena. En su quehacer diario se dedicaba a cortar cabezas ligerita de ropa. Era una guerrera en defensa de la Iglesia católica. Fue precisamente la Iglesia quien la crió desde niña, entrenándola duramente para luchar en defensa de la fe. Su sangre, en línea directa con la de Cristo, le daba una fuerza sobrehumana. La reclutaron en el medievo, ¿quién? Os preguntaréis. Pues la Inquisición por supuesto, quién si no. Una especie de organización secreta liderada por los cardenales de la Iglesia católica que la mandaban en sus peligrosas misiones. Estoy segura que la Iglesia estaría encantada con tener una guerrera tan fiera y efectiva entre sus filas, sobre todo una que lleva un hábito tan pequeño y seductor. La Magdalena es sustituida por otra mujer de su estirpe tras su muerte, así el personaje pervive por los siglos de los siglos desde la época medieval. Amén. Cada una de las Magdalenas tiene la habilidad de ver la verdad en el corazón de los

mortales. Su misión es intentar siempre que rediman sus pecados y vayan por el buen camino. Para luchar contra el mal, usan la Lanza del Destino con la que lancearon a Cristo en la cruz. Ahí es nada. La Magdalena apareció por primera vez en *The Darkness* número 15 en 1998, aunque también ha salido en *Witchblade, Tomb Raider, Vampirella* y en su propia serie de 12 números entre 2010 y 2011.

Ghost es el espíritu de Elisa Cameron, una mujer muerta que busca a su asesino en el mundo de los mortales. Publicado por Dark Horse, sus primeras encarnaciones tenían un diseño art-deco que marcaría al personaje. Ghost es un fantasma casi transparente capaz de atravesar paredes u objetos y teletransportarse. Aunque lo tiene que hacer a través de una especie de infierno que solo ella conoce. Ghost apareció por primera vez en Comics' Greatest World en 1993. Y después de un especial que tuvo bastante éxito en 1995 consiguió su propia serie. Las historias de este personaje se desarrollan en un universo ficticio en la ciudad de Arcadia donde Elisa murió y sigue viviendo una vida de fantasma en pos de descubrir a su asesino. Además lo hace sin recordar su pasado ni quién era. Así que su primera misión, aparte de matar a su asesino, será averiguar quién diablos es. Al parecer, Elisa era una periodista de investigación que había descubierto demasiado sobre una organización criminal. Muerta y revivida como fantasma pululará con tez mortecinamente sexy por Arcadia vestida con una capa y capucha blancas y un traje blanco que le sienta como un guante, bustier ajustado y escote hasta el ombligo mediante. Armada además con dos pistolones del calibre 45.

Witchblade por su parte fue un cómic publicado en 1995 por Imago Comics. Su protagonista era Sara Pezzini, una policía del departamento de homicidios de Nueva York que se encontró un guantalete de armadura antiguo que le daba el poder de luchar contra el crimen. Este guantalete llamado

Witchblade ha pasado de una mujer a otra a lo largo de siglos y otorga a su receptora increíbles poderes, creando además una armadura que apenas cubre su cuerpo desnudo, un cuerpo de supermodelo, por otra parte. Bonita manera de armar y proteger dejando tanta piel al descubierto. Sara se hizo con el guantalete cuando investigaba un asesinato. Fue herida mortalmente junto a su compañero, él murió pero a ella el guantalete le curó las heridas. Tras vencer a su primer villano, emprende una carrera como superheroína poderosa y peligrosa.

Angela por su parte fue creación de Neil Gaiman. Aunque tuvo que pelearse en los tribunales por los derechos del personaje con Todd McFarlane, artífice del cómic de *Spawn* en el que Angela debutó en su número 9. En su primer encuentro con Spawn, evidentemente, intentó matarlo. No es para menos, Angela se dedicaba a eliminar a los servidores del diablo. Ella era un ángel del cielo, pero no uno dulce, sino uno terrible. Era una guerrera, una cazadora implacable. Fue creada con la materia prima de varias almas de mujeres que perecieron defendiendo el bien. Es un ángel fiero y destructor con licencia sobre la Tierra para matar demonios y seres infernales. Su lanza lleva el fuego de Dios dentro y con ella elimina a todo ser viviente que se cruza en su camino con un ápice de maldad en su interior. Su armadura: un bikini de metal. Nada de túnicas y alitas esponjosas y blancas. Metal y mucha carne. ¡Faltaría más! Su encontronazo con Spawn

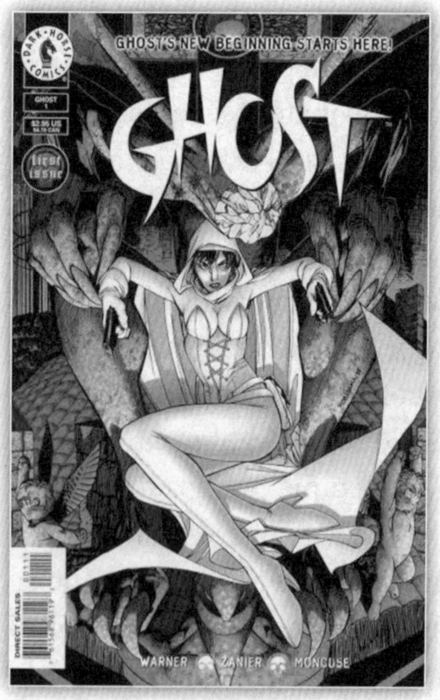

le causó más de un problema ya que casi logra matarla. Algo que causó que le retiraran su licencia para matar sobre la Tierra, pero eso a un angelito como ella no iba a pararla. Angela murió durante la batalla con Malebolgia, un malo malísimo que la ensartó con una lanza, imagen sangrienta donde las haya. Spawn entregó su cuerpo inerte y casi desnudo a los ángeles. Por morir defendiendo el bien, Angela se ganó el lugar en el cielo que se merecía, junto a Dios todo misericordioso. Ah, luego además nos enteramos que era hermana de Thor y Loki, pero eso ya es otra historia.

Razor fue creada por Everette Hartsoe para London Night Studios en 1992. Apareció por primera vez en su cómic, marcada desde sus inicios por una terrible pérdida. Su padre era policía y fue asesinado junto a su hermana por Roman Van Drake. Nicole Mitchell, que era su verdadero nombre, sufrió tal trauma que fue internada en un psiquiátrico donde fue violada. Como vemos, estas nuevas superheroínas ya no son aquellas jovencitas de pueblo que llegaban inocentemente a la gran ciudad y se convertían en heroínas. Ahora tenías que ser torturada, maltratada, violada, asesinada, vivir un trauma horrible o todo junto para poder convertirte en la protagonista de un cómic. En eso Razor lo tenía todo a su favor. Mucho después de decidir buscar venganza, Nicole descubrió que su hermana Jacklyn no había sido asesinada sino secuestrada y convertida en otra asesina por el hombre que mató a su padre, ahora su hermana se llamaba Stryke. Ambas se enfrentarían sin saber que eran hermanas. Al final Stryke mató a Razor. Pero por suerte, esto es un cómic no lo olvidemos, fue resucitada aunque con una diferencia, sus armas se habían incorporado a su cuerpo como las garras de Lobezno. Cada vez que tenía que sacarlas sufría terribles dolores al romperse la carne para que pudiesen salir. En los noventa ser superheroína no parecía un trabajo demasiado atrayente, ¿no os parece?

Lo oriental también estaba de moda, ya tuvimos a nuestra excelente y despiadada ninja en Elektra y la nueva encarnación de Mariposa Mental, pero hubo otro personaje que también siguió la senda del samurai. Shi fue creada por William Tucci y apareció por primera vez en *Razor Annual* número 1 en 1993. Se llamaba en realidad Ana Ishikawa y era la hija de un guerrero japonés y una misionera americana. Siendo muy pequeña vio cómo un asesino de la Yakuza mataba a su padre y a su hermano. Ana juró vengarse y su único objetivo en la vida fue

convertirse en una experta asesina para cumplir su promesa. Ana fue entrenada en el camino del Sohei por su abuelo, el de los monjes budistas guerreros. Así se convirtió en una asesina consumada, guerrera mortal y gran luchadora. En honor a estos guerreros japoneses de la era feudal, Ana se pintaba la cara de blanco emulando casi a una geisha. Su nombre Shi significaba muerte. Y eso es lo que ella impartía, sin compasión. Aquí también encontramos ese conflicto entre el bien y el mal de estas heroínas turbias. Su crianza por parte de madre como cristiana chocaba con sus deseos encarnizados de venganza. Con su lanza naginata y sus katanas, Shi es una guerrera implacable. El hábito de un guerrero japonés de la época feudal era muy extraño, por lo menos el que llevaba Shi. Era un tanga negro sostenido por dos finos hilos, una torera y unas medias rojas que sabe dios como se sostenían en combate mientras cortaba cabezas a diestro y siniestro y sin ligueros.

Todos estos personajes florecieron en la década de los noventa. Un nuevo tipo de antiheroína, turgente, sexual, violenta y con relaciones con lo divino y lo infernal. Eran personajes fuertes, mujeres imbatibles y aguerridas que luchaban con ferocidad pero que eran dibujadas como estrellas del porno. Parecían responder a las fantasías sexuales masculinas y por supuesto, pocas lectoras femeninas se sentían mínimamente atraídas por ellas ni sus historias. Ya no son mujeres idealizadas de cuerpos perfectos, van más allá. Son objetos de deseo, fantasías sexuales agresivas. Porque estas mujeres eran igual de violentas y rudas que sus compañeros masculinos solo que sus cuerpos eran visualmente más atractivos, pero poco las diferenciaba de los superhéroes de la época. Bueno, a pesar de luchar como leonas, mantenían un look perfecto hasta cubiertas de sangre. Si es que eso se considera un superpoder. Las historias además cada vez eran más flojas y los cuerpos más grotescos e imposibles. Las deformaciones eran algo habitual, cinturas que apenas aguantaban columnas vertebrales tan torcidas que daban miedo. Por lo visto, para poder posar sexy hay que retorcerse como un lagarto. Los noventa acabaron de capa caída para el cómic. Se había acabado el boom. Marvel entraría en bancarrota en 1996, parecía que uno de los grandes caía. Muchos otros le seguirían. ¿Qué traería el nuevo milenio a nuestras superheroínas?

CAPÍTULO 8
Las superheroínas del nuevo milenio. Encontrando su propio camino.

Las dos primeras décadas del nuevo milenio se han visto inundadas de superhéroes. En parte ha sido gracias a la explosión de películas, tanto de DC como de Marvel, que han invadido las pantallas de cine. Vivimos tiempos convulsos y turbulentos, como los que vivieron el nacimiento de los superhéroes y las superheroínas durante los años de la Segunda Guerra Mundial. Una época ideal para desear tener superpoderes y luchar contra las injusticias del mundo, que parecen multiplicarse con más rapidez y menos escrúpulos. Las vemos todos los días en las pantallas de nuestros televisores.

En 2017 veremos por fin la primera película dedicada a Wonder Woman. Pocas mujeres han sido protagonistas como superheroínas en la gran pantalla, exceptuando a la poca atrayente *Elektra* en 2005 y la olvidable *Catwoman* con Halle Berry como protagonista. Otra adaptación de Capitana Marvel está también en ciernes. Ya va siendo hora que las superheroínas se lleven también su trozo del pastel en el cine. En el cómic nuestras heroínas se enfrentaron al nuevo milenio intentando quitarse de encima la silicona y las oberturas obscenas en sus trajes. Aunque el *Bad Girl Art* seguía pegando fuerte. Los noventa dejaron su terrible marca sobre sus cuerpos.

En estas dos últimas décadas, las heroínas han intentado encontrar su papel en el mundo, eligiendo su propio camino. Y para ello han querido alejarse cada vez más de intentar imitar a sus compañeros masculinos o atraerlos sexualmente. Parece que las editoriales se han dado cuenta que las superheroínas tienen también su público y que no es exclusivamente masculino. ¡Aleluya! Más vale tarde que nunca. Así que han ido naciendo nuevas superheroínas con serie propia que además tienen un nutrido número de lectores y lectoras. ¡Milagro! Ah no, que se han dado cuenta que las mujeres son el gran público lector del que se han olvidado durante décadas. Por fin, las mujeres dejan de ser simples excusas para que el superhéroe busque venganza. Son tantas y tantas las mujeres que murieron, fueron heridas brutalmente, violadas o simplemente perdieron los poderes en los cómics, en la década de los noventa, que dan escalofríos. Pero nada como una novia asesinada a manos de un villano para que el superhéroe machote se ponga en acción. Ya sabéis, las mujeres en la nevera de las que hablaba Gail Simone.

LAS MUJERES AL PODER

Ahora las heroínas son más reales, son mujeres por derecho propio. Mujeres con personalidades fuertes, con poderes excepcionales y una misión en la vida más allá de satisfacer las fantasías sexuales de la otra mitad de la población. Y además lo hacen de maneras tan diferentes y variadas, generando personajes tan distintos e interesantes al mismo tiempo, que han aportado una riqueza al mundo de las superheroínas sin precedentes. Quizás el hecho de que haya muchas más creadoras, dibujantes y guionistas tenga algo que ver. Aunque siguen siendo una gran minoría comparada con sus colegas masculinos. Esperemos que siga siendo así en el futuro y que cada vez sea menos difícil oír esa maldita frase de: «las mujeres no leen cómics». Dadnos cómics interesantes con personajes femeninos de envergadura y los leeremos. Dadnos bazofia pornográfica o heroínas insulsas y no los leeremos. Así de simple. ¿Tampoco es tan difícil no? Las lectoras femeninas quieren personajes con los que sentirse identificadas, mujeres complejas y reales, pero con superpoderes, capaces de defenderse por sí solas y sin necesidad de que nadie las salve.

WONDER WOMAN,
el icono feminista por excelencia

El nuevo milenio se ha encontrado con una Wonder Woman reforzada, un icono con edición de sellos conmemorativos en EE. UU. para celebrar su 75 aniversario y con una película propia en 2017. Diana ha dado el salto que Batman o Superman hicieron hace décadas. Por fin, ya era hora. Wonder Woman se ha convertido en una defensora de la paz pero al mismo tiempo en una poderosa guerrera sin igual. Y ha alcanzado ese estatus, que sus compañeros de tríada alcanzaron mucho antes y con mucho menos esfuerzo, para convertirse en un símbolo. Muchas son las heroínas que se han inspirado en ella para seguir sus pasos. En 2016 era nombrada embajadora honorífica de Naciones Unidas para las mujeres y las niñas. Wonder Woman ha traspasado las páginas de cómic. Es ya un icono.

Siendo una defensora de la paz y la justicia, muchos fueron los que clamaron al cielo cuando en 2005 en el número 219 del Vol. 2 de *Wonder Woman*, nuestra heroína canónica tuvo que matar por primera vez con sus propias manos. Y lo hizo para intentar salvar a sus eternos compañeros de fatiga heroica, Batman y Superman. Maxwell Lord había conseguido controlar la mente del kryptoniano. Con ello, le hizo creer que Batman era el malvado Brainiac. Controlando a Superman y sus poderes, Maxwell Lord hizo que le diera una paliza a Batman que lo dejó para el arrastre. También le hizo creer que Wonder Woman era Doomsday y que intentaba asesinar a Lois Lane. Marrón cósmico entre superhéroes.

Ante la disyuntiva de intentar parar a Superman, cosa harto difícil sin hacerle daño, Diana usó su lazo de la verdad para capturar a Maxwell Lord. Y este le confesó que la única manera de parar a Superman era matándolo a él. Así que eso fue lo que Diana hizo. Y lo hizo con la dificultad que esa decisión puede pesar sobre la ideología que, como amazona en pos de la defensa de la paz y el entendimiento, proclamaba nuestra heroína. A pesar de ser una guerrera con todas las de la ley. Sus compañeros en vez de agradecerle que les salvara la vida, la repudiaron. El público también. Siempre hay una manera mejor de resolver las peleas con los villanos que matarlos pero ante situaciones tan complicadas como aquella,...Cabe preguntarse, si Wonder Woman hubiera sido Batman o Superman, ¿se la hubiera criticado tanto? Al final sus compañeros perdonaran a Wonder Woman. El mundo que la había enjuiciado pasaría página, es cierto. Pero la vergüenza y el oprobio que pasó fueron injustas.

Tras la muerte de Maxwell Lord, Wonder Woman buscó encontrarse a sí misma adoptando la identidad de Diana Prin-

ce de nuevo y trabajando como agente secreta para el departamento de Asuntos Metahumanos. Más allá de la princesa amazona y de la superheroína existía una mujer y Diana quería descubrirla y nosotros con ella. Donna Troy, Wonder Girl, adoptará el papel de la amazona, mientras nuestra heroína intenta buscar su misión en la vida. Muchas heroínas del nuevo milenio verán la duda ante sus ojos y buscarán un nuevo futuro, un cambio que finalmente les dé el respeto que se merecen.

Wonder Woman encontró en 2003 y hasta 2006 a la persona que le devolvió su esplendor tras unos años de mediocridad y no es otro que Greg Rucka. En sus historias el personaje recobraba la importancia y la presencia que siempre tuvo que tener, explorando los aspectos más complejos del mismo. Poniéndose al servicio del personaje y no poniendo al personaje al son de las ventas o los deseos de los lectores masculinos. Contando historias, buenas historias que hacían entender la importancia que un personaje como el de Wonder Woman ha tenido culturalmente en el cómic y en la sociedad, como modelo de mujer. Ya había descrito mucha de la moral e idiosincrasia del personaje en su excelente novela gráfica *Wonder Woman: Hiketeia*. Y en sus historias volvió a recuperar el pulso a la mitología tan característica del mismo.

En 2007 Gail Simone se convirtió en la mujer que más tiempo ha estado escribiendo las historias de la amazona. No era la primera ya hubo otras antes, aunque brevemente, como Trina Robbins. Wonder Woman se convertía con Simone en la encarnación moderna de aquella heroína que nació en los años cuarenta. Sus personajes son mujeres fuertes, creen en sí mismas y no necesitan el refrendo de sus compañeros para sentirse poderosas ni mucho menos deseadas. Con el relanzamiento de DC de todas sus colecciones con The New 52, en 2011 Brian Azzarello junto al dibujante Cliff Chiang se hicieron cargo del personaje. Una etapa en la que Wonder Woman profundizaba en la mitología griega y en el que se volvía a explicar el origen del la heroína. Y ya van...¿Cuántas veces hace falta explicarlo de nuevo? Que sí, que los nuevos lectores tienen que saber de qué va la historia. Pero, ¿no basta con un simple *flashback*? ¿Hay que crearle un nuevo comienzo?

En esta ocasión nos encontramos con una Wonder Woman poderosa guerrera y defensora de los inocentes de vuelta en la Isla de Themyscira para proteger a una joven Zola, preñada de Zeus y perseguida por la ira de Hera. Una Wonder Woman que descubre su verdadero origen. Es hija de Zeus y no una niña de arcilla como antes había creído. Arcilla es el insulto que sus hermanas amazonas le espetaban de pequeña para marcar algo que Diana tenía claro, que ella era diferente a las demás y que no encajaba. Y tanto, su futuro no era quedarse en aquella isla, su futuro era mucho más importante, ser parte de la historia. Pero este nuevo descubrir le hará cuestionarse muchas cosas sobre sí misma y la realidad a la que hasta ahora creía que pertenecía. Se verá sin amazonas, sin madre, sin nada. Los secretos tienen un precio. Y Diana alcanza la divinidad de nuevo como Diosa de la Guerra, nada menos. Difícil situación.

Tras un paso más que olvidable del matrimonio Finch como equipo creativo, en el que la amazona parecía perder entereza a marchas forzadas, Greg Rucka volvió a tomarle el pulso al personaje en *Wonder Woman: Rebirth*. Una historia que nos explica cómo se siente la poderosa amazona y qué es lo que ha vivido en los últimos años. Wonder Woman se enfrenta a sí misma y a sus circunstancias. A lo que es y lo que representa. Con tantas veces como las que ha vivido un nuevo comienzo, Wonder Woman perdió su esencia y su verdadera historia. Tantos inicios, tan diferentes, por motivos tan innecesarios, ya no sabemos qué hay de cierto y de falso en su historia. Diana deberá luchar contra su pasado y asentar su futuro. Un descenso a los infiernos en el que tendrá que luchar contra sus demonios personales. Vengan vientos y mareas, no importa, Wonder Woman está ahí para luchar contra lo que haga falta. Por eso es la gran superheroína del cómic. Nada ni nadie, podrá con ella.

BIRDS OF PREY, tres no son multitud

En 2003 Gail Simone se hizo cargo también de las historias de *Birds of Prey* introduciendo al personaje de la Cazadora o Huntress primero y más tarde a Lady Blackhawk, un personaje rescatado de los años cuarenta. Black Hawk se llamaba en realidad Zinda Blake y se convertiría en la piloto del grupo. El dúo entre Black Canary y Oracle se ampliaba. El cómic dejaba de ser un reflejo de la amistad de estas dos mujeres para formar una comunidad femenina de superheroínas. Oracle seguía siendo el cerebro de la operación y Black Canary, su mejor amiga. Cazadora en cambio era una mujer dura pero necesitada. Una superheroína ruda y expeditiva cuando se ponía la máscara. Las tensiones entre Oracle y ella fueron evidentes desde el principio, aunque Black Canary actuó siempre de intermediaria. Fue ella precisamente la que sugirió que Huntress se convirtiera en miembro permanente del grupo.

Reclutada por la propia Oracle, Lady Blackhawk fue la primera mujer en entrar en la famosa unidad de pilotos *Blackhawks* durante la Segunda Guerra Mundial. Una mujer hecha a sí misma, que supo entrenarse en combate por su cuenta y formar parte de la élite aérea. Cuando Oracle le ofreció unirse a su grupo, necesitaba un cambio y aceptó en seguida. Cuatro personalidades que se complementaban. Se ayudan, trabajan juntas y se convierten en una especie de hermandad femenina. Mucho más tarde, otras mujeres entraron a formar parte del equipo como Big Barda, Manhunter, Catwoman o Katana, entre otras. Cada una de ellas diferente, aportando diversidad y variedad de caracteres al cómic. Y al contrario que en los cómics plagados de hombres en los que las mujeres son minoría y suelen ser el objeto amoroso de sus compañeros, aquí los hombres, otros superhéroes, colaboran con ellas, trabajan codo con codo, como iguales. *Birds of Prey* es uno de los pocos cómics con personajes femeninos que ha sobrevivido más de diez años.

En esta época las superheroínas adoptan una vida más allá de su papel como tales. Black Canary, por ejemplo, abandonó al grupo tras adoptar a una niña asiática a la que había rescatado. Oracle por su parte se convierte en mentora de nuevas generaciones de superheroínas. Acoge a Misfit, una heroína más joven y también es como una figura maternal para las siguientes Batgirls como Cassandra Cain o Stephanie Brown. Y lo hace entrenándolas y ayudándolas, dándoles apoyo. Cassandra fue entrenada para ser una asesina por sus padres. Nunca le enseñaron nada salvo como leer a las personas para saber matarlas. Barbara será para ella como una madre. La ayudará a encontrar su camino. A Stephanie, tan diferente de Cassandra, la torturaron y asesinaron de manera brutal siendo Batgirl. Otra mujer en la nevera que al final fue revivida, maravillas del cómic. Barbara se encargará de cuidar de ella y darle un nuevo sentido a su vida. Con Misfit, llamada Charlotte Gage-Radcliffe y con poderes de teletransportación, pasará lo mismo. Abrirá las puertas de su casa a esta huérfana necesitada de guía y la entrenará para convertirse en una figura parecida a Batgirl. En cambio con Proxy, tras la que se esconde Wendy Harris, también en silla de ruedas, será diferente. Se acercará a ella como Oracle y la ayudará desde una nueva perspectiva. Fomentando sus habilidades intelectuales, entrenándola como si de una nueva Oracle se tratase.

Oracle se convirtió en un personaje diferente, que permitía que una persona en silla de ruedas pudiera ser considerada una superheroína. Un ejemplo, un modelo de superación para muchos y muchas fans de la serie. Lástima que su milagrosa recuperación hiciese que el personaje como tal desapareciese en *Batgirl: Year One*. Aunque supusiese su recuperación como Batgirl. Es curioso que a pesar de ser el personaje central de la serie, apareciera muchísimo menos que sus compañeras en portada. Debían pensar que poner a una mujer en silla de ruedas en la portada de un cómic no vendería. Portadas por otra parte, bastante sexualizadas, eso que nunca falte, ¿eh?

La serie en sí sufrió uno de los nuevos relanzamientos de DC con su The New 52 en 2011. Sus 52 cómics principales que continuaron publicándose. *Birds of Prey* continuó ya sin Oracle hasta 2014, cuando ella recuperó su movilidad. Por suerte,

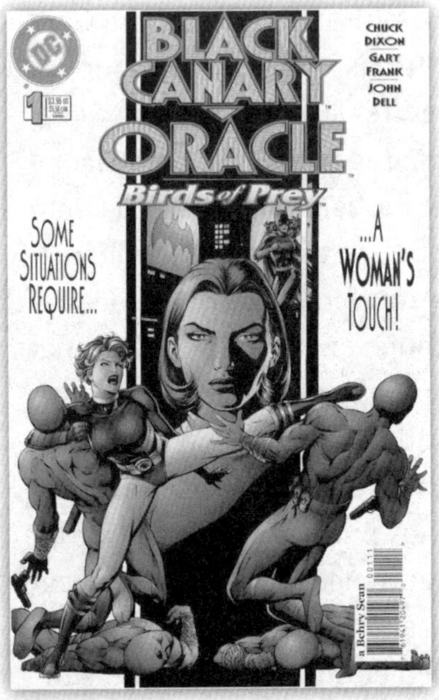

han vuelto a rescatar al equipo en 2016 como *Batgirl and the Birds of Prey* dentro de la serie DC Rebirth en la que DC ha relanzado de nuevo todos sus cómics en marcha. ¡Pero mira que son cansinos! ¿Cuántas millones de veces van a empezar todos los superhéroes de nuevo? Cuando se les acaban las ideas, boom, relanzamiento. Empezamos todos los cómics desde cero y a ver qué pasa. Al final lo único que consiguen es que los lectores se cansen.

En *Batgirl and the Birds of Prey* tenemos a sus tres miembros originales: Barbara Gordon como Batgirl de nuevo, Black Canary y Huntress. Unidas de nuevo para cazar a un criminal que se hace pasar, precisamente, por Oracle. Las hermanas Julie y Shawna Benson se encargan de las historias, continuando con la tónica de mujeres que escriben sobre mujeres. Los personajes vuelven a conocerse, a encontrarse, a tomarse el pulso. La química está ahí. Aunque muchas de sus historias sirven para asentar las nuevas bases de este renacimiento general, el equipo está unido y parece que tendremos *Birds of Prey* para rato.

SUPERWOMAN,
Superman ha muerto. ¿Y ahora qué?

En 2016, DC ha lanzado su nuevo cómic de *Superwoman*, pero no es la primera vez que el personaje había aparecido. De hecho la primera Superwoman de la historia fue la propia Lois Lane en el número 60 de Action Comics. Pero antes de hablar de Superwoman, centrémonos un poco en la intrépida reportera perdidamente enamorada durante décadas del hombre de acero.

Lois Lane nació en 1938 en el número 1 de Action Comics junto a Superman, por supuesto. Siempre ha vivido pegada a él. Era una mujer arriesgada, con una carrera como periodista siempre a la busca del mejor titular. Una mujer del siglo XX, cosmopolita e independiente. Superman en cambio era un pueblerino con superpoderes recién llegado a la gran ciudad, Metrópolis. La antítesis total de Lois, vamos. Pero mientras Clark Kent era un soso, Superman era un dios y de ese dios cayó prendada Lois. Y será lo que la motive más, descubrir la verdadera identidad del gran superhéroe. La noticia de su vida. Lois estará dispuesta a todo por ello.

Pero mientras en los años cuarenta la señorita Lane era una resuelta reportera en pos de la noticia, se transformó en los años cincuenta en una Lois enamorada en busca de marido. Sí, queridas y queridos, la mujer ideal es la que quiere formar una familia y Lois no iba a ser menos. Adiós independencia, adiós. ¿Quién quiere un trabajo cuando puede cazar al superhéroe más poderoso del Universo? Un buen ejemplo de todo esto que os cuento es la propia serie de Lois Lane como protagonista, el cómic se llamaba, agarraos bien: *Superman's Girlfriend Lois Lane*. No era Lois Lane, intrépida reportera no, era la novia de Superman. Empezó en 1958 y era una mezcla entre romance y aventuras dirigido descaradamente a atraer al público femenino.

Con los años, Lois incluso adquirió poderes como visión de rayos X o invisibilidad. Pasó por mil transformaciones. En el número 60 de Actions Comics apareció como Superwoman por primera vez. Lois soñaba que había adquirido superpoderes gracias a una transfusión de sangre de Superman y se transformaba ella misma en superheroína. Pero fue solamente un sueño. Más tarde unos magos le lanzaron un hechizo que le hizo creer que tenía de nuevo superpoderes. Superman tuvo que hacer el papelón interfiriendo en las aventuras de Lois para evitar que se hiciera daño y realizar las proezas que ella creía estar realizando. Una mera ilusión. Muchas han sido las ocasiones en las que Lois ha adquirido poderes de prestado pero siempre por supuesto de manera temporal o de forma ilusoria. No podía haber una Superwoman que le hiciera sombra a Superman.

Lois siempre volvía a su papel de enamorada de superhéroe. El nivel de idiotez por el que hacían pasar al personaje daba ganas de tirarse de los pelos, sobre todo en los cómics de *Superman's Girlfriend Lois Lane*. En alguna que otra ocasión cuando Lois quería ver a su superhéroe favorito simplemente se tiraba por la primera ventana que veía, total, sabía que él vendría ipso facto a rescatarla. Lamentable. Además Lois siempre mostró un desprecio inmenso hacia Clark Kent, inversamente proporcional a la obsesión que tenía por casarse por Superman. Esta obsesión es tal en su propio cómic que casi convierte al personaje de Lois en un ser desagradable. Más de una vez, Superman acababa riñendo a Lois por las tonterías que hacía, que la ponían a ella y a las personas que la rodeaban en peligro. Lane parecía más una *stalker* que una mujer con dos dedos de frente. ¿Os imagináis al gran Superman haciendo lo mismo? A nadie se le ocurriría escribir una historia así, pero claro, él es Superman y Lois, era una mujer.

Por supuesto, cualquier otra fémina que se arrimase a Superman era una rival en potencia. Sobre todo Lana Lang, amiga y amor de adolescencia de Clark/Superman. Incluso le pasó con Supergirl. Los celos, los celos. Tontita, enamorada y celosa. Menuda ganga de personaje. ¿Dónde quedaba la intrépida reportera? Por suerte en los sesenta las cosas cambiaron algo. Lois se hizo más independiente y su historia no estaba tan condicionada por su amor por Superman. En los setenta el personaje se vuelve más feminista y reivindicativo pero perdió su propio cómic en 1974. Lois Lane no desapareció, por supuesto, pero ya no tendría su propia serie.

En 2016, Lois se convierte de nuevo en Superwoman en su propio cómic dentro de la serie DC Rebirth. Tras la muerte de Superman, tanto Lois como Lana adquieren los poderes del kryptoniano. Así que tenemos a dos Superwoman en acción. Dos mujeres unidas para mantener vivo el legado del hombre de acero. Alguien tiene que defender Metrópolis. Lamentablemente Lois muere a manos de una nueva enemiga Ultrawoman, un clon de Superwoman malvada (detrás de ella se esconde también, Lena Luthor, una nueva y poderosa supervillana hermana de Lex Luthor). Lana será a partir de entonces la nueva Superwoman. Una lástima no poder ver a las dos mujeres, antes rivales, juntas defendiendo el bien durante más tiempo. En la explosión que mató al kryptoniano, Lois adquirió los poderes de Superman mientras Lana obtuvo la habilidad de absorber la energía solar y manejarla a su antojo.

Lana Lang por su parte, nació en 1950 como el primer amor de juventud de Clark Kent y lo hizo en el número 10 de *Superboy*. Como adolescente compartió momentos con Clark en su Smalville «natal». Ella fue de las primeras personas en conocer de la verdadera naturaleza de Superman. Y en ocasiones fue causa de los celos más enconados de Lois. Pero ahora Lana es diferente. Tiene una mochila de dolor a la espalda. Murieron sus padres, su hermano y ahora también Superman y Lois. Se había quedado sola. Se enfrentará a sus poderes desde la pérdida y el dolor. La ansiedad y ese miedo a perder de nuevo a los que le rodean marcará la lucha interna de esta nueva superheroína que nos muestra a una Lana diferente a como la habíamos conocido. Una mujer que tendrá miedo de hacerse cargo de unos poderes que le han caído sin pedirlo y sin quererlo. Y contará con la ayuda primero de Lois Lane y después de su pareja, John Henry Irons, más conocido como Steel; su sobrina Natasha Irons y la policía Maggie Sawyer. Las mujeres que surgieron del entorno de Superman por fin toman la delantera y se erigen en superheroínas por ellas mismas. Aunque sea a costa de ganar sus poderes tras la muerte de Clark Kent. Lana vestirá ahora la famosa S en el pecho y lo hará como una superheroína del siglo XXI. Esperemos a ver qué nos depara el personaje.

CAPITANA MARVEL, reformándose en icono feminista

La Capitana Marvel ha renacido. Carol Danvers tiene por fin el personaje que se merece. Después de haber sufrido lo indecible en el universo del cómic, Carol ha conseguido el lugar que le correspondía. Y además Marvel ya ha anunciado que será protagonista de una de sus próximas películas. Las cosas parece que están cambiando al menos para esta superheroína de pasado truculento. De 1977 hasta 2012 Carol Danvers fue una de las encarnaciones de Ms. Marvel, pero en 2012 adquirió el título de Capitana Marvel con el que se le conoce hoy en día. Como Ms. Marvel fue miembro de los Vengadores, aunque allí no tuvo mucha suerte, ya os lo he contado. Pero actualmente es miembro de Alpha Flight, una fuerza de superhéroes que intenta parar amenazas a lo largo de la galaxia antes de que lleguen a nuestra adorada e indefensa tierra. La primera línea de defensa. La Capitana Marvel se hace interestelar y cruza las barreras del espacio.

Ms. Marvel es una de las superheroínas más poderosas de la tierra pero ese poder no se ha visto reflejado en sus historias a lo largo de las décadas. Creada en 1968 por Roy Thomas y Gene Colan, aunque empezó como un personaje secundario, pronto tuvo la suficiente entidad para seguir su propio camino. En 1977 Carol Danvers se convirtió en Ms. Marvel, un nombre que presagiaba la intención de la editorial de crear un personaje que empoderase a las mujeres. Llevaba el nombre de la misma, así que debía representar a una mujer independiente y poderosa. Pero también es cierto que nacía como reflejo de un hombre. En vez de crear un personaje nuevo, en Marvel decidieron crear una versión femenina de un personaje masculino que ya existía.

Tras su bochornosa historia, ya os he relatado la violación y el embarazo alienígena no deseado que tuvo que sufrir, por fin parece que el personaje ha tomado el camino correcto. Ms. Marvel empezó como una de las fuertes apuestas feministas de Marvel pero acabó vilipendiada y ultrajada incluso por sus propios compañeros Vengadores. Ya era hora de que se resarciera. Gracias a Kelly Sue DeConnick, Ms. Marvel continúa sus historias ya como la Capitana Marvel. A partir de 2012, se cortó la melena, se quitó la máscara que la acompañaba y dejó de lado un traje minúsculo que enseñaba más carne de lo deseado. Ahora luce un atuendo nuevo acorde con una de las superheroínas más poderosas del universo. Ms. Marvel desaparece para dar paso a la Capitana Marvel.

Ya no es una simple acompañante, ha liderado a los Vengadores, ha salvado al Universo. Como el propio Capitán América le decía en la nueva serie de 2012, era el momento de dar un paso adelante y recoger el legado del Capitán Marvel. Sin miedo.

Había nacido una nueva superheroína, una respetada y apoyada por sus compañeros. Atrás quedaban aquellos bochornosos momentos en los que Iron Man o Thor se alegraban de que se marcharse con su amante/hijo, el que había nacido después de su violación intergaláctica. Sus propios compañeros nunca entendieron que en un principio no aceptase a aquel niño que no quiso y le fue impuesto. Incluso la trataron de mala madre. Ellos fueron los que luego la ayudaron a marcharse con su supuesto hijo, ahora amante, a otra galaxia bien lejos. Leer sus «aventuras» en aquellos momentos era bochornoso. La historia de Carol Danvers fue un culebrón trágico en toda regla. Ni Corín Tellado en su día más retorcido podría haberse imaginado un final como ese para Ms. Marvel. Ahora todo aquello quedaba atrás, por fin. Carol Danvers había vuelto para convertirse en una de las grandes superheroínas del nuevo milenio y de qué manera.

En su cómic, las mujeres además son protagonistas. Lo son sus amigas, como su mentora la piloto Helen Cobb, su ayudante Wendy o su gran amiga Spider-Woman. Todo un elenco de mujeres fuertes que dan apoyo a la heroína. Este es el tiempo en el que las mujeres se apoyan unas a otras y forman comunidad. Pero sobre todo Carol Danvers se hace protagonista absoluta de sus historias con su personalidad arrolladora, su encanto, su ironía y su macarronería. La Capitana Marvel da un paso hacia atrás en su historia para mirar al pasado y remontar el vuelo. Y si volar es lo que más desea, cómo no iba a adorar volar en el espacio, ir más lejos todavía y eso es lo que nos ofrecen sus nuevas aventuras. Larga vida a la Capitana Marvel y buen vuelo.

THOR,
al final era una mujer

Marvel sigue en su línea de sacar una versión femenina de uno de sus superhéroes masculinos, en vez de crear uno nuevo. Fue el caso de She-Hulk, pero algo hay diferente en este nuevo Thor. Como el escritor de la serie, Jason Aaron, afirmó: «No es She-Thor. No es Lady Thor. No es Thorita. Es Thor». Es diferente a cualquier otro Thor que hayamos visto. Muchos hombres habían sostenido el martillo del dios del trueno, pero nunca una mujer lo había hecho. Al menos no en esta realidad y sin que fuese uno de los famosos What if? En los que se especulaba con qué hubiera pasado si...Thor fuera una mujer. Pero ya iba siendo hora que fuese una realidad. ¿No os parece?

Por lo visto Thor ya no es merecedor de portar al Mjolnir que le concede sus poderes, su famoso martillo. Es hora de que se retire y deje paso a un nuevo Thor. Y ahora será una mujer. La sorpresa fue mayúscula cuando Marvel anunció en 2014 que Thor cambiaría de sexo. Y las críticas empezaron a llover. ¿Por qué es tan difícil de imaginar a un dios del trueno en femenino? No nos olvidemos de las poderosas valkirias que han poblado la mitología nórdica y que también daban mucha guerra.

Thor se convirtió así en el octavo cómic con protagonista femenino por el que apostaba Marvel. Lo que os decía, parece que se han dado cuenta de que las mujeres y las adolescentes también leen cómics. Bienvenido sea ese nuevo despertar si nos brinda más personajes femeninos. Aunque su identidad se mantuvo en secreto durante un tiempo pronto se desveló quién se escondía tras la máscara que lucía este nuevo Thor. Era nada menos que Jane Foster, el antiguo amor del dios del trueno. ¿Recordáis cuando Jane era simplemente la mujer a la que Loki secuestraba para putear a Thor? Lo de las mujeres en la nevera se repetía hasta la saciedad. Ahora, el personaje había crecido lo suficiente como para tomar más entidad. Jane estaba viviendo un momento duro en su vida, su propia batalla contra un cáncer de mama. Su tesón y su determinación para superarlo, es algo que la convierte en una superheroína. Jane es merecedora de Mjolnir.

Jane Foster apareció por primera vez en 1962, en Journey into Mystery número 84 y siempre fue una secundaria en las historias de Thor. La novia del dios nórdico. Durante muchos años, Jane fue la enfermera que atendía la consulta del Dr. Donald Blake, el cuerpo mortal que alojaba a Thor en la Tierra. Aunque más tarde se convirtió ella misma en doctora. Pero han tenido que pasar décadas para que Jane blandiera el Mjolnir por primera vez y se convirtiera en Thor, la diosa del trueno, ocupando su lugar también en los Vengadores. Thor Odinson, mientras tanto, siguió buscando su camino como superhéroe con el nombre de Odinson. Cuando Jane sostiene a Mjolnir gana los poderes que tenía Thor como fuerza sobrehumana, velocidad, poder para volar y por supuesto control sobre los truenos. Además posee un poder que sus predecesores no poseían sobre Mjolnir, cambiar su trayectoria y velocidad en el tiro medio y girar alrededor de sus enemigos para atraparlos.

Pero repasemos cómo acabó Jane Foster convertida en Thor. Nick Fury le contó a Thor un secreto que nunca debió contarle y eso es lo que lo convirtió en desmerecedor de sujetar el divino martillo. Y aunque lo intentó y lo intentó, el martillo permaneció en la superficie de la luna esperando a alguien digno de su poder. Odín había vuelto a Asgardia exigiendo que su mujer Freyja le devolviese el poder y ella regresase al lugar que le correspondía, a un segundo plano. Por lo visto, en el mundo de los vikingos las mujeres tienen que volver al redil. Y ese es uno de los grandes elementos iniciales de la historia de Jane Foster como Thor. Odín la considera una ladrona y Thor se niega a reconocerla como su sucesora. Con Thor sin poder y sin Mjornir, la amenaza de los gigantes de hielo pone a los diez reinos, sobre todo a la tierra, en peligro. ¿Quién la defenderá? Siempre tiene que haber un Thor y una figura misteriosa se acerca a Mjolnir, lo coge y lo alza de nuevo. ¡¡Oh dios mío, es una mujer!! Media comunidad comiquera se ha caído de la silla del susto. La otra, sonríe.

Lo mejor de todo es que no tiene supertetas sino un cuerpo proporcionado. Alabada sea la nueva diosa del trueno. Como os he comentado, en un principio desconocemos la identidad de esta nueva Thor. Pero pronto descubrimos que detrás de la nueva diosa del trueno está Jane Foster, luchando contra viento y marea para superar el cáncer que la está matando. Cuando Jane se transforma en Thor nada puede con ella, ni siquiera la enfermedad, pero una vez deja a Mjolnir, el cáncer vuelve a golpearla. Lucha constante, dolorosa y debilitante contra una enfermedad horrible que muchas mujeres viven hoy en día. Nadie parece sospechar que la débil Jane sea Thor. Al menos de momento. Y aunque Thor Odinson se negaba en un principio a aceptarla y la veía como una impostora, su fiereza ante la lucha, su determinación y su dominio de Mjolnir le hacen repensárselo. No así Odín, que cegado por su deidad y su ego perseguirá a Thor para arrebatarle el martillo que considera suyo.

Durante las páginas de las aventuras de Thor, se la cuestiona constantemente por ser mujer. Lo hacen los gigantes de hielo, lo hace Loki, Odín,...Pero encontrará en Freyja, la reina de Asgardia, a su mejor aliada. Las mujeres se apoyan unas a otras y cuando Thor necesita ayuda, no duda en hacerse con una armada de superheroínas para combatir por el derecho de ser el nuevo Thor. Además callará muchas bocas haciendo bien su trabajo y luchando ferozmente para salvar al mundo. No hay duda de que este Thor no tiene nada que envidiarle al original y que el personaje ha ganado en profundidad. Está aprendiendo a ser Thor, se está descubriendo a sí misma y las posibilidades que le ofrece esta nueva vida. Y nosotros con ella. Esta mujer no es Lady Thor ni Thorita, no. Brindemos por ella con hidromiel, por ¡THOR, la diosa del Trueno!

A-FORCE,
el superequipo femenino

De la misma creadora de las nuevas aventuras de Ms. Marvel, G. Willow Wilson junto a Marguerite Bennett, nos llegó en 2015 *A-Force*. Una fuerza totalmente femenina formada por la Capitana Marvel, Nico, Dazzler, Miss America, Loki, She-Hulk, Spider-Woman, Medusa y Nico Minoru pero a la que se unen muchas otras superheroínas. Es el primer grupo de Vengadoras femeninas, si no contamos a las Liberators de Valkyrie. La serie formaba parte del *crossover* Secret Wars de Marvel. Otro lío más en el que perdernos a la hora de seguir historias y universos marvelianos. En él nos encontrábamos a los Vengadores desmantelados. Tras la guerra, todo el universo Marvel ha desaparecido y solamente sobrevive una especie de mundo alternativo llamado Battleworld, fragmentado con partes totalmente separadas las unas de las otras. Una de ellas es la isla de Arcadia, una especie de paraíso feminista donde las A-Force mantienen la seguridad de la población.

A-Force es un grupo de superheroínas muy diferentes las unas de las otras, que se contraponen y se complementan y sobre todo que están al mando. Porque aunque también hay superhéroes en el cómic, las que mandan son ellas. Y todas se apoyan las unas a las otras como en una hermandad. She-Hulk a la cabeza y Medusa también, dirigen al equipo. Aunque hay un equilibrio entre She-Hulk, la ley en Arcadia y Medusa, mucho más temperamental. ¿Quién se lo iba a decir a la mujer de verde?, que ella iba a ser la de la mente templada del grupo. A menudo chocarán pero siempre lucharán por el bien común. Las mujeres por fin toman la palabra y deciden.

En este mundo aparece un nuevo personaje, Singularity, una galaxia en sí misma. Un ser poderoso que surge de la nada y que es nueva en un mundo del que desconoce todo y al que entrará de la mano de Nico. A través de sus ojos aprenderá a diferenciar el bien del mal. Nuestras heroínas se vieron luchando contra Sharknado, siendo traicionadas por unas de las suyas y finalmente combatiendo una horda de zombies. ¿En serio? Aunque el punto fuerte del cómic son los propios personajes, su entereza, su fuerza y su valor por separado y como equipo.

Después cuando Secret Wars terminó y el Universo volvió a su «normalidad» marveliana, nuestras heroínas no recordaban nada de lo pasado anteriormente y A-Force desgraciadamente dejaba de existir como tal, aunque intentó revivirse. Lamentablemente la historia fue corta y en 2016 desapareció por falta de ventas, a pesar de las buenas críticas. El universo que nació en Arcadia se esfumó y con él, el equipo femenino más impresionante que ha presentado Marvel al mundo. Una lástima.

LAS NUEVAS GENERACIONES
DE SUPERHEROÍNAS

El nuevo milenio ha traído una nueva generación de superheroínas jóvenes: adolescentes e incluso niñas. Personas que hace unas décadas habrían sido consideradas víctimas fáciles, indefensas y a proteger, reclaman su derecho a ser protagonistas. Y lo hacen revelándose con unas seguridad aplastante y una fuerza impensable hace unos años.

Nuevos personajes como Moon Girl o X-23 y nuevas encarnaciones de superheroínas ya conocidas como Ms. Marvel, Supergirl o Batgirl. Todas ellas han recogido el testigo de las mujeres que poblaron las páginas de los cómics durante décadas para demostrar que ya no necesitan ser salvadas. Llega la revolución.

MS. MARVEL,
la primera superheroína musulmana

Con el renacimiento de Carol Danvers como Capitana Marvel, Ms. Marvel no ha desaparecido del universo del cómic, sino que se ha transformado. Una mejor superheroína para uno de los personajes que peor lo había pasado en la historia del cómic. Poderosa y segura de sí misma, nada que ver con el pasado tormentoso que tuvo que vivir la anterior Ms. Marvel. Un pasado de violación, humillación, amnesia y demás vejaciones. Ms. Marvel es una nueva Ms. Marvel, un gran cambio. Otra mujer ha cogido el testigo. Ahora es Kamala Khan, la primera superheroína musulmana del universo Marvel en tener su propio cómic. Dando así un poco más de diversidad a un mundo de superhéroes que además de ser masculino, en su mayoría, es blanco.

Khan apareció por primera vez en el número 14 de *Capitana Marvel* en 2013. Como admiradora de Carol Danvers, decidió seguir su ejemplo conservando su nombre. Y en 2014 ya tenía su propia serie. Las historias las escribe Gwendolyn Willow Wilson, más conocida como G. Willow Wilson. Además, el equipo creativo está formado por los editores Sana Amanat y Stephen Wacker, a parte de G. Willow Wilson como escritora y Adrian Alphona como dibujante. Dos mujeres y dos hombres, además contando como base para las historias con las experiencias de la propia Sana Amanat. La editora creció desde niña como ciudadana americana de origen pakistaní. Y no nos olvidemos de lo más importante, Kamala es dibujada como lo que es, una adolescente, sin sexualizarla. Una joven con la que muchos y muchas adolescentes podrán sentirse identificados.

La identidad de Kamala tiene un efecto claro en la manera en cómo es vista por el resto de su entorno y como la propia Kamala se relaciona con ellos. En el primer volumen de la serie Kamala quiere ser como cualquier otro adolescente americano. Pero lo cierto es que no lo es, y no por su religión o su origen, sino por los increíbles superpoderes que atesora. El título del volumen es bastante aclaratorio, *No Normal*. Kamala intenta acomodarse a la idea que tiene del superhéroe americano. Aun así, no encaja. Por eso decide, que en vez de copiar a otros cuya identidad no comparte, es mejor crear la suya propia, la que forma parte de ella y de sus ideales. Por eso, al adoptar el nombre de Ms. Marvel crea un traje que se identifica con su personalidad y sus costumbres como americana de origen pakistaní, marcando una diferencia clara. Esta soy yo y esto represento. Sus historias además son divertidas, diversas y provocadoras en el sentido de que causan que el lector o lectora

piense sobre el entorno que le rodea, reflejando la propia realidad, algo que hace mucho tiempo que los cómics de superhéroes parece que habían olvidado.

Adolescente de 16 años, Kamala Khan es una joven de Nueva Jersey de origen pakistaní que descubre que tiene poderes sobrehumanos. Segura de sí misma y de lo que estos poderes significan, Khan adoptará el nombre de su heroína, Carol Danvers, la anterior Ms. Marvel. Pero lo importante en esta historia es que Kamala Khan es una adolescente, con todas las consecuencias. Aunque se está acomodando a sus nuevos poderes hace todo lo que los adolescentes harían, desde escaparse de casa para ir a fiestas con sus amigos, enamorarse, hacer nuevos amigos,… Muchos superhéroes, como los X-Men, que descubrieron sus poderes en la adolescencia, lo vivieron como una cruz o una maldición. En cambio, Kamala Khan cree que es genial y lo disfruta. Se entrega a ellos. Kamala tiene el poder de hacer que su cuerpo aumente o disminuya a su antojo. Es una inhumana. Así que, en ese sentido se acerca a lo que sentiría cualquier adolescente con nuevos poderes. Pero también a los contratiempos que una adolescente normal y corriente puede sufrir. Además tiene que enfrentarse a los problemas que su fe le provocan, por ejemplo en su relación con su hermano mucho más conservador y tradicional o el deseo de sus padres de que no se acerque a los chicos o que respete las tradiciones.

Kamala siente confianza en ella misma mucho antes de ponerse la máscara. Eso la diferencia de muchas de sus antecesoras que tuvieron que cubrirse la cara para demostrar de lo que eran capaces. El mundo real no les dejaba sitio para existir como las mujeres poderosas que eran. Y lo mejor de todo es que es tan solo una adolescente. ¿Qué adolescente no querría ser como ella? ¿Tener superpoderes? Todos lo hemos soñado alguna vez cuando éramos niños. Aunque es un personaje nuevo, una mujer y encima musulmana, parecía que Kamala Khan tenía todas las papeletas para que su serie no fuera un éxito, pero lo fue y mucho mayor de lo que nunca nadie se había imaginado. En 2015 su cómic ganó el premio Hugo. Así que tendremos Ms. Marvel para rato.

MOON GIRL and DEVIL DINOSAUR,
la superheroína científica

Aunque Devil Dinosaur lleva unas cuantas décadas pisando el mundo del cómic, no ha sido hasta hace bien poco que se ha unido a una nueva superheroína, Moon Girl. Devil Dinosaur es un Tyrannosaurus Rex de color rojo que nació en el número 1 de su propio cómic *Devil Dinosaur* en 1978. Este dinosaurio formó durante décadas equipo con Moon-Boy, un joven de apariencia simiesca nacido en Dinosaur World. Estos personajes fueron creados por Jack Kirby para Marvel. La serie duró poco y los personajes pasaron a formar parte de otros cómics haciendo cameos de vez en cuando.

Pero en 2015, Devil Dinosaur volvió a la vida como protagonista de su propio cómic junto a Lunella Lafayette, más conocida como Moon Girl. Lunella es una una preadolescente superdotada que vive aburrida del mundo que le rodea y cuyos experimentos científicos van más allá de su imaginación. Un personaje ideal para que todos los nerds del mundo se sientan identificados. Ella es la chica más lista de su clase, casi de la ciudad entera, del planeta incluso. Su inteligencia es superlativa. Ama la ciencia pero se aburre en clase porque no le explican nada que no sepa ya. Su sueño es ir a una escuela especial donde construir artefactos, experimentar en el laboratorio y explorar todo su potencial. Nadie la comprende, está sola, no tiene amigos y se siente desplazada. Hasta que un día descubre un artilugio, la Nightstone, que la unirá a las aventuras de Devil Dinosaur. Llegará abriendo un portal que transportará a Devil Dinosaur y a los Killer-Folk, los malos del cómic, a nuestra dimensión. En esto Marvel ha acertado porque ha sabido unir las dos aventuras maravillosamente, no tienes que leerte *Devil Dinosaur* para entender la historia, así que solo tienes que lanzarte a la aventura que unirá a la chica más lista y el T-Rex colorado más salvaje.

Lunella Lafayette es inteligente y resuelta. Es una niña con carácter que no tiene miedo a lanzarse a la aventura para conseguir sus propósitos contra viento y marea, sin importarle los peligros que la acechan. ¿Quién no querría darse un paseo a lomos de un dinosaurio gigante por la ciudad de Nueva York? ¡Que levante la mano quién diría que no a tamaña hazaña! Una aventura que puede gustar a niños y adultos por igual y en la que la protagonista es una niña con superpoderes. Además de ser un personaje joven y de color, añadiendo variedad étnica al universo de superhéroes. Muchos de los superhéroes de Marvel parece que viven su don como una maldición. Lunella no. Ella es una inhumana, ha descubierto que posee el gen que aún no se ha desarrollado y pretende controlar ese cambio. No quiere que la maldición le atrape. Ese gen de adn alienígena no la va a controlar, sino que ella va a ser la que guíe su propio camino. ¿Hay algo que dé más miedo a un adolescente que el cambio en una época llena de cambios? En ese aspecto a muchos les enganchará porque habrán vivido lo mismo, pero sin superpoderes, claro.

Con citas de Marie Curie, Neil deGrasse Tyson o Albert Einstein en cada número, veremos como Lunella temerá la nube Terrigen que fluye sobre la ciudad y que despierta el adn alienígena de los inhumanos. No quiere ser una inhumana y transformarse en un monstruo. Hasta que realmente descubre que los poderes a los que teme, quizás no son tan horribles como ella pensaba. En sus aventuras se encontrará algunos invitados de lujo como Hulk en el número 3. Otra bestia pero verde. Devil Dinosaur y él se darán de tortas. Pero como dice Lunella: «En este mundo, para resolver las cosas no necesitas músculo sino cerebro». Porque Lunella es una científica, totalmente racional. Cuando Moon Girl va a rescatar a Devil Dinosaur y al final es él quien la rescata le dice que no necesita que la protejan todo el tiempo. Es una chica mayor. O al menos eso quiere, que la respeten y no la traten como a una niña.

Cuando los Killer Folk intentan secuestrarla en la escuela y les lanza sus mil inventos, le dicen que es más poderosa que el mago Thorn-Teeth. Pero ella vuelve a afirmar: «No soy un mago, soy una científica». Toda la vida le habían dicho quién ser. Sus padres, sus profesores, incluso el ADN alienígena que corre por sus venas, pero Lunella sigue su propio camino y escribe su propio presente y su futuro. Lunella se convertirá así en una nueva superheroína para un nuevo milenio. Una que ha encontrado en un dinosaurio a su mejor aliado y que nos ofrece historias diferentes, entrañables y personajes femeninos que nunca habíamos visto, atractivos y que enganchan desde la primera viñeta. Algo está cambiando.

X-23,
¿un simple clon de Lobezno?

Cuando el cómic de X-23 fue cancelado en 2011 le llovieron las críticas a Marvel. Era el único personaje femenino que tenía su propia cabecera en aquellos momentos. La protagonista era Laura Kinney, un clon de Lobezno. Una criatura creada para matar, una nueva arma X. Una historia escrita por Marjorie Liu. Pero X-23 no es simplemente un clon de Logan, es mucho más y tiene una historia diferente. Logan busca su pasado, le atormenta. Laura no. Ella creció siendo lo que es, entrenada para matar. No ha conocido otra vida. No hubo un antes de ser arma X. Además fue creada para atraer claramente a una nueva generación de lectores. Una adolescente con una terrible historia detrás. Entrenada desde el momento de su nacimiento para matar sin remordimiento para los malos y hacerlo al mejor postor. Nacida para el mal. No conoce nada diferente. Su vida es eso. Nunca tuvo la oportunidad de tener una vida normal. Fue creada en un laboratorio como un arma y así fue tratada. Nunca como una niña.

La doctora que creó su embrión acabó siendo la mujer que la dio a luz. La única persona que la trataba como un ser humano. A pesar de ello, acaba siendo casi un animal que apenas puede comunicarse con su entorno salvo matando. Pero no es culpa suya. La crearon así. Tras huir de sus captores, acaba ganándose la vida como prostituta adolescente sin hogar. Se autolesiona, aunque su factor de curación funciona a las mil maravillas. Puede hacerse todo el daño que quiera, lo siente, cierto, pero siempre se cura. Físicamente es una máquina perfecta, pero psicológicamente tiene una mente hecha trizas. ¿En serio hacía falta convertir a una niña, por muy asesina que fuera, en una puta? Seguro que había formar mejores de ganarse la vida, más con sus habilidades.

Aunque finalmente encuentra su camino por la senda de los buenos cuando se cruza con los X-Men de los que acabará formando parte. En The Killing Dream vemos como Laura se enfrenta a sus miedos, está entrenada para matar y en los X-Men tendrá que aportar su granito de arena a la lucha. Aunque muchos parecen olvidarse, Scott Summers incluido, que sigue siendo una niña y una además muy traumatizada. En esta historia, Laura aprende a encontrar su sitio en el mundo. Uno donde los adultos parecen querer decidir siempre qué es mejor para ella, sin preguntarle. Logan se convertirá en una especie de figura paterna, muy a su pesar y Laura cambiará el sentido de su vida. Al fin y al cabo, la han creado a partir de su material genético.

Y en *All-New Wolverine* dará un paso más en su historia convirtiéndose ella misma en Lobezno. En 2016, Laura tomará las riendas de la saga de Logan. Por fin X-23 abraza su destino. Aunque fue creada como un arma para matar, era algo mucho más, y con la ayuda de Logan, que se convertirá en su mentor, logrará escapar a su torturado pasado. Laura ha crecido, sigue su propio camino, por fin ha encontrado su sitio. Uno en el que sigue su curso hacia la aceptación de lo que uno es y en lo que uno puede convertirse si quiere.

Lo difícil no es matar, como le dice Logan a Laura, eso lo ha hecho millones de veces. Lo difícil es luchar contra lo que te han metido en la cabeza, contra lo que está escrito, contra lo que te han programado. Esa es la verdadera lucha y esa, Laura la ha ganado de sobras.

BATGIRL,
un nuevo comienzo

Ya nos habíamos acostumbrado a la nueva Barbara Gordon, impedida y en silla de ruedas tras el ataque fatal de Joker en *Batman: The Killing Joke*. A ese personaje que fue creciendo independientemente de Batman, que se fue convirtiendo en Oracle, una superheroína con más potencial del que nadie se esperaba. Experta hacker, dueña de la información que movía los bajos fondos, el cerebro de Birds of Prey. Y entonces, decidieron que Barbara volvería a andar. Muchas fueron las quejas, incluso de los seguidores que ya criticaron el final de Batgirl en su momento. Pero el personaje era demasiado jugoso y DC jugó la carta de la milagrosa recuperación. Era imposible que una superheroína, en una época en la que los superpoderes estaban a la orden del día, no pudiera recuperar la movilidad de sus piernas. Pero antes de eso, en 2003, DC publicó *Batgirl: Year One*. Una miniserie de 9 capítulos en la que se nos cuenta el origen del personaje y cómo Barbara se convierte en Batgirl. Así que teníamos al mismo tiempo, sus aventuras como Oracle en *Birds of Prey* y un pequeño *flashback* en el que se nos contaba cómo fueron los inicios del personaje.

Esta historia volvía a su yo de 1967. A su intención de convertirse en policía contra los deseos de su padre, el comisario Gordon. Vivía su rechazo por la policía y el FBI por ser demasiado pequeña para ser agente de la ley. La vemos vestir de nuevo el famoso disfraz de Batman que ella misma se hizo para acudir a una fiesta de disfraces y que, ante el encuentro casual de un crimen, la convirtió en Batgirl. Nos volvemos a encontrar a una joven, casi adolescente. Fue una puesta a punto antes del gran cambio. Un recordatorio. En 2011 Barbara recuperaría sus piernas y Oracle como tal desaparecería.

Gail Simone se hizo cargo de las historias hasta el número 34. La cura milagrosa llegó con dos consecuencias, la primera la desaparición de un personaje como el de Oracle, que daba visibilidad a un colectivo totalmente obviado en el mundo de los superhéroes. Un personaje tan potente y atractivo como el de Oracle, que había ido adquiriendo cada vez más fuerza, dejando atrás su pasado y superando la tragedia de quedar en silla de rueda. Era una lástima que se desvaneciera del universo del cómic. Pero en DC decidieron que era el tiempo de recuperar a Batgirl y en vez de buscarle una sustituta, como habían hecho en otras ocasiones, simplemente se inventaron un milagro médico para sus piernas paralizadas. Parece más fácil cambiar cuerpos y dibujarlos diferentes que hacerlo con las barreras sociales.

Batgirl volvía a lo grande, con serie propia. Aunque dejaba huérfanas a las Birds of Prey. Aún así, Barbara sufría de estrés post-traumático tras la experiencia vivida con el Joker. Además Alitha Martínez se convirtió en la primera mujer en dibujar a Batgirl y lo hacía además no sexualizándola como antes habían hecho. Es de agradecer. Ya que es una adolescente. Pero en la historia Batgirl deja esa comunidad de amigas que había creado para volverse un ser solitario, los murciélagos que se dedican a combatir el crimen parecen sufrir de soledad aguda. Y mientras en *Birds of Prey* Barbara tenía una relación estrecha con su familia, en Batgirl se aleja cada vez más de ella. Además el personaje es más joven de lo que era en el grupo y por lo tanto pierde aquel elemento de mentora que Oracle había fomentado. Todas sus pupilas ya no existirán. No pasa nada, borrón y cuenta nueva, seguro que si les viene bien las vuelven a resucitar sin problema.

Tras el paso de Gail Simone, en 2011 volvemos a tener una nueva Batgirl. Y nos vuelven a contar la misma historia. La vemos coser su propio traje por millonésima vez pero esta vez es diferente, esta vez no es un traje ajustado que remarque su figura, sino que se cose en una chaqueta de cuero el símbolo del murciélago y se calza unos leggins y unas botas Dr Martens. Detective consumada, demuestra sus habilidades también con los ordenadores como ya hizo Oracle, combinando aspectos de las dos realidades que han acompañado en las últimas décadas a Barbara Gordon. Eso sí, sigue siendo una joven adolescente, ha perdido la madurez y experiencia que le dio su segunda encarnación como Oracle. Pero esta vez sí, está rodeada de amigos que le ayudan y la apoyan.

Batgirl ha emprendido en 2016 nuevas aventuras lejos de Gotham. Quizás es lo que necesitaba, marcharse lejos de la sombra alargada de Batman y volar sola. En esta serie viaja hacia Oriente en busca de su libertad. Unas merecidas vacaciones como Batgirl y lo hace en plan mochilero. En su camino se encontrará metida en una conspiración en la que está envuelto un antiguo amigo. Estos murciélagos, siempre metidos en el meollo del asunto. Y claro, Batgirl tendrá que calzarse el traje de nuevo. Y nosotros encantados, por supuesto.

Mientras Bárbara estaba en su silla de ruedas, otras ocuparon su puesto como Batgirl. Cassandra Cain apareció por primera vez en *Batman* en 1999. Entrenada por Oracle como una de sus agentes en Gotham City, le fue entregado el traje de Batgirl con la aprobación tanto de su antecesora como de Batman. Como he comentado anteriormente, Cassandra fue entrenada para matar por sus padres. No hablaba, pero sabía leer los movimientos del cuerpo para predecir el siguiente paso de su oponente. Letal como era, cambió de bando gracias a Barbara que la acogió como pupila. En 2000 se convirtió en protagonista de su propia serie. Fue además una de las pocas protagonistas de cómic de origen oriental. Cassandra luchó siempre contra su pasado y el entrenamiento al que le sometió su cruel padre. Aunque esté pasado, al final podrá más que su voluntad. Y pasará a convertirse inexplicablemente en villana que vuelve al redil cambiando de nombre en varias ocasiones.

Cassandra le pasó el testigo a Stephanie Brown que apareció por primera vez en Detective Comics en 1992. De nuevo, el traje de Batgirl acoge a una renegada. Hija del criminal Cluemaster, empezó como Spoiler, una vigilante *amateur*. Al contrario que su padre, Stephanie optó por el bien. Durante un tiempo fue incluso Robin y más tarde ocupó el puesto como tercera Batgirl. De 2009 a 2011, fue la protagonista absoluta del cómic de *Batgirl*. Aunque en 2014, el personaje volvió de nuevo a ser Spoiler, borrando cualquier trazo de su existencia como Batgirl. Ya sabéis, en el cómic todo vale. Si se tienen que borrar vidas enteras, se borran.

Stephanie no tuvo mejor suerte como personaje. Su final, otro para la lista de mujeres en el congelador. Fue secuestrada y torturada brutalmente por el villano de turno. Logró escapar y salvarse aunque murió en el hospital con Batman vigilando al lado de su cama. Posteriormente fue revivida. Al parecer solo había fingido su muerte. Dejó de ser Batgirl cuando Barbara Gordon volvió a lucir el traje de murciélago. Al fin y al cabo, Batgirl siempre fue y será Barbara.

Batgirl siempre vuelve, pero los constantes cambios en el personaje la han afectado. Su vida no ha sido fácil. ¿Quizás lo habría sido si hubiera sido creada como una heroína independiente y no como una versión femenina de Batman? Ahora ya es demasiado tarde para eso, igualmente, es un personaje que marcó un antes y un después en el cómic. Un símbolo de mujer liberada, a ver si la dejan ya en paz y puede seguir sus aventuras sin acabar en la nevera de nuevo. Esta vez Batgirl se merece un nuevo comienzo sin el peso del pasado sobre sus espaldas. Y parece que lo está teniendo.

SUPERGIRL,
la historia vuelve a empezar

Gracias a la serie de televisión, hemos recuperado a Supergirl en el cómic. Ya os conté los muchos cambios que sufrió la prima de Superman a lo largo de su historia y los tumbos que dio su vida. Es uno de esos personajes de DC que se merece volver a lo grande y recuperar la dignidad perdida. A principios de los 2000 volvió con un top y el ombligo al aire y posteriormente perdió la falda a favor de un body mucho más sexualizado. La serie duró hasta 2015. Ahora y con el éxito de la serie televisiva, el personaje tiene otra nueva oportunidad. Esperemos que pueda disfrutar mejor de sus poderes. Esta nueva Supergirl nacida en 2016 de la mano de DC Rebirth es Kara Zor-El. Kara Danvers para los habitantes de la Tierra. Pasa de rubia habitante de un planeta extraño y estudiante aventajada en Krypton a adolescente morena e inadaptada en la Tierra. Volvemos a la casilla número uno.

Supergirl vuelve a ser una adolescente que acaba de llegar a la Tierra, pero necesita supervisión porque no controla sus poderes. En ese aspecto parece que no hemos evolucionado demasiado. Esta vez el control paternal viene de la mano del departamento de operaciones extranormales, no de la atenta y paternalista mirada de su superprimo. El departamento le pondrá unos padres adoptivos, Jeremiah y Eliza Danvers que intentarán hacer de padres lo mejor que pueden. Pero el Departamento no le permitirá actuar como Supergirl sin su consentimiento. Ya estamos atando corto a la superheroína. Kara es una inadaptada que no tuvo los años que su primo Clark tuvo para conocer la Tierra y sentirse como en casa en ella. Eso y su decidido carácter harán que no pueda contenerse a la hora de marcar su propio camino. Afortunadamente.

Cansada del rechazo y de no encajar decide huir a la fortaleza de la soledad que Superman se construyó en lo más helado y remoto de la tierra. Pero allí se encontrará con su primer enemigo, el Superman Ciborg. Sin embargo esta Supergirl es diferente. Cuando este ciborg que se hace pasar por su padre le dice que se aparte de su camino por su propio bien, ella afirma: «Mi propio bien lo decido yo». Kara escoge lo que quiere y como quiere vivir la vida en la tierra. Nadie le va a decir o imponer lo que hacer. Ahora ha empezado su propia historia y nada ni nadie le va a decir cómo vivirla. Por suerte, aunque algunos de los personajes siguen la historia de la serie de televisión, lo hacen de forma diferente. *Supergirl* no es un clon de la serie sino una historia con su propia personalidad. Eso sí, recuperamos la superpráctica minifalda de la que parece que no nos libramos pero con una Supergirl adolescente de aspecto realista y no sexualizada. ¡Bienvenida de nuevo, Supergirl!

OTROS TIPOS DE SUPERHEROÍNAS SÍ SON POSIBLES

Las superheroínas ya no son lo que eran. Por suerte. Con personalidades variadas y distintas recuperan el tiempo perdido haciéndose más fuertes pero también más complejas. A partir de ahora, los cómics mostrarán muchas mujeres pero también muy diferentes.

Algunas serán madres primerizas como Spider-Woman, otras tendrán un físico diferente como Faith o amarán a otras mujeres como Batwoman e incluso se resistirán a ser superheroínas como Jessica Jones. Pero todas ellas representarán un nuevo modelo de mujer: actual, libre y desprovista de complejos. Más cercana a la realidad, a las mujeres que día a día luchan para sobrevivir en un mundo de hombres, esta vez con la seguridad de que este mundo les pertenece por derecho propio.

JESSICA JONES,
colgando las botas de superheroína

Aunque Jessica Jones nació en 2001 en *Alias*. Su popularidad no ha explotado hasta el estreno de su serie televisiva en Netflix. El cómic duró hasta 2004, luego el personaje apareció en *The Pulse* dos años más y después de una década ausente, en 2016 ha estrenado su cómic como *Jessica Jones*, gracias al éxito de la serie de televisión del mismo nombre. Quizás no es una de las superheroínas más atractivas para llevar a la pantalla, pueden pensar algunos, huraña, mal hablada, violenta y expeditiva si hace falta. Pero es una heroína compleja y diferente. Nuestra protagonista es una detective privada muy peculiar.

De adolescente, Jessica Campbell se vio expuesta a químicos radioactivos tras un accidente de coche en el que murieron sus padres. Tras el mismo ella quedó en coma durante meses. Aquellos productos químicos hicieron que Jessica cambiara. Posteriormente descubrió que había adquirido poderes: superfuerza y poder para volar. Estas nuevas habilidades la decidieron a convertirse en la superheroína Jewel, al menos, por un breve periodo de tiempo. Hasta que se cruzó con el supervillano Kilgrave. Controlando su mente, este malvado le hará cometer actos contra su voluntad que ella nunca habría perpetrado. Durante ocho meses la capturó y la mandó a matar a varios superhéroes. Le lavó tanto el cerebro que restaurarlo fue una ardua tarea. Este episodio la traumatizó de tal manera que decidió no usar sus poderes como superheroína nunca más, tras una breve etapa como vigilante la mar de violenta con el nombre de Knightress. Muy diferente a su original Jewel.

En la etapa en la que Kilgrave la dominó, Jessica desapareció de la faz de la tierra. Ni siquiera su madre adoptiva, los Jones se hicieron cargo de ella cuando murieron sus padres biológicos, se extrañó de que no la llamara en meses. Al fin y al cabo, ella no se abría a otras personas, tenía problemas para intimar y congeniar con la humanidad que la rodeaba. Trabajaba mejor sola. Tampoco se relacionaba con otros superhéroes. Cuando Kilgrave le ordenó atacar a los Vengadores, la hirieron gravemente hasta que Ms. Marvel la reconoció, era su única amiga entre sus compañeros los superhéroes. Prefería la soledad.

Como dueña de Alias Investigations, Jessica es una detective de esas de novela negra de la cabeza a los pies: con un pasado tortuoso, noches de insomnio interminable y una botella esperándole en el cajón de su mesa. Su relación intermitente con otro superhéroe, Luke Cage, hará que acabe embarazada sin desearlo. Aunque más tarde, el nacimiento de su bebé volvería a restaurar la fe de Jessica en el mundo y cambiaría su decisión de usar sus poderes. El alcohol y la culpa serán sus compañeros. Le fabricarán una capa de dureza alrededor que le permitirá vivir una vida oscura y deprimente.

Hay otras realidades diferentes, otros tipos de heroínas, otras mujeres. Jessica Jones es buena prueba de ello. Más que una heroína es una antiheroína. Sus historias se centrarán en algo más que en los poderes que la hacen diferente o especial. Tratan de sus traumas, de su vida cotidiana, de sus anhelos y lo harán de una forma descarnada. Jessica no tiene pelos en la lengua, es huraña, violenta y descreída. La vida dejó de tener sentido para ella hace mucho tiempo. Tener superpoderes ya no es un estigma, es una carga, una culpa con la que cargar el resto de tus días. Jessica Jones es una superheroína diferente para tiempos oscuros como los que corren.

SPIDER-WOMAN,
bebé a bordo

Spider-Woman nació simplemente porque Marvel no quería que le quitaran el nombre, según afirmó el propio Stan Lee. No fuera que a alguien se le ocurriese crear a una mujer araña y se llevara parte de su pastel. Triste pero cierto. Aunque muchas mujeres han ocupado el puesto de Spider-Woman, lo cierto es que siempre se la asociará a Jessica Drew, la original. Spider-Woman apareció por primera vez en Marvel Spotlight número 32 en 1977 y aunque en un principio era un personaje temporal, vendió tanto que pronto obtuvo su propia serie con 50 publicaciones. Incluso tuvo su propia serie de televisión. Un buen comienzo pero no lo suficiente. Al final del cómic el personaje era asesinado y aunque posteriormente fue resucitado, fue suplantada por otras mujeres que usaron el nombre de Spider-Woman.

Spider-Woman era en realidad Jessica Miriam Drew. Nació en Inglaterra aunque pronto se mudó con su familia a Transia, donde su padre montó un laboratorio y donde Jessica enfermó gravemente por exposición al uranio. Para salvarle la vida, a su padre no se le ocurrió otra cosa que inyectarle a la pobre Jessica un sérum experimental hecho con sangre irradiada de... ¡araña! Por supuesto, de qué iba a ser sino. En aquel laboratorio se cocían experimentos de lo más extraños. Y su padre no tuvo remordimientos a la hora de usar a su hija como conejilla de indias. Escapó del laboratorio pero no tuvo mejor suerte. Jessica fue encerrada en una cámara que aceleró el proceso del sérum que le inyectó su padre. Algo que la hizo envejecer hasta convertirse en adolescente. Fue capturada por HYDRA, los malvados más malvados del Universo. En los laboratorios de la organización le borraron la mente, la entrenaron para el combate y la convirtieron en agente de espionaje. Aunque logró librarse de la garra de HYDRA, lo cierto es que quedó tocada por lo sucedido. Un pasado así es difícil de superar. Otra historia que parece un culebrón.

Spider-Woman sufrió del síndrome de la costilla de Adán, por así decirlo. Porque era vista como lo fue también She-Hulk, simplemente como una versión femenina de un personaje ya existente. Las historias de Spider-Woman en cambio tenían un tono oscuro que la diferenciaba del divertido Peter Parker. Jessica siempre se sintió un bicho raro, solitaria y tímida. Algo que daba un matiz diferente a sus historias. Aunque con el cambio de responsables de la serie, estas aventuras intrigantes fueron perdiendo fuelle para volverse cada vez más en la línea clásica de los superhéroes. Con villanos de manual y un machote que se enamoraba de la heroína, pero que obviaba por completo a Jessica cuando no llevaba el traje puesto. Jessica pasó de cazadora de recompensas a investigadora privada. Tras ser finiquitada su serie tardó diez años en volver al ruedo. Pero fue en 2005 cuando el personaje se unió a los Nuevos Vengadores como miembro del grupo. Era la vuelta a las ligas mayores de los superhéroes, una oportunidad única. Aunque resultó ser una impostora y no la Jessica Drew original. Su paso por esta serie facilitó que el personaje diera el salto de nuevo.

Con serie propia de nuevo y con Jessica Drew como protagonista, en 2014 una portada de *Spider-Woman* incendió las redes sociales. Era el número 1 de su nueva serie. Milo Manara fue el artista que la creó y todos conocemos las posiciones eróticas en las que sitúa Manara a sus mujeres. No era el más adecuado para hacer la portada de una superheroína. ¿En qué estarían pensando los de Marvel? La pobre Jessica estaba colgada de una pared con el culo en pompa literalmente. La portada se canceló y Marvel pidió disculpas. Es curioso que el mismo año que Marvel decide que una mujer sostendrá el martillo de Thor y que anuncia que la Capitana Marvel tendrá su propia película, tuviera un desliz como ese. No me ha parecido ver nunca a Spiderman lucir trasero de esa manera. Quizás deberían probar a ver qué les parece a los lectores.

La vida de Jessica Drew ha cambiado mucho, un año después de la vilipendiada portada de Manara, la hemos visto embarazada. Dio a luz en el número 4 de la serie. Ahora es madre soltera de día y superheroína de noche. Y lo hace en unos cómics que reflejan la realidad de una madre que tiene que comprar pañales o dar el pecho a su bebé mientras patea el culo a los malos. Esta historia es bastante inusual en Marvel, que prácticamente no ha mostrado superheroínas embarazadas en sus cómics. Parece que con ello han querido ganarse a las lectoras femeninas, pero también reflejar una realidad de la sociedad actual y es el gran número de mujeres que deciden ser madres solteras. Mostrando lo difícil que es combinar la carrera y la maternidad, incluso para alguien con superpoderes. ¿Cómo se las apañará una superheroína para compatibilizar la lucha y los pañales? Jessica vivirá las dudas y los miedos que asaltan a una madre primeriza y sobre todo, intentará no perder su esencia por el camino. ¿Cómo seguir siendo Spider-Woman y la madre de su pequeño sin perder el oremus en el intento? Son otras historias que también merecen ser contadas.

FAITH,
una superheroína diferente

¿Por qué todas las superheroínas tienen que tener cuerpos perfectamente modelados? ¿Por qué ni una gota de grasa, ni una imperfección, ni un maldito grano? Vamos ni una sola de las cosas que nos hacen lo que somos: personas, humanos. El mundo no es una sucesión de supermodelos salidas de Hollywood. Y ya va siendo hora de que los cómics también tomen buena nota de ello. Por eso se agradecen superheroínas como Faith. Está entrada en carnes, sí, ¿y qué? Tiene michelines, ¿pero acaso lucha con ellos? ¿Son su superpoder? Pues no. Una mujer puede tener un cuerpo que no sea calificado como inadecuado por no tener eso que a alguien se le ocurrió llamar «Cuerpo 10». A eso se le llama realidad. Así que bienvenida Faith al universo de los superpoderes.

Faith Herbert es una superheroína telequinética surgida de la editorial Valiant. Puede volar y mover objetos. Lucha contra el mal, salvando cachorritos y desmontando intentos de dominar el mundo. Antes lo hacía de la mano de los Renegados, un grupo de superhéroes psiots, pero ahora ha decidido volar sola y aprender a vivir en solitario, creciendo como persona. Lo mejor de todo es que Faith tiene un cuerpo inusual para una superheroína, pero eso no importa, ni siquiera se menciona en el cómic. La prensa especializada sí que ha tomado nota, no ha parado de hablar sobre ello. Pero lo que importa es que no se esconde, no disimula sus curvas, ni se avergüenza de ellas. La vida de Faith no ha sido fácil, sus padres murieron en un accidente y ella quedó huérfana. Poco después descubrió que era una psiot con poderes y decidió convertirse en superheroína para ayudar a la gente. Pero no vive la vida como un drama. No se cuelga de un pasado que la lastra. No, al contrario. Quiere crecer, quiere volar, quiere ser ella misma. Por eso es un personaje tan encantador y atractivo. Por eso la adoramos.

Su primera aparición fue en 1992 en el cómic *Harbinger*, en el que nos contaban las historias de un grupo de adolescentes. Con la salvedad que estaba llena de bromas sobre gordos que le caían a la pobre Faith un día sí y otro también. Y encima cuando conseguía algo casi se sorprendían de que pudiera hacerlo simplemente por su peso. ¿No os parece cruel e innecesario? Cuando la serie fue revivida veinte años después, nada había cambiado. A la pobre Faith seguían machacándole sobre su físico. Pero estamos en 2016 y las cosas ahora son algo diferentes. Faith ha dado el salto y ahora vuela sola y sin bromitas pesadas. Primero con una miniserie y pronto con su propia cabecera. Es también la primera vez que las historias de Faith son contadas por una mujer, Jody Houser que le ha dado al personaje el encanto y la historia que definitivamente se merecía. Y los lectores han respondido. La miniserie ha sido una de las más exitosas de los últimos tiempos y el personaje mejor valorado de Valiant.

Faith ha abandonado a los Renegados, a su novio superhéroe Torque y se ha mudado a Los Ángeles en busca de una nueva vida. Aprendiendo a vivir como superheroína en solitario y creciendo como persona. Para ello se ha creado un alter ego llamado Summer Smith que escribe para una web de cotilleos de famosos. Ha cambiado mucho desde sus primeras encarnaciones pero sigue teniendo una moral a prueba de fuego. Ella no es de esos superhéroes que matan sin remordimientos. Eso va en contra de sus principios. Es una superheroína amable, pero decidida, diferente y necesaria. Está creciendo, está dejando de ser la adolescente de sus primeros días, se hace mayor. Y nosotros crecemos con ella. También es una persona metida en pleno siglo XXI en el que las nuevas tecnologías, los realitys y el cotilleo lo parecen dominar todo. Y además está dispuesta a salvar al mundo cueste lo que cueste.

Los medios de comunicación no pararon de hablar de ella, porque desafiaba la estética dominante del cómic. ¿Han hecho falta cuantas décadas? Pero lo mejor de todo es que sus poderes son lo importante, su peso no es algo destacado. Es algo normal. Normal. Y encima vuela ligera como un pájaro, grácil y delicada. Representa perfectamente a un sector de la población que se ha obviado durante años en el cómic. Pero lo que más engancha de Faith Herbert, más conocida como Zephir cuando sobrevuela los aires, es su carácter optimista, divertido y compasivo. A Faith lo de ser superhéroe le encanta, le llena y le divierte pero tiene que pagar las facturas. Así que se crea un alter ego al estilo Clark Kent pero sin el glamour patoso del mismo. Ni falta que le hace. Mundo prepárate para Faith. La vida tiene cosas maravillosas y ella quiere disfrutarlas sobrevolando los cielos. ¿Listos para la aventura?

BATWOMAN,
un nuevo y digno comienzo

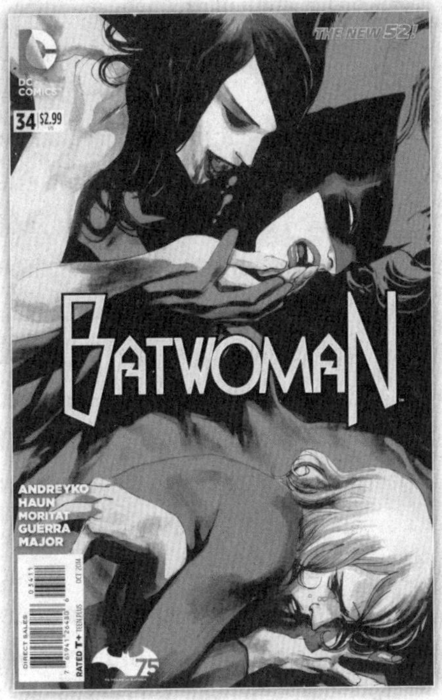

¿Os acordáis cuando Batwoman sacaba su polvera mágica de su superchic bolso para luchar contra los malos? ¿Os acordáis de su enamoramiento no correspondido del torturado Batman? ¿Os acordáis del maltrato que sufría por parte del murciélago de Gotham? Pues esa Batwoman ya no existe. Kate Kane no se le parece ni en el blanco de los ojos. Ya no estamos ante una copia en femenino de Batman, ni mucho menos ante un interés amoroso, no. Batwoman es un personaje nuevo, con un nuevo comienzo y una historia propia. Una que no necesita de un Batman que le refrende cada una de sus acciones ni le diga lo que tiene que hacer. «Gracias, pero ya sé cómo patear culos y no necesito que tú me enseñes», parece decirle.

Kathy Kane fue la primera Batwoman, pero esta nueva Kate Kane no es exactamente la misma mujer. Kate es una ex militar expulsada del ejército por su condición de lesbiana, nada menos que de West Point. Sí, sí, ese reducto machote donde van los cachorros de la *crème de la crème* militar estadounidense a entrenarse. Criada en una buena familia, a Kate no le faltó de nada hasta que lo perdió cuando la tragedia asoló a su familia. Kate y su hermana gemela Beth fueron secuestradas junto a su madre cuando celebraban su doceavo cumpleaños. El padre de Kate, el coronel Jacob Kane lideró la misión que las intentaría liberar pero de la que no salieron con vida ni su madre ni su hermana. Años después su padre se casaría de nuevo y Kate ingresaría en West Point para seguir el camino paterno. Aunque pronto fue expulsada al descubrirse que mantenía una relación con una compañera. Su padre la apoyó en todo momento. Faltaría más. El Batman de hace décadas seguramente no lo habría aprobado. Los guionistas de los cincuenta se tiraban de los pelos cada vez que se insinuaba siquiera que Robin y él eran algo más que compañeros de lucha contra el crimen. Pero ya no estamos en aquellos tristes años de censura.

A Kate el pasado la atenazaría, sobre todo el dolor de la perdida. Tras mudarse a Gotham City, se dedicó a vivir la vida loca de una socialité. Una especie de Bruce Wayne femenino. Allí conoce a su primera pareja Renee Montoya, agente de tráfico que oculta su condición de lesbiana a su familia. Y es allí también donde nace Batwoman. Cuando Kate es atacada por un ladrón y se defiende, es una ex militar perfectamente entrenada para hacerlo, se encuentra con Batman. La figura imponente del murciélago le ciega la vista y de repente cae rendidamente enamorada de él...ah no...esta historia no es la misma. De hecho, Batman llega cuando Kate ya no necesita ser salvada. Por suerte, sabe defenderse sola. Aquí lo único que sucede es que Kate encuentra un sentido a su vida cuando ve que ella podría ser perfectamente la persona que se esconde tras la máscara de Batman. Es tan capaz como él y lo hace.

Kate empieza a luchar como vigilante usando material militar. Su padre la descubre y se ofrece a entrenarla durante dos años por todo el mundo. Una vez terminado su entrenamiento, vuelve a casa donde su padre le ha preparado un traje y arsenal especializado para la lucha. Nacía así la verdadera Batwoman. Una mujer que no tiene a un hombre diciéndole que no vale para esto sino todo lo contrario, un padre que la anima y la ayuda, un apoyo que nunca tuvo la Batwoman original que fue vilipendiada por Batman hasta la saciedad.

DC creó esta Batwoman del nuevo milenio en las páginas de Detective Comics, pero no fue hasta el año 2010 cuando se convirtió en protagonista. El personaje se lo merecía. Del número 854 hasta el 863 de Detective Comics, Kate Kane fue la figura predominante de sus historias. Y poco después conseguía su propia serie. Se convertía así en la primera superheroína lesbiana en tener su propia cabecera. Pues va a ser verdad eso que cantaba Bob Dylan de que los tiempos estaban cambiando. O eso al menos parecía. En 2013 el equipo creativo de la serie abandonaba el cómic porque DC cambiaba las tramas de la historia en el último minuto y además se negaba a que el personaje se casara con Maggie Sawyer, la detective de policía que se había convertido en su pareja. Por lo visto, DC seguía una política de no matrimonio para todos sus superhéroes, sobre todo para los murciélagos torturados. Menos amor y más tundas a los malos que vuestra vida como superhéroes es incompatible con tener novio o novia. Para más inri, poco después de hacer que el personaje de Kate y Maggie rompieran, una vampiresa la hipnotizaba y tenía sexo con ella sin su consentimiento. Por lo visto, el matrimonio homosexual no es suficientemente interesante para los lectores de *Batwoman* según DC, pero el sexo no consentido sí. Si esto no es una violación, que venga Bob Kane y lo vea.

Aún así, la presencia y la fuerza de esta mujer es innegable. Es una luchadora innata. Aunque Batman le propone unirse a su grupo Batman Inc. ella lo rechaza. Prefiere escribir su propia historia. Entrena a su prima Bette, conocida como Flamebird, y se vuelve una mentora para ella. De nuevo, mujeres que preparan a otras mujeres para ser superheroínas. Bette es atacada después de que Kate le dijese que no valía para esto. Es un pájaro que vuela en solitario. Eso es cierto. Excepto cuando necesita ayuda como cuando en el Número 12 busca a Wonder Woman para combatir criminales monstruosos más allá de los psicópatas que pueblan Gotham a los que está acostumbrada. Las historias son contadas desde diferentes puntos de vistas femeninos no sólo el de Batwoman sino el de Maggie, Wonder Woman e incluso la malvada Medusa. Con unos paneles brutales visualmente que ayudan a hacer la historia más atractiva. Un trabajo impresionante de los dibujantes de la serie.

Allí también descubrimos que su hermana no estaba muerta y para poder salvarla tendrá que enfrentarse a Batman. Para ello habrá de pasar por alguno de los peores momentos de su historia personal. La excusa para no casarse con Maggie es que ella perdería la custodia de su hija a manos de su homófobo marido. Tras el fin de su propia serie en 2015, en 2016 volvió a las páginas de Detective Comics para entrenar a los nuevos vigilantes de Gotham. La savia nueva de superhéroes como Red Robin, Orphan, Spoiler y Clayface, reclutada por Batman. El personaje sigue gustando tanto a los lectores que para 2017 ya se ha anunciado nueva serie propia de Batwoman. Esperamos ansiosos sus nuevas aventuras, esta vez exentas de polémicas.

CATWOMAN,
el sex appeal hecho mujer

En 1993, tras el éxito del personaje de Catwoman en la película *Batman Vuelve*, Selina Kyle obtuvo por fin su propia serie. Una mujer de moral dudosa, por supuesto, ladrona y a veces incluso cazarecompensas, Catwoman ha jugado siempre a un doble juego, ¿superheroína o supervillana? Selina Kyle es una ladrona, de guante blanco además, pero tiene escrúpulos. Ver a un niño en peligro puede con ella, así que suele tener un huequecito en su corazón para hacer el bien, aunque sea sólo de vez en cuando. Siempre bailando entre el bien y el mal y algunas veces aliándose con Batman y cruzándose en su camino.

Aunque Catwoman nació como un personaje secundario en las historias de Batman, un contrapunto sexy y atractivo al murciélago de Gotham al que no podía resistirse, Selina siempre voló en solitario y pronto se ganó un hueco en los corazones de los lectores de cómic. Pero la moral del Comics Code

Authority se abrió paso y el personaje desapareció de las historias del murciélago para ser sustituido por la menos interesante Batwoman. Demasiado sensual, demasiado provocativa, demasiado liberal. Recordemos: las mujeres, mejor en casa cuidando al maridito. Por suerte, un personaje tan atractivo no podía quedarse en un cajón criando malvas.

Batman y Selina siempre han tenido una relación complicada. Él siempre querrá que ella se pase al lado de los buenos y ella seguir siendo libre. Esa relación nunca tendrá futuro, lo sabemos, pero no importa. A Selina le gusta demasiado el peligro como para dejar que el murciélago coarte sus ganas de robar. Al fin y al cabo, es lo único que sabe hacer. ¿Qué haría Catwoman sino se dejara seducir por las joyas y los tesoros que roba? Mujer independiente, nuestra protagonista se ha forjado un presente marcado por un pasado de huérfana que tiene que sobrevivir a la vida como puede. Ágil, inteligente y a veces demasiado impulsiva, Selina se mete en líos. Pero, ¿qué sería de la vida sin un poco de chispa para aderezarla? Y por mucho que en estas dos últimas décadas Selina ha intentado dejar de lado su lado salvaje, la cabra siempre tira al monte y su traje de gata nunca ha pasado demasiado tiempo en el armario.

Selina Kyle es una mujer atractiva, sensual y consciente de sus encantos. No se concibe a Catwoman sin esa sensualidad que la caracteriza. Pero hay sensualidad y luego está lo que Jim Balent le hizo al personaje en su primera serie. 1993 marcó el regreso de Catwoman con serie propia. En la encarnación de Selina de los noventa, Balent se encargó del dibujo. Evidentemente Mr. Balent tenía una obsesión terriblemente punzante con el tamaño de los pechos de la ladrona más sofisticada del universo DC. Es imposible que una mujer tan atlética como Selina tuviera pechos como

aquellos, pese a quién le pese. A no ser que se gastase un buen fajo de billetes en unos implantes. Los noventa ya se sabe, conejitas de Playboy y cuerpos recauchutados. Pero Selina era más de joyas y motos veloces que de implantes mamarios. Las portadas de los noventa de la serie parecían ciencia ficción. Por lo visto, Balent se saltó las lecciones de anatomía en el instituto. Parecía que los pechos de Catwoman, casi como balones, flotaran en el aire. Una visión escalofriante.

Es cierto que Selina es una mujer liberada sexualmente, pero hay que diferenciar entre libertad y libertinaje. Se puede ser sensual y no por eso posar mientras saltas de un tejado a otro en plan estrella del porno. De hecho, por su propia seguridad física, es poco recomendable hacerlo. Por muchas vidas que Selina tenga. Ella es sexy, atractiva, es una felina en toda regla. De eso no hay duda, pero se puede ser sexy sin ser vulgar, sin que te conviertan en una muñeca de plástico sexualizada. Por suerte otras manos cayeron sobre el personaje y un dibujo más realista se hizo patente.

Volviendo a la Selina de este nuevo milenio. Más que una superheroína es una antiheroína como ya lo fue Elektra, por ejemplo. Una mujer que ayuda a los más desfavorecidos, pero eso no impide que mientras tanto pueda robar alguna que otra pieza valiosa que le dé para vivir. Eso es lo que es, una ladrona y no se arrepiente de ello. Catwoman fue una de las primeras mujeres del cómic en valerse por sí misma, en no necesitar un hombre que les sacara las castañas del fuego y lo sigue haciendo. Ha sabido construir su propio camino, a golpe de pasado oscuro, de salir de la calle y aprender a sobrevivir. No se ha quedado esperando a que el héroe de turno la salve, ni siquiera cuando Batman la ha ayudado, se ha confiado. Ella misma lo afirma: «Nunca confíes en una cama caliente, en una vida feliz».

Mientras Selina crecía como personaje en el cómic, parecía decrecer en la gran pantalla. Las encarnaciones de Halle Berry y Anne Hathaway no parecían hacer justicia al personaje. Sobre todo la primera más que la segunda. Algo más de suerte tuvo como la rubia Michelle Pfeiffer. La gatita ladrona de Berry cubierta con apenas unos harapitos de cuero, parecía más una actriz porno con ese traje ridículo que una ladrona experta. Pero bueno, estamos hablando de Hollywood. No se le pueden pedir peras al olmo. Aunque la sexualidad del personaje ha sido también explotada en el cómic. Sus primeras apariciones en los New 52 la presentan tan ligerita de ropa que parece un catálogo de Victoria's Secret. Y esa escena de sexo con Batman en la que no se quitan ni el traje, parece tan surrealista que mejor ni comentarla.

La fuerza de Catwoman reside en sus dotes como ladrona y en su encanto. Es ágil y atlética, esa es su gran baza, no tiene superpoderes pero no importa. Es una de las ladronas más expertas del universo del cómic, sino la más. No es una heroína, tampoco le hace falta. Pero tiene ese punto inocente incluso que se entremezcla con su dudosa moral que la hace irresistible y también necesaria en un Universo en el que a veces los buenos son demasiado buenos y los malos demasiado malos. Tuvo una vida difícil, pero esas experiencias le han ayudado a seguir adelante y crear su propia historia. Y además, se divierte haciéndolo. No es un ser torturado que se lame las heridas mientras espera a que Batman la rescate. Y mira que Bruce lo intenta una y otra vez. Es masoca el tío. No es de extrañar que esté tan torturado.

Las cosas han cambiado bastante desde los años cuarenta. Selina tiene su propia serie desde hace ya bastantes años. Y aunque sigue llevando ese traje ajustado que le sienta como un guante, ya no usa tacones de aguja. Seamos serios, ¿quién demonios sería capaz de saltar de tejado en tejado con ellos? Y sigue usando el látigo, muy bien por cierto. Ponle una buena dosis de artes marciales y boxeo y tenemos a una experta luchadora. Incluso ha sido madre. Por un tiempo abandonó su carrera como ladrona por su hija, pero bueno, ya sabéis, la tentación es demasiado grande. Lo bueno de Selina es que va a por lo que quiere y que acepta las consecuencias de sus acciones. No se fustiga, no se tortura, no se victimiza a sí misma. Nadie es inocente en Gotham, nadie, ni siquiera Batman. Y Selina menos. En su última encarnación incluso la hemos visto dirigir la mafia de la ciudad más podrida y corrupta del universo del cómic. Manejárselas para intentar que haya paz entre las diferentes familias mafiosas y salir sin perder ni una de sus vidas, ya es todo un logro. Es una mujer con el arrojo suficiente para hacer lo que es necesario. Y no duda en hacerlo, a pesar de las consecuencias.

Selina es buena y mala al mismo tiempo pero no hay duda de que es una heroína, una antiheroína mejor dicho, pero encarna a la perfección el sentir humano. Nadie es blanco o negro, sino que vivimos en diferentes tonalidades de gris. Selina se mueve muchas veces de forma altruista, para ayudar a los desfavorecidos, a un amigo, a alguien que corre peligro, a alguien que una vez le ayudó. Es una persona buena aunque se dedique a robar. Incluso ha matado. Pero no deja de ser una superviviente que buscó su camino en la vida. Es una mujer fuerte y sensible al mismo tiempo, tiene su corazoncito y eso quizás es lo que la hace realmente atractiva como personaje.

Todas estas mujeres han aportado nuevas aventuras, diversidad y emoción al universo del cómic. Pero aún queda mucho futuro por delante y muchas superheroínas por mostrar su potencial. Seguro que estáis deseando leer sus historias. Por cierto, no he adquirido ningún nuevo superpoder tras escribir este libro. Lástima.

BIBLIOGRAFÍA

Benton, M., *The Comic Book in America: An Illustrated History*, Taylor Publishing, Dallas, 1989.

Daniel, L., *Comix: A History of Comic Books in America*, Random House, 1988.

Daniel, L., *Wonder Woman: The Complete History*, Chronicle Books, San Francisco, 2000.

Jones. G., *The Comic Book in America: An Illustrated History*, Prima Lifestyles,1996.

Krensky, S., *Comic Book Century: The History of American Comic Books*, 21st Century Books, 2007.

Madrid, M., *The Supergirls: Fashion, feminism, fantasy, and the history of comic books heroines*, Exterminating Angel Press, Minneapolis, 2009.

Robbins, T., *The Great Women Superheroes*, Kitchen Sink Press, Northampton, 1996.

Snider, B., *La guía definitiva de personajes de DC Comics*, Timun Mas, Barcelona, 2013.

VV.AA., *DC Comics Enciclopedia*, Selecta Visión, Barcelona, 2005.

VV.AA. *Icons of the American Comic Book: From Captain America to Wonder Woman*, Greenwood, Santa Barbara, 2013.

VV.AA. *Marvel Comics: 75 años de historia gráfica,* DK, 2015.

VV.AA., *Superhéroes. Los 100 Imprescindibles*, Marvel Ediciones, Barcelona, 2013.

VV.AA., *Superhéroes Marvel. Guía de personajes definitiva*, Libros Disney, Barcelona, 2015.

VV.AA., *The Superhero Reader*, University Press, 2013.

VV.AA., *The 21st Century Superhero: Essays on Gender, Genre and Globalization in Film*. McFarland & Company Publishers, Jefferson, 2011.

En la misma colección: